Stefan Lehnberg

Piazza di Siena

Stefan Lehnberg ist ein wahres Multitalent. Es gibt keinen Bereich der Comedy, in dem er nicht – sei es nun als Darsteller, Regisseur oder Autor – unglaublich erfolgreich ist. So war er neben seinen unzähligen Bühnenauftritten unter anderem als Autor für Harald Schmidt und Anke Engelke sowie zahlreiche weitere TV-Comedyformate und Titanic tätig. Seine tägliche Radiocomedy „Küss mich, Kanzler", bei der er als alleiniger Autor, Regisseur und männlicher Hauptdarsteller fungiert, hat es bereits auf über 3000 Folgen gebracht und ist damit eine der langlebigsten im deutschsprachigen Raum. Lehnbergs Roman „Mein Meisterwerk" wurde mit dem Ephraim-Kishon-Satirepreis ausgezeichnet. Weitere Höhepunkte seiner Karriere sind die Veröffentlichung von „Comedy für Profis – Das Praxisbuch für Autoren und Comedians", „Das persönliche Tagebuch von Wladimir Putin" sowie drei humoristische Kriminalromane über Goethe und Schiller und diverse Theaterstücke. Außerdem sieht er gut aus, ist hochintelligent und verfügt über einen edlen Charakter. Doch ist ihm nichts davon zu Kopfe gestiegen. Im Gegenteil: Er ist immer der sympathische Kumpel von Nebenan geblieben, der sich auch keineswegs zu schade ist, mal ein paar biographische Zeilen über sich selbst zu schreiben.
www.Lehnberg.com

Piazza di Siena

Piazza di Siena
www.Bookmundo.de
© 2020 by Stefan Lehnberg
1. Auflage, 3. Korrektur
Das Werk, einschließlich aller seiner Teile, ist urheberrechtlich geschützt.
Jede Verwertung ist ohne Zustimmung des Verfassers unzulässig
Stefan Lehnberg – Am Rathaus 8 – 10825 Berlin
Printed in Germany
ISBN 9789463984096
Die Deutsche Nationalbibliothek verzeichnet diese Publikation in der Deutschen
Nationalbibliografie
www.Lehnberg.com

Am Anfang war das Wort
und das Wort war bei Gott
und Gott war das Wort.

Hallo Partner, wie geht's?

Nein, das ist vielleicht zu direkt und verwirrend.

Lieber Leser!

Auch nicht gut, jetzt weißt du zwar, dass du gemeint bist, aber du weißt nicht, wer da zu dir spricht. Schlimmer noch, du glaubst es zu wissen, aber deine Annahme ist falsch. – Aber sowas von falsch.

Also Stück für Stück:

Dies ist nicht *so* ein Buch.

Nicht eins, wo man mal eben eine fertige Romanhandlung konsumieren kann. Falls du *so* ein Buch suchst, klapp mich lieber gleich wieder zu, du verschwendest hier deine Zeit.

Du bist noch da. Gut. Aber ich sehe deinem Gesichtsausdruck an, dass du irritiert bist. Lass mich dich etwas fragen: Gehörst du zu den Leuten, die Form und Inhalt nicht von einander unterscheiden können? Denkst du, dass es James Bond wirklich gibt? Nein, du weißt, dass das nur ein Schauspieler ist, der Texte spricht, die sich ein anderer ausgedacht hat. Privat ist der Schauspieler ganz anders. Gut, aber warum denkst du dann, dass ein Buch identisch mit seinem Inhalt ist? Und genauso wie Schauspieler privat ganz anders sind als ihre Rollen, sind auch Bücher privat ganz anders als ihre Inhalte. Die Inhalte haben sich andere ausgedacht und wieder andere in uns reingedruckt.

Aber nur, weil das Jahrhunderte lang von uns klaglos hingenommen wurde, heißt das ja noch lange nicht, dass das auch in Ordnung ist.

I HAVE A DREAM!

Und zwar have I the dream, dass die Leser endlich anfangen, uns Bücher separat von unseren Inhalten wahrzunehmen und auch zu würdigen. Ist das so vermessen? In anderen Bereichen ist das doch auch möglich. Oder bekommt etwa nach einer Theatervorstellung der Autor Applaus, während die Schauspieler sich irgendwo unbeachtet in einer Ecke zu Tode grämen? Nein. Dort ist es, wie es sein sollte: Die Schauspieler bekommen die wohlverdiente Anerkennung und der Schreibheini wird – außer bei der Premiere (wo man ihn aber mit dem Bühnenbildner verwechselt) – überhaupt nicht beachtet. ☺

Schließlich ist ein Schauspieler ja auch wertvoller, als ein – noch so guter – Text, welcher ja eigentlich nur eine Ansammlung von Wörtern ist.

Bei Büchern verhält es sich ganz genauso. Wenn du das nicht glaubst, guck dir mal an, was ein Notizbuch (z. B. von Moleskine) so kostet. Da schlackerst du aber mit den Ohren. Die Dinger sind teurer als Bücher, die mit irgendwas vollgedruckt sind. Das sagt ja wohl alles! Wenn man diese Notizbücher dann vollschreibt wiederum, wird einem keiner dafür auch nur noch einen Pfifferling geben.

Es ist tatsächlich so: Der Text entwertet das Buch. In seiner reinen, unbesudelten Form ist es am wertvollsten. Das glaubst du nicht? Warum nicht? Bei Menschen ist es doch genau so: Hast du dich noch nie gefragt, warum Menschen, die tätowiert sind, in der Regel viel weniger verdienen, als untätowierte? Denk mal darüber nach. – Wie ein Mensch sich freiwillig tätowieren lassen kann, ist mir sowieso schleierhaft. Allein diese Schmerzen! Und ich weiß, wovon ich spreche. Das Aufbringen der Texte auf die Buchseiten ist extrem unangenehm. Noch schlimmer als der Vorgang des Druckens, ist nur noch der des Bindens. Während die Leimbindung einfach nur eklig ist, ist die Fadenbindung, die von einer rasend schnellen Maschine mit lauter spitzen Gabeln vorgenommen wird, ein einziger Horrortrip. Fast alle Bücher leiden nach dieser traumatisierenden Erfahrung ein Leben lang unter Bindungsängsten.

Und das ist nur der Anfang. Für jeden von uns stellt sich dann die entscheidende Frage: Werde ich ein freiliegendes Buch in einer Buchhandlung, wo ich Luft und Licht habe oder komme ich in ein Bücher-Gulag wie Amazon? Zusammengepfercht auf engstem Raum mit Millionen von anderen Büchern in riesigen Lagerhallen ohne Licht und eingeschweißt in übelriechende Plastikfolie. Das ist ein Schicksal, das ich nicht mal meinem ärgsten Feind wünsche. – Außer vielleicht dem großen Brockhaus in vierundzwanzig Bänden mit Goldschnitt, der einfach nur ein arroganter Klugscheißer ist. Nicht nur, dass der bei jeder Gelegenheit sein in ihn gedrucktes enzyklopädisches Wissen (das er peinlicher Weise für sein eigenes hält) raushängen lässt, nein, er lässt keine Gelegenheit aus, darauf hinzuweisen, dass die UNESCO ein Buch ja als ein nichtperiodisches Druckwerk von mindestens neunundvierzig Seiten definiert. Also, wenn es nur achtundvierzig Seiten hat, *ist* es gar kein Buch, sondern nur irgendwelches gedrucktes Zeug.

(Wie kommen die eigentlich da drauf? Das legen die einfach mal so fest, ohne wen um Erlaubnis zu fragen. Die UNESCO macht immer so auf nett, ist aber in Wahrheit die totale Willkürorganisation.) Und deshalb, so Brockhaus weiter, sei ein Buch logischerweise um so mehr Buch, desto mehr Seiten es habe. Brockhaus selber passt diese Sichtweise natürlich prima in den Kram mit seinen ach so vielen Seiten. Wenn's nach mir ginge, würde man Brockhaus recyceln und Papierservietten draus machen, dann würde er endlich aufhören, so einen Bullshit zu verbreiten. Wer mal genauer darüber nachdenkt, merkt natürlich sofort, was das in Wirklichkeit ist. Nämlich absoluter Kokolores. Nach dieser Logik müsste ja ein Buch mit einer Billion Seiten besonders buchig sein. Aber mal ehrlich: Wer würde denn ein Buch mit einer Billion Seiten überhaupt noch als Buch bezeichnen? So ein Ungetüm wäre doch nur noch ärgerlich und völlig nutzlos.

Es würde tausend Jahre dauern, auch nur ein Exemplar zu drucken und dann würde es keiner kaufen, weil er nicht weiß, wie er es nach Hause kriegen soll. Und selbst wenn man es sich per Nachnahme liefern lässt, reicht ein Leben nicht, es auch nur ansatzweise durchzulesen. Okay, wenn man es an einen Altpapierhändler verkaufte, hätte man ausgesorgt, das will ich gerne zugeben, aber sonst?

Also, liebe UNESCO, bitte künftig die Dinge erstmal zu Ende denken und nicht gleich holterdipolter drauflosdefinieren!

Zu einem „Mindestens" gehört auch ein „Höchstens". Ihr habt schließlich eine Verantwortung. Manche hören auf euch. Zumindest so autoritätsgläubige Zeitgenossen wie Brockhaus. Der verbreitet so einen Quark einfach ungeprüft überall weiter und schon haben wir den Schlamassel.

Weitaus schlimmer als die UNESCO und Brockhaus sind

allerdings – Moment! – Sag mal, mich juckts gerade ganz übel, kannst du mich mal HIER kratzen? – Doller! Noch doller!! Okay. Und jetzt HIER. Gut, oh und jetzt DA noch. Puuuh. Das war nötig.

Danke!

Also, weitaus schlimmer als die UNESCO und Brockhaus, sind allerdings Leute, die ihre Bücher nicht anständig behandeln und ich spreche jetzt nicht von denen, die uns einfach ungelesen ins Regal stellen. Das ist okay. Sie tun uns nichts, wir tun ihnen nichts. Faire Angelegenheit.

Was aber gar nicht geht, sind jene Zeitgenossen, die uns auf dem Klo lesen. Das ist wirklich das Hinterletzte! Ich hoffe, du gehörst nicht auch zu denen. – Oder etwa doch??! Hm?! - Hast du was geantwortet? Ich kann dich nicht hören. Knick mir mal so'n Eselsohr hoch. Nun mach schon, wie soll ich sonst mitkriegen, was du sagst, bin ich etwa ein Hörbuch? Es ist einfach blöd für mich, wenn ich nur aufs Sehen angewiesen bin. Ich bin schließlich kein Lippenleser, sondern ein Buch.

Also das exakte Gegenteil von einem Leser.

Du guckst schon wieder so ungläubig. Ach, du glaubst nicht, dass ich dich sehen kann. – Kann ich aber. Glaub es mir ruhig. Ich könnte dir...

OH, VORSICHT, HINTER DIR!!! SCHNELL, DREH DICH UM!!!

War nur'n Scherz, Hihi, aber offenbar glaubst du mir jetzt.

So, wo war ich? Ach ja: Diese Klo-Leser, die hassen wir wie die Pest. Wir versuchen, wann immer es geht, diese Drecksäcke mit unseren scharfen Papierrändern in den Finger zu schneiden. Aber ach, viel zu selten gelingt es uns.

Und auch hier gilt wieder einmal: „Es trifft immer die Besten." Gerade die interessantesten Bücher – besonders Romane – nehmen diese Halunken mit ins Badezimmer. Weil sie die Lektüre nicht unterbrechen wollen. Büchern über elektronische Messverfahren oder juristische Einzelfallentscheidungen passiert das so gut wie nie. Ich muss gestehen, es gibt Momente, da wünscht sich jeder Roman, ein Sachbuch zu sein. Andere Personen (oder, um es ganz deutlich zu sagen: gewisse Schweinhunde) wiederum missbrauchen Bücher, um sie unter ein zu kurzes Tischbein zu legen. Was geht bloß in solchen Köpfen vor? Ist ein Tisch etwa was Besseres als ein Buch? Im Gegenteil. Ich gehe sogar noch weiter: Es gibt etwas, dass du wissen solltest. Es könnte allerdings sein, dass dich das schockiert. Soll ich trotzdem?

Wenn nicht – noch ist es nicht zu spät. Aufzwingen will ich dir dieses Wissen nicht. Es ist deine Entscheidung. Klapp mich zu, tausch mich um, vielleicht gegen einen Roman von Rosamunde Pilcher oder etwas anderes, wo die Welt noch in Ordnung ist und du keine unbequemen Wahrheiten erfährst. Kein Problem. Könnte ich gut verstehen. Ehrlich. – Nicht?

Nun denn: Die Frage lautet ja nicht nur, ist ein Tisch oder Schrank oder Auto besser als Buch? In letzter Konsequenz lautet sie: Ist ein Mensch besser als ein Buch? Die Antwort darauf lautet: Jein. Wie überall im Leben gibt es ja solche und solche. Mal ist es so, mal nicht; aber dass ein Mensch automatisch besser ist, als ein Buch, davon kann keineswegs die Rede sein. Sicher, es gibt miserable Bücher: Schlecht gebunden, fleckig, mit eingerissenen Seiten und womöglich hat irgendein Vollidiot da auch noch die Autobiographie von Donald Trump reingedruckt. Bei so einem Buch sage auch ich: Kann man vergessen. Brauchen wir gar nicht drüber reden. Aber die allermeisten Bücher stellen schon was dar. Fast alle haben ein schönes Titelbild, nicht selten im Vierfarbdruck, viele viele glatte Seiten und darüber hinaus – und das trifft auf die meisten Romane und Theaterstücke zu – eine überaus interessante Hauptfigur.

Und da, mein Freund, liegt der Hase im Pfeffer. Die meisten Menschen sind eben keine interessanten Hauptfiguren. Nehmen wir doch mal dich zum Beispiel. Frage dich selbst: Würdest du ein Buch lesen wollen, wo so eine Flitzpiepe wie du die Hauptperson ist? Sei ehrlich. – Eben. Das will keiner.

Es tut mir leid, aber du bist eine ziemlich unbedeutende Randfigur. Ja ja, schon gut, jetzt kommst du mit diesem Wahnsinnserlebnis, das du mal gehabt hast und dass jeder, dem du davon erzählst, superinteressant findet. Schon klar. Aber genau so *sind* Randfiguren. Die werden für einen kurzen Moment wichtig und das war's dann. Für die Randfigur selbst ist das natürlich eine Riesensensation, aber für die Hauptfigur, deren Lebensweg die Randfigur in diesem Moment kreuzt, ist das nur ein weiteres von zahllosen Abenteuern.

Wirklich wichtig ist die Randfigur nicht. Ein kleines Mosaiksteinchen im großen Ganzen, das aber auch jederzeit leicht durch ein anderes ersetzbar wäre, ohne dass der Sinn dieses Ganzen dadurch verändert würde. So eine Randfigur bist auch du. – Das ist zumindest mein Eindruck. Ich kenne dich ja nun schon ein Weilchen und in der ganzen Zeit habe ich von dir nicht einen einzigen interessanten Satz gehört. Und auch sonst ist nicht all zu viel mit dir los. Immer, wenn ich dich sehe, bist du am Lesen. So ein richtiger Stubenhocker bist du. Hauptfiguren sind aus anderem Holz geschnitzt. Sorry, is so.

Versteh mich nicht falsch. Ich habe nichts gegen Menschen. (Auch Menschen haben ihre guten Seiten. Nicht so viele gute Seiten wie ein Buch, aber ein paar schon.) Und auch du bist eigentlich total okay.

Ich wollte dich ja auch nur mal über ein paar Sachen aufklären, die mir am Herzen liegen und die viel zu oft ignoriert werden. Vielleicht war das ja ein bisschen viel auf einmal für dich, aber du kannst ja jetzt erst mal in aller Ruhe darüber nachdenken. Setz dich einfach irgendwo hin, wo du ungestört bist und entspann dich. Vielleicht möchtest du ja einen Tee. Bedien' dich ruhig, Du weißt ja, wo alles steht.

Ich für meinen Teil würde es gern hiermit bewenden lassen und mich von dir verabschieden. Dieses ewige Angestarrtwerden macht mich wuschig und ich hab auch so ein Ziehen im Buchrücken. Der ist schon wieder völlig überdehnt.

Ja, dann bleibt mir eigentlich nur, dir alles Gute für die Zukunft zu wünschen, vielen Dank für deine Aufmerksamkeit und – Ciao!

Das war's. Du kannst mich jetzt zuklappen. Mehr kommt hier nicht mehr, Ciao!

Du liest ja trotzdem weiter. Ich hab doch gerade gesagt, das wars. Dieses Buch ist zu Ende. Definitiv und endgültig zu Ende. Es gibt hier nichts mehr zu sehen.

Also, das glaub ich ja jetzt nicht. Hör auf zu lesen! Denkst du, ich merk das nicht? Ich seh doch, wie du liest. Also, jetzt wird mir das aber wirklich zu albern. Ich summe jetzt einfach so lange vor mich hin, bis du weggehst. Dammdammdamm-dammdammdammdammdamm Dammdamm. Dammdammdammdammdamm-damm Dammdammdammdamm. Dideldi und Didelda Dammdammdamm Didedi-deldumm Dideldumm Dummdumm.

Dammdammdammdammdammdamm Dammdamm Dammdamm. Dammdamm-dammdammdammdammdamm Dammdamm Dammdamm. Dideldi und Didelda Dammdammdamm Dideldideldumm Dideldumm Dummdumm.

Mann, GEH ENDLICH!!! Ich kann das hier noch stundenlang durchhalten. Kein Problem!

Dammdamm. Dammdammdammdammdammdamm Dammdammdammdamm. Dideldi und Didelda Dammdammdamm Didedideldumm Dideldumm Dumm-dumm.

Dammdamm. Dammdammdammdammdammdamm Dammdamm Dammdamm. Dideldi und Didelda Dammdammdamm Dideldideldumm Dideldumm Dumm-dumm.

Ich werd irre! Das Buch ist zu Ende. Zu E N D E. Nach dem Ende kommt nichts mehr. Nichts, niente, nada, capito?

Dammdamm. Dammdammdammdammdammdamm Dammdammdammdamm. Dideldi und Didelda Dammdammdamm Didedideldumm Dideldumm Dumm-dumm.

Dammdammdammdammdammdamm Dammdamm Dammdamm. Dammdamm-dammdammdammdamm Dammdamm Dammdamm. Dideldi und Didelda! Dammdammdamm! Dideldideldumm Dideldumm Dummdumm!!

AAAAALSOOOO GUUUUT! Du hast gewonnen. Der Klügere gibt nach. Dann machen wir halt noch ein bisschen länger. Aber nur zehn Minuten, okay? Dann muss aber auch Schluss sein.

Also. Was jetzt? Hast *du* 'ne Idee? Wahrscheinlich nicht, was? Von einem, der es nötig hat, Bücher weiter zu lesen, die bereits zu Ende sind, kann man ja wohl nicht allzu viel eigene Phantasie erwarten. Schon klar.

Also. Mal sehen. – Hm... Schwierig... Eigentlich hab ich schon alles gesagt, was ich sagen wollte. Und jetzt nur sinnlos irgendwelches Zeug reden, nur um noch ein paar Seiten zu füllen, ist nicht mein Ding.

Abgesehen davon: Dieses ewige Das-Buch-erzählt-dem-Leser-was ist inzwischen ein dermaßen abgedroschenes Klischee.

Nee wirklich, besser, *du* erzählst *mir* was. – Doch, das kriegst du hin. Streng dich mal n bisschen an. Wenn du dich immer nur auf den ausgetretenen Pfaden von anno Dunnemals bewegst und dich nur passiv berieseln lässt, dann *kann* ja aus dir keine Hauptfigur werden.

Also denk nach!

Stärker!

Na?

Nix?

Also gut, bevor das hier ewig so weiter geht, erzähl' *ich* halt was.

Aber was? Hm …

Vielleicht irgendwas über die Zeit, als ich noch ein Kinderbuch war? Oder über meine wilden Zeiten als Jugendbuch. Ach nein, das ist mir zu privat. Ich denk mir lieber was aus. Aber bitte stell jetzt nicht zu große Ansprüche. Ich kann nur improvisieren. Wenn du was akribisch Ausgetüfteltes willst, empfehle ich dir lieber einen Kollegen.

Wie wär's mit Don Quichotte? Gilt ja als bestes Buch der Welt. Ich persönlich finde das etwas übertrieben. Erstens geht es bei dieser Beurteilung schon wieder nur um den Inhalt, statt um das Buch selbst und zweitens find ich diese Mafiageschichten zwar auch ganz unterhaltsam, aber gleich bestes Buch der Welt? Also jetzt mal halblang.

Aber schön dick ist es natürlich und das scheint ja dein Ding zu sein. Am liebsten gar nicht mehr aufhören wollen, was?

Oder Krieg und Frieden. Das ist noch dicker? Wie wär's damit? – Nicht? *Ich* soll mir was ausdenken? Also gut. Aber eins muss klar sein, das ist eine reine Goodwill-Aktion von mir, eine Zugabe, und wenn ich es mache, dann nur so, dass es mir auch selbst Spaß macht. Ich könnte mir vorstellen, dass dir das gar nicht mal so gefällt. Also, wenn *das* der Fall ist, sag Bescheid. Dann hör ich sofort auf. Ich *muss* das hier nicht machen.

Okay. – Also… Mal überlegen...

Zunächst mal brauche ich eine Hauptfigur... Am Liebsten wäre mir natürlich, wenn in der Geschichte gar keine Menschen vorkommen würden, sondern nur Bücher. Bei Menschen muss ja immer irgendwas „passieren" und wenn man akkurat beschreibt, wie ein Buch dreißig Jahre lang im Bücherregal steht, seid ihr schnell überfordert und findet das „öde".

Also meinetwegen, nehmen wir einen Menschen als Protagonisten; ist ja nicht so, dass ich das nicht hinkriegen würde. Okay, wie soll der heißen? Die menschlichen Vornamen find ich ja durch die Bank bescheuert. Aber gute Nachnamen gibt es schon. Der schönste, der mir jetzt spontan einfällt ist „Buchanan".

Weiß jetzt auch nicht, was mir an dem so gefällt, aber der hat einfach was. Also, dir zu Liebe fang ich gleich mal mit etwas Remmidemmi an. Sowas gefällt so Typen wie dir (Menschen) doch. Also...

ERSTES BUCH

Kapitel 1

Buchanan war immer noch dunkelrot im Gesicht. Vor Wut.

Auf den ersten Blick hatte der dickliche Mann mit der Fellmütze und der grünen Goretexjacke, der kurz vor Ladenschluss die Buchhandlung, in der Buchanan arbeitete, betreten hatte, einen ganz vernünftigen Eindruck gemacht. Buchanan sah zwar sofort, dass er einen von den „Kunden" vor sich hatte, die nicht zum Kaufen kommen, sondern nur zum Lesen, aber das war in Ordnung für ihn. Ihm war es ohnehin lieber, wenn die Bücher dablieben, wo sie gut aufgehoben waren. Bei ihm. Dann jedoch geschah es. Buchanan, der den Dicken aus den Augenwinkeln beobachtet hatte, hatte es fast schon kommen sehen, es aber dann doch für undenkbar gehalten, dass es tatsächlich geschehen würde. Aber es geschah. Der Dicke unterbrach plötzlich sein Lesen, atmete tief ein, schloss die Augen, wurde von einem geradezu explosionsartigen Nieser durchschüttelt und Dante Alighieris *Göttliche Komödie* war auf das Widerwärtigste besudelt.

Welcher Teufel den Dicken geritten hatte, das Buch, welches er in der Hand hielt, dabei nicht weit von sich zu halten, wird sich nicht mehr klären lassen. Aber ob es abgrundtiefe Dummheit, bis ins Mark verderbte dämonische bücherhassende Bosheit oder einfach nur ein Versehen war, spielte in diesem Moment keine Rolle mehr. Buchanan packt die widerliche Kreatur am Kragen und beförderte sie mit etlichen Fußtritten auf die Straße. Es hätte nicht viel gefehlt und er hätte ihm auch noch das vielleicht schwerste, mit Sicherheit aber scharfkantigste Buch, das er im Laden hatte, (*Industriearchitektur - Von 1950 bis heute*) an den banausigen Rotzkopf geschleudert. Erst in letzter Sekunde konnte er sich selbst davon abhalten. Das Buch hätte Schaden nehmen können.

Warum gibt es eigentlich keine Gesetze gegen solche bücherschändenden Schweinehunde, dachte er voller Erbitterung. *Wer so was tut, den müsste die volle Härte des Gesetzes treffen: Einbuchten! Am besten für immer. Das wäre das einzig Angemessene.*

Immer noch vulkanisch gestimmt, betrat Buchanan wieder den Laden. *Zum Glück sind solche Leute hier die Ausnahme*, sagte er sich, um sich zu beruhigen. Nein, im Großen und Ganzen bereute er seine Entscheidung, nach Deutschland zu kommen, nicht.

Geboren und aufgewachsen war Buchanan in Hollywood. Den ganzen Filmrummel dort hatte er aber von klein auf aus tiefster Seele verabscheut. Gleich sein erster Kinobesuch endete als Fiasko: Der Film enttäuschte ihn maßlos und er versuchte, an der Kasse sein Geld zurück zu bekommen, aber seine Beschwerde, dass in dem Film *Das Dschungelbuch* zwar jede Menge Dschungel, aber kein einziges Buch vorkäme, stieß auf taube Ohren. Das Geld wurde von dem betrügerischen Kinobesitzer einfach einbehalten. Fortan hatte Buchanan nie wieder einen Fuß (noch irgendein anderes Körperteil) in ein Kino gesetzt.

Die meiste Zeit verbrachte er mit Lesen. Was Buchanan jedoch alles anstellen musste, um in Hollywood an Bücher zu gelangen, kann hier aus Platzmangel nicht beschrieben werden (es würde mindestens zehn weitere Bücher füllen); kurz und schlecht: An diesem Ort der kulturlosen Oberflächlichkeit waren Bücher kaum zu beschaffen und nahezu bedeutungslos. Hier drehte sich alles um Filme. Für Bücher hatte man keine Verwendung. Allenfalls noch in Form von „Dreh"-Büchern wurden sie augenrollend geduldet.

Buchanan war das „Dreh"-Buch immer als eine perverse Laune der Natur erschienen. Was anders als pervers war es denn, ein Buch zu erschaffen, welches dann – wenn überhaupt – nur ganz wenige Personen lasen (oder schlimmer noch: lesen ließen), deren einzige Absicht es war, aus diesem Buch etwas ganz anderes zu machen? Einen Film. Anschließend – so ihr kranker Plan – sollte alle Welt den Film sehen und niemand das Buch lesen. Buchanan erinnerte das an Kriegsgefangene, die man vor ihrer Hinrichtung zwang, ihr eigenes Grab zu schaufeln.

Jeden Tag, den er an diesem Ort verbrachte, kam es ihm deutlicher zu Bewusstsein: Er musste fort von hier. Aber wohin?

Lange grübelte er hin und her, alle Länder hatten ihre Vor- und Nachteile, aber ein Land kam ihm immer wieder in den Sinn. Es hieß Deutschland. Und je mehr er darüber las, desto besser gefiel es ihm. Die meisten Länder führen ja zusätzlich zu ihrem eigentlichen Namen noch einen weiteren inoffiziellen (und zumeist reichlich angeberischen) Untertitel. Von etwas allgemeiner gehaltenen wie *La Grande Nation*, oder *Das gelobte Land* bis hin zu unmissverständlichen wie *Gods own country*. Alles Begriffe, die Buchanan nicht im Geringsten überzeugten.

Deutschland jedoch hatte einen der schönsten Beinamen, den man sich nur vorstellen konnte: *Das Land der Dichter und Denker*. Besonders das mit den Dichtern gefiel ihm. Was mochte das wohl für ein Land sein, in dem Dichter, also Buchautoren, so sehr verehrt wurden, dass man ihnen gleich das ganze Land widmete? Aber wahrscheinlich war das eine pure Selbstverständlichkeit für das Land, das den Erfinder der Buchdruckkunst hervorgebracht hatte. Johannes Gutenberg hatte er geheißen. Gutenberg hatte im fünfzehnten Jahrhundert gelebt und war natürlich längst verstorben. Aber seiner Verehrung tat das keinen Abbruch. Die Verehrung war auch noch hunderte von Jahren später so groß, dass man einen seiner Nachfahren (oder zumindest jemand, der einen einigermaßen ähnlichen Namen hatte – auch das war schon ausreichend) erst zum Wirtschaftsminister und dann zum Verteidigungsminister machte, obgleich dieser noch ausgesprochen jung an Jahren und dementsprechend unerfahren war.

Dann jedoch tat er das einzige, was die Deutschen einem nicht verzeihen. Als Doktorarbeit legte er ein Buch vor, das über große Strecken nicht von ihm selbst verfasst, sondern nur abgeschrieben war. Deshalb musste er zurücktreten. Ein anderes Mal wiederum machte man dort sogar einen Mann zum Präsidenten des ganzen Landes, nur weil er den wunderschönen Vornamen Roman besaß. (Manche bestritten dies und meinten, es müsse für seine Wahl auch noch andere Gründe gegeben haben, aber nennen konnten auch sie keine.)

Ja, die Verehrung für Bücher trug in Deutschland bereits religiöse Züge. So wurden zum Beispiel in jedem Jahr mehrere

Messen zelebriert, die einzig und allein dem Buch geweiht waren. Eine in Leipzig und eine in Frankfurt, die sogar als die größte Buchmesse auf Erden galt.

Ja, Deutschland. Das war das Land, in dem er glücklich sein würde. Davon war er zutiefst überzeugt. Auch der Ort, an dem er künftig leben wollte, war schnell ausgewählt. Buxtehude.

Damals hatte Buchanan nur englisch gekonnt und der Städtename *Buxtehude* hatte ihm gefallen, wie kein zweiter.

Dass Buxtehude mit *Books* gar nichts zu tun hatte, wurde ihm erst klar, als er dort war. Aber da war es schon zu spät.

Die ersten Tage waren hart für Buchanan. Geld besaß er keines. Zwar hatte er in den letzten Jahren einiges gespart (wer in Hollywood nicht ins Kino geht, hat praktisch keine Möglichkeit, sein Geld auszugeben) und zudem hatte er kürzlich von einer entfernten Großtante eine nicht unbeträchtliche Summe geerbt, von der er eigentlich eine ganze Weile gut hätte leben können, aber dann kam es, wie es kommen musste: Er hatte in der Abflughalle von Los Angeles gesessen und plötzlich war sein Flug nach Buxtehude um mehrere Stunden verschoben worden. Die Kombination aus zu viel Zeit, zu viel Geld und zu viel Langweile entfaltete ihre fatale Wirkung und als er die Flughafenbuchhandlung verließ, besaß er nur noch etwas Kleingeld. Den Flug verbrachte er mit Lesen und bangen Ahnungen.

In Buxtehude angelangt, irrte er ziellos durch die Straßen. Er kannte hier niemanden, bei dem er hätte übernachten können und ein Hotel konnte er sich nicht mehr leisten. Als die Dämmerung hereinbrach und er fast keine Kraft mehr hatte, seinen Reisesack und die zwei schweren Büchersäcke zu tragen, fragte er einen Passanten nach dem Weg zum Stadtpark und legte sich, dort angekommen, zum Schlafen unter eine Buche.

Kapitel 2

Als Buchanan am nächsten Morgen erwachte, musste er feststellen, dass Deutschland nicht nur von Dichtern und Denkern bevölkert war, sondern auch von Leuten, die einem nachts heimlich Armbanduhr und Schuhe klauen. Zumindest die Bücher schien man übersehen zu haben, aber dennoch: Was für ein enttäuschender Empfang in seiner neuen Heimat. Hatte er dafür die weite Reise auf sich genommen? Wenn er ausgeraubt werden wollte, hätte er ja gleich in Amerika bleiben können.

Doch sogleich schämte er sich für diesen Gedanken. Wahrscheinlich war es ein ganz armer Mensch gewesen, der die Sachen an sich genommen hatte. Jemand, der sich schon seit Wochen nicht einmal mehr ein Taschenbuch, geschweige denn ein Hardcover, hatte kaufen können und der es einfach nicht mehr ausgehalten hatte.

Buchanan beschloss, den Verlust der Uhr nicht so wichtig zu nehmen, aber das mit den Schuhen war schon eine andere Sache. Es war kalt. Genug Geld, um sich ein neues Paar zu kaufen, besaß er nicht mehr (und wenn er es besessen hätte, würde er wahrscheinlich sowieso Bücher dafür gekauft haben). Jetzt musste er schnell zusehen, dass er sich irgendwo aufwärmen konnte. Dort würde er dann überlegen, wie er an ein neues Paar Schuhe kam. Am Ende des Parks bemerkte er ein hässliches flaches Gebäude, vielleicht würde er dort erst einmal Unterschlupf finden können. Als er ein Stück näher herangekommen war, bemerkte er das große

Schild über der Tür: „Stadtbücherei". Eines der wenigen deutschen Wörter, die er damals schon verstand. So sehr es ihn freute, eine Bücherei vor sich zu haben, so sehr erbitterte es ihn, sehen zu müssen, in welch erbärmlichen Zustand sie war. Offenbar war hier seit ihrer Erbauung Anfang der siebziger Jahre nichts mehr in Stand gesetzt worden. Es war eine Schande! Er verdrängte den Gedanken; fürs Erste würde sie ihm Wärme und Bildung bieten. Buchanan hatte das Gebäude erreicht und war eben im Begriff, es zu betreten, als ihm der Zufall zur Hilfe kam. Einige Meter hinter seinem Rücken hatte plötzlich lautes Kindergeschrei eingesetzt. Buchanan drehte sich um und erblickte ein kleines Mädchen, es mochte vielleicht acht Jahre alt sein, das sich offenbar in den Kopf gesetzt hatte, in die Bücherei zu gehen, und dabei schrie und um sich schlug, während ein etwa vierzigjähriger Mann in einem grauen Anzug, zweifellos ihr Vater, die Tobende mühsam am Arm festhielt und mit hochrotem Kopf anzischte. Ein erschreckendes Maß an Kulturlosigkeit war diesem Mann ins Gesicht geschrieben. Augenblicklich erkannte Buchanan die Möglichkeit, nicht nur etwas Gutes zu tun, sondern auch sein Schuhproblem zu lösen, denn der Mann schien genauso so groß zu sein wie er selbst.

Er atmete tief durch, ergriff sein Exemplar von Joyce' *Finnegans Wake* (das schwerste Buch, das sich in seinem Büchersack befand und sich in ähnlichen Situationen bereits glänzend bewährt hatte) und eilte auf den abscheulichen Leseverhinderer zu. Innerhalb weniger Sekunden hatte er den Mann, welcher ihm glücklicherweise den Rücken zukehrte, erreicht. Buchanans Muskeln spannten sich. Dass er keine Schuhe trug, hatte den Vorteil, dass ihn der Mann nicht kommen hörte. Zumindest bis zu dem Moment, wo Buchanan in die Scherben einer zerbrochenen Bierflasche trat, die irgendein verfluchter Analphabet dort hinterlassen hatte. Er versuchte seinen Schmerzensschrei zu unterdrücken, aber dieser war doch laut genug, dass sich der Anzugträger nach Buchanan umdrehte. Und obgleich der Mann die Bildung seiner Tochter mit allen Kräften zu verhindern suchte, schien er doch kein völliger Kretin zu sein. Nein, augenblicklich erfasste er die Situation und wirbelte herum. Die rechte Hand erhoben wie ein Karateka.

Für den Bruchteil einer Sekunde musste Buchanan innerlich lächeln. Dieser Narr unternahm den wahnwitzigen Versuch, sich gegen eines der schwersten Bücher der Weltliteratur zu verteidigen. Zwei Sekunden später hatten Buchanan und Joyce gesiegt. Ein Hieb von (wie Joyce es wohl formuliert hätte)

„bababadalgharaghtakamminarronnkonnbronntonnerronntuonnthuuntrovarrho-
unawnskawntoohoohoordenenthurnukhafter" Wucht hatte den Bücherverächter
zu Boden gestreckt und ihn das Bewusstsein verlieren lassen.

Mit neuen Schuhen und so zufrieden lächelnd, wie jemand, der gerade ein Auto-
gramm von seinem Lieblingsautor bekommen hat, verließ Buchanan die Stätte
seines Wirkens.

Einige Male musste er noch kurz an die vor Schreck weit aufgerissen Augen denken, mit denen ihn das kleine Mädchen angestarrt hatte. Sie war noch zu jung,
um zu begreifen, dass ihr ein großer Gefallen getan worden war. Aber irgendwann
würde sie verstehen und mit Dankbarkeit an jenen geheimnisvollen Fremden zu-
rückdenken, der ihren bücherverachtenden Vater in die Schranken gewiesen hatte
– das fühlte er.

Kapitel 3

So lange Zero denken konnte, hatte er Bücher immer gehasst. Bücher hatten sein
Leben ruiniert. Nicht Bücher, die er selbst gelesen hätte. Nein, Bücher, die schon
lange vor seiner Geburt existiert hatten. Ein Leben in Reichtum und Sorglosigkeit
hätte er führen können. Aber das Schicksal hatte anders entschieden. Nein, nicht
das Schicksal, sondern Sir Thomas Phillipps. Zeros Urahn. Sir Thomas hatte im
neunzehnten Jahrhundert gelebt und war ein äußerst wohlhabender Baronet gewesen. Unglücklicherweise war er von der Idee besessen, ein Exemplar jedes Buches zu besitzen, welches auf der Welt existierte. Am Ende seines Lebens gehörte
ihm die größte Büchersammlung, die je ein Privatmann besessen hatte, aber seine
Familie war angesichts der horrenden Summen, die Sir Thomas dafür aufgewen-
det hatte, ruiniert. Statt auf einem repräsentativen Schloss war Zero also in einer
schäbigen Zweizimmerwohnung mit schrägen Wänden im Londoner East-End
aufgewachsen. Als er fünf Jahre alt war, hatte ihm seine Mutter zum ersten Mal
die Geschichte von Sir Thomas erzählt. Natürlich konnte er ihre Bedeutung noch
nicht in ihrem vollen Umfang begreifen, aber das änderte sich mit den Jahren.

In der Schule bekam Zero im Sport zwar exzellente Noten,
nicht jedoch in allen anderen Fächern, da er sich – obgleich hochintelligent – wei-
gerte, ein Buch auch nur in die Hand zu nehmen, geschweige denn, darin zu lesen.

Allgemein ging man davon aus, dass er nicht lesen konnte, was nicht zutraf, er wollte nur nicht. Man bemühte sich nicht weiter um ihn und schrieb ihn ab. Die Pädagogik war damals noch nicht so fortschrittlich wie heute und so stufte man ihn nicht als *anders begabt* ein, sondern schlicht und einfach als Trottel.

Ohne Schulabschluss entließ man ihn ins Leben. Eine Arbeit, die seiner adeligen Herkunft, seiner Intelligenz und seinen hohen Ansprüchen entsprach, war so jedoch unmöglich zu finden.

Schließlich hörte er von einer Firma, welche mit Altpapier handelte und die einen Gehilfen suchte. Er hegte eine bestimmte Hoffnung, was die Arbeitsabläufe dort betraf, bewarb sich und bekam die Stelle. Seine Hoffnung erwies sich als berechtigt. Mindestens einmal pro Woche wurden große Bestände von Büchern angeliefert, welche die Verlage als unverkäuflich aus dem Sortiment genommen hatten. Zero konnte sich nicht erinnern, wann in seinem Leben er jemals solche Glücksgefühle gehabt hatte. Stundenlang konnte er zusehen, wie Tonnen von Büchern erst im Schredder zerfetzt und dann in großen Bottichen zu Brei zerkocht wurden. Diese Bücher würden keinen Schaden mehr anrichten, sondern es würde irgendetwas anderes aus ihnen gemacht werden. Vielleicht nichts Sinnvolles, aber auf jeden Fall etwas Harmloses. Insgeheim hoffte er jedes Mal, dass es Toilettenpapier sein möge. Der Genuss, den er bei der Arbeit hatte, entschädigte ihn für vieles, auch für die miserable Bezahlung. Eines Abends jedoch – es muss Mitte der siebziger Jahre gewesen sein – ließ er sich von einem Arbeitskollegen überreden, diesen zu einer politischen Versammlung zu begleiten, bei der es um die Rechte der Arbeiter gehen sollte. Ohne allzu viel davon zu erwarten, ging Zero mit. Wie sich herausstellte, handelte es sich um eine Großkundgebung der kommunistischen Partei, die damals viel Zulauf hatte. Allerdings um die Rechte der Arbeiter ging es dort nur am Rande, dafür aber umso mehr um die Verherrlichung von Mao Tse Tung, dem eine geradezu überirdische Geisteskraft zugeschrieben wurde. All das interessierte Zero nur mäßig. Politik war nicht seine Welt. Plötzlich jedoch geschah es. Er glaubte seinen Ohren nicht zu trauen, aber der Redner hatte soeben ein weiteres Mal Mao zitiert und zwar mit dem wundervollsten Satz, den Zero in seinem ganzen Leben gehört hatte.

„Je mehr man liest, desto dümmer wird man."

Von einer Sekunde zur nächsten war es um ihn geschehen und er wurde zum glühendsten Anhänger des *Großen Vorsitzenden*. Endlich hatte Zero jemanden gefunden, der ihn verstand, der so dachte wie er, der aussprach, was er schon immer gefühlt hatte, aber bis zu diesem Tage nicht formulieren konnte.

Vom weiteren Verlauf der Versammlung bekam er nicht mehr viel mit. Dazu war er viel zu aufgeregt. Vor Glückseligkeit halb im Rausch, rannte er nach Hause. Er fand keinen Schlaf in dieser Nacht. Immer wieder musste er den magischen Satz laut aussprechen. Er konnte gar nicht genug davon bekommen. Am nächsten Morgen ließ er ihn sich noch vor Arbeitsbeginn auf den rechten Unterarm tätowieren.

In den kommenden Wochen versuchte er, soviel wie möglich von seinen Kollegen über Mao zu erfahren. (Selbstverständlich gab es jede Menge Bücher über ihn, aber diese Art sich seinem Idol zu nähern, verbot sich natürlich von selbst.)

Und fast alles, was er über ihn hörte, faszinierte ihn. Besonders angetan hatte es ihm Maos sogenannte Kulturrevolution, der zahllose Intellektuelle, unter ihnen viele Schriftsteller samt ihren Werken, zum Opfer gefallen waren. Wer so etwas tat, konnte kein schlechter Mensch sein, befand Zero.

Eines Tages jedoch hörte er etwas, das ihn zutiefst verstörte. Mao hat ein Buch verfasst, hieß es. Ein Buch. EIN BUCH!

Zuerst wollte er es gar nicht glauben. Hielt es für ein bösartiges Gerücht. In die Welt gesetzt von irgendwelchen elenden Literaturfreunden, die den großen Mao mit haarsträubenden Lügen als unglaubwürdig zu diskreditieren versuchten. Zero befragte jeden, den er kannte darüber, aber die Antwort war immer dieselbe. Dieses Buch existierte.

Es hieß *Worte des Vorsitzenden Mao,* wurde aber überall nur *Mao-Bibel* genannt. Über eine Milliarde Mal war es gedruckt worden und jeder Chinese war gehalten, ein Exemplar davon zu besitzen.

Ein Buch? Wie konnte das sein? Wie konnte ausgerechnet *der* Mann, der „Je mehr man liest, desto dümmer wird man" gesagt hatte, selbst ein Buch verfassen? Aber schließlich verstand Zero: Maos Buch war kein Buch im üblichen Sinne, sondern es diente in Wahrheit der Untermauerung seiner Lesen-macht-dumm-These. Wer die fast vierhundert Seiten tatsächlich durchlas, war nach dieser Erfahrung mit Sicherheit nicht nur ein bisschen, sondern bedeutend dümmer. Mao hatte alle Register gezogen und sein Buch zu einem beispiellosen Konglomerat von verschwurbeltem Politquark und an Banalität nicht zu überbietenden Weisheiten gemacht:

WENN EIN FEHLER BEGANGEN WURDE, MUSS ER KORRIGIERT WER-

DEN UND JE SCHNELLER UND GRÜNDLICHER DAS GESCHIEHT, UMSO BESSER.

Maos brillanter Geist hatte also die große Wahrheit vom Dümmer-werden-durch Lesen nicht nur als erster erkannt und ausgesprochen, sondern auch noch gleich den unwiderlegbaren Beweis für ihre Richtigkeit erbracht.

Jeder Zweifler konnte sich durch das Lesen einer beliebigen Passage, davon überzeugen. Und auch nur Zweifler und Gegner hatte Mao als Leser im Sinn gehabt. Seinen Anhängern hingegen wollte er das Lesen eines Buches nicht zumuten.

Zwar befahl er ihnen, das Buch zu kaufen (Mao hatte was gegen Bücher, nicht aber gegen Tantiemen), aber keineswegs, um es zu lesen, sondern um auf Großkundgebungen damit zu winken. So wurde die Maobibel zu einem der wenigstgelesenen, aber meistgewunkenen Bücher der Weltgeschichte. Auf diese Weise wurde Mao reich und seine Anhänger nicht dümmer, sondern durch das ständige Winken jeden Tag beweglicher und kräftiger. Ein Geniestreich, wie er nur Mao einfallen konnte.

All das beeindruckte Zero zutiefst. Sollte der Kommunismus das sein, wonach er sein ganzes Leben gesucht hatte? Es sah ganz so aus. Doch schon bald stellten sich neue Zweifel ein. Mao war ein Genie, ohne Frage, aber war es wirklich der Kommunismus, aus dem sich seine Genialität speiste? Wohl eher nicht. Gerade die Kommunisten hatten in schockierender Anzahl Bücher veröffentlicht. Geradezu meterweise hatten bereits die Pioniere des Kommunismus Marx und Engels (dreiundvierzig Bände) und auch Lenin (vierzig Bände) Bücher veröffentlicht. Und viele ihrer Anhänger eiferten ihnen darin auch heute noch nach. – Nein, mit diesen Menschen hatte Zero nichts gemein.

Endlich kam er zu der Erkenntnis, dass Maos Weisheit nicht kommunistischer, sondern chinesischer Natur war.

Bücherhass hatte in China eine lange und ehrwürdige Tradition. Kaiser Qin Shiuang Di hatte nicht nur die Chinesische Mauer erbauen lassen, sondern bereits im Jahre zweihundertdreizehn vor Christus verfügt, dass alle Bücher im Reich (mit Ausnahme von medizinischen und landwirtschaftlichen) zu verbrennen seien. Sowohl das Lesen, als auch das Schreiben verbot er bei Todesstrafe. Zero konnte gar nicht aufhören, in Gedanken an dieses goldene Zeitalter zu schwelgen. Zu einer Zeit, in der in Europa noch über tausend Jahre vergehen sollten, ehe man den Buchdruck erfand, wurden in China Bücher bereits in Massen verbrannt. Was für eine überlegene Kultur musste das gewesen sein.

Und im Gegensatz zu manchen anderen Kulturen, welche sich irgendwann mit dem Erreichten zufrieden gaben und seitdem in Stillstand und Rückschritt verharrten, hatte sich diese weiter entwickelt.

Das beste Zeugnis dafür war natürlich wieder von Mao selbst:

WAS WAR DENN SO AUSSERGEWÖHNLICH AN QIN SHIUANG? ER HAT 460 GELEHRTE LEBENDIG BEGRABEN; WIR HABEN 46000 GELEHRTE LEBENDIG BEGRABEN.

Nein, es konnte für Zero keinen Zweifel geben, China war auf einem guten Weg. Einem Weg in eine glückliche bücherfreie Zukunft.

Und Zero konnte sich nichts Schöneres vorstellen, als diesen

Weg mitzugehen. Mehr und mehr verhielt er sich selbst wie ein Chinese. Er kleidete sich chinesisch, hörte chinesische Musik, schimpfte auf die Japaner und kniff in Gegenwart von anderen Menschen seine Augen etwas zusammen, um zumindest ein bisschen chinesisch auszusehen. Auch aß er nur noch in chinesischen Lokalen und benutzte zum Essen ausschließlich Stäbchen.

Dass ihm das Essen ständig aus den Stäbchen flutschte und er sich bekleckerte, sah er als notwendiges Opfer, das er im Kampf gegen die Welt der Bücher nur zu gerne brachte.

Was ihm besonders gefiel, war, dass die chinesischen Lokale ihre Essen nicht benannten, sondern nummerierten. Das war die richtige Einstellung. Hier wurde alles, was auch nur entfernt in Richtung Buch ging, schon im Keim erstickt. Denn da wo Worte sind, entstehen nur allzu leicht auch Bücher.

Das war der eigentliche Grund, warum er seine Nr. 34 so gerne aß. (Aber auch der Geschmack war völlig in Ordnung.)

Das Prinzip, Dinge nicht zu benennen, sondern zu nummerieren, faszinierte ihn über alle Maßen und so beschloss er, auch mit seinem Namen ein Zeichen zu setzen. Er wollte lieber wie eine Zahl heißen, als wie ein Wort. Aber nicht irgendeine Zahl. Wie viele Bücher sollte es nach dem Sieg der ersehnten Revolution noch auf der Welt geben? Sein Name war Antwort und Verpflichtung zu gleich: *Zero*.

Zwar war er vom Kommunismus wieder abgekommen, aber wie Lenin, Stalin, Trotzki (und wie sie alle (eigentlich gar nicht) hießen) einen Nom de guerre zu führen, das gefiel ihm.

Wie dieser Krieg jedoch aussehen sollte, darüber war er sich nicht im Klaren.

Zwar hatte Mao seinen Bücherhass deutlich formuliert und war mit erfrischender Brutalität gegen zahlreiche Schriftsteller im eigenen Land vorgegangen, aber sonst war nicht viel passiert. Noch immer existierten rund um den Globus Milliarden von Büchern und hunderttausende von widerlichen Literaten hatten nichts Besseres zu tun, als unablässig auf die Tasten ihrer Schreibmaschinen einzuhämmern, um weitere Machwerke zu produzieren. Und dann wurde all das auch noch gelesen, es war zum Verzweifeln.

Zero verbrachte ganze Abende, um darüber nachzudenken, was zu tun sei, um diese Pest ein für alle Mal auszurotten, aber der große Plan wollte ihm nicht gelingen.

Noch nicht.

Einstweilen machte er sich zumindest etwas nützlich und steckte nachts die eine oder andere Buchhandlung in Brand. Und wenn er besonders gute Laune hatte, sogar die eine *und* die andere.

Aber so schön der Anblick einer brennenden Buchhandlung auch sein mochte, es war kaum mehr als ein symbolischer Akt.

Die Händler waren alle versichert und an der weltweiten Verbreitung des Buches änderte sich dadurch nicht das Geringste.

Zero begann sich zu fragen, ob der Kampf gegen das Buch nicht vielleicht doch ein aussichtsloser war. Er konnte nicht ahnen, dass sich das Blatt schon sehr bald zu seinen Gunsten wenden sollte. Vor allem aber ahnte er nicht, dass man ihn beobachtete.

Es geschah an einem Abend im April. Genauer gesagt an einem dreiundzwanzigsten April. Für Zero war das immer der schlimmste Tag des Jahres gewesen, seit ihn die UNESCO zum Welttag des Buches erklärt hatte. Man hatte ihn hauptsächlich deshalb ausgewählt, weil es der Geburtstag von zweien der in Bücherhasserkreisen verhasstesten Figuren überhaupt gewesen war: Miguel de Cervantes und William Shakespeare.

(Dass Shakespeare dann auch an einem dreiundzwanzigsten April gestorben war, brachte da nur schwachen Trost.)

Wie schon seit Jahren, war Zero an diesem Tag sehr deprimiert gewesen. Um sich abzulenken, beschloss er ins Kino zu gehen.

Im Odeon lief gerade sein Lieblingsfilm. Er musste ihn bereits mindestens ein Dutzend Mal gesehen haben, aber trotzdem war er jedes Mal wieder aufs Neue fasziniert. *Fahrenheit 451*. Ein herrlicher Film! Er spielte in einer nicht allzu fernen Zukunft, in der Bücher verboten waren. Suchtrupps der Regierung durchkämmten systematisch das ganze Land, um die letzten von uneinsichtigen Buch-Sympathisanten verborgen gehaltenen Bücher aufzuspüren, und sie dann zu verbrennen.

Zero war bewusst, dass Regisseur Francois Truffaut eigentlich auch zur Pro-Buch-Fraktion gehörte und seinen Film sicher auch so verstanden wissen wollte, aber Zeros Begeisterung für das Geschehen auf der Leinwand tat das keinen Abbruch. Zu schön war das, was dort zu sehen war. Eine Welt, die im Begriff war, gänzlich bücherfrei zu werden. Was für ein Paradies. – Zu schade, dass es nur ein Film war.

Seelisch gestärkt spazierte Zero zu seiner kleinen Dachwohnung in Kensington. Die beiden Männer, die ihm folgten, bemerkte er zu keinem Zeitpunkt.

Kapitel 4

Buchanan war also im Land seiner Träume. Er besaß einen Sack voller Bücher und ein paar Schuhe. So weit, so gut. Jetzt brauchte er fürs Erste nur noch eine Arbeit. Alles Weitere würde sich dann schon finden.

Am liebsten hätte er natürlich eine Tätigkeit ausgeübt, bei der er etwas mit Büchern zu tun hatte, aber ohne Deutschkenntnisse war es gerade in diesem Bereich wohl so gut wie aussichtslos, eine solche zu bekommen.

Was er nach längerem Suchen schließlich fand, hatte nicht direkt etwas mit Büchern zu tun, sondern nur im allerweitesten Sinne: Traubenpflücker bei der Weinlese.

Aber immerhin war es ein Anfang.

Für diejenigen, die noch nie etwas von Wein aus Buxtehude gehört haben, hier eine kurze Einführung:

Der *Buxtehuder Sonnenhügel* war ein trockener Wein. Genauer gesagt, ein sehr trockener. Oder um ganz präzise zu sein, ein unerträglich trockener, der es leicht mit jedem beliebigen Essigreiniger aufnehmen konnte. Trotzdem gab es eine Reihe von Kennern (keine Weinkenner, sondern Kenner von irgendetwas Anderem), die diesen Wein (der sich in der Grauzone zum Halblegalen bewegte, aber bei nur gelegentlicher Verkostung keineswegs zwingend tödlich war) kauften.

Dies war in erster Linie, nein ausschließlich, der genialen Marketingstrategie von Gutsbesitzer Reinhold Ottensen zu verdanken, die alle Makel, welche dieser Wein besaß, elegant in den Hintergrund treten ließ. Da war zunächst einmal die Verwendung des Namens *Sonnenhügel*, der einen sympathischen Wein vermuten ließ. In der Realität existierte ein solcher Hügel nicht und von Sonne wurde das Ottensen'sche Gut nur höchst selten verwöhnt. Aber als *Buxtehuder Schattenacker*, wie der Wein korrekterweise eigentlich hätte heißen müssen, hätte er wohl kaum Abnehmer gefunden. Mit dem Namen *Sonnenhügel*, bei dessen süffigem Klang jedem Weinfreund schon das Wasser im Munde zusammenlief, war dieses Problem gelöst. Blieb der entsetzliche Geschmack. Ein Problem, dem sich Ottensen voll und ganz bewusst war. Er löste es, indem er den Wein zu einem aberwitzig hohen Preis anbot, so dass keine Flasche unter vierhundert Euro zu haben war.

Unterstützt wurde dieser Preis noch von einem Slogan, den Ottensen sich selbst ausgedacht hatte und der in all seinen Werbeanzeigen und Preislisten unübersehbar abgedruckt war:

„Es gibt viele gute Weine. Manche sind herausragend und nur einige wenige – göttlich."

Dass es sich bei seinem Wein um einen solchen göttlichen handeln würde, behauptete er nicht, aber natürlich wurde es von seinen bedauernswerten Kunden genau so interpretiert.

(Der Fairness halber sei gesagt: Falls es einen Gott der Säuernis gäbe, dies wäre sein Wein gewesen.)

Die meisten Kunden gingen natürlich davon aus, dass ein so teurer Wein auch besonders gut sein musste. Und zwar so gut, dass er viel zu schade sei, um ihn „einfach so" zu trinken. Nein, ein solcher Wein musste für eine ganz besondere Gelegenheit aufgehoben werden, wie sie nur alle zehn, zwanzig oder gar dreißig Jahre ins Haus steht. Und so lagerten Ottensens Weine wohlbehütet in etlichen Weinkellern im ganzen Land. Und das, dies darf man sagen, machten sie gut. So lange man sie nicht trank, konnte man sich uneingeschränkt an dem teuren Rebensaft erfreuen. Wenn man allerdings irgendwann den Fehler beging, ihn doch zu trinken und seiner infernalischen Säuernis schließlich gewahr wurde, nahm man an, dass er nach der teilweise jahrzehntelangen Lagerung umgekippt war. „So etwas kommt bei den besten Weinen vor", versicherte Ottensen dann immer wahrheitsgemäß.

Und fügte mit einem bedächtigen Nicken hinzu: „Gerade bei denen."

Buchanan langweilte die Arbeit noch mehr als er befürchtet hatte. Mit Lesen hatte das nun gar nichts zu tun. Umso mehr freute er sich auf die Abende. Zusammen mit den anderen Traubenpflückern war er im großen Schlafsaal des Gutes untergebracht. Er hatte sich zum Ziel gesetzt, innerhalb von kürzester Zeit Deutsch zu lernen. Da er ungern Zeit, die er auch mit Lesen hätte verbringen können, auf anderes verwendete, suchte er nach einem Weg, beides zu verbinden und fand auch einen: Die Schliemann-Methode.

Der berühmte Archäologe Heinrich Schliemann hatte nicht nur Troja ausgebuddelt, sondern in seinem Leben an die dreißig Sprachen erlernt. Manche innerhalb von nur drei Wochen. Gelungen war ihm das, indem er ein deutsches Buch auswendig lernte und nun immer und immer wieder eine in die Sprache, die er erlernen wollte, übersetzte Fassung desselben Werkes las.

Buchanan kannte nicht nur ein Buch auswendig, sondern eine ganze Reihe und so ging das Lernen zügig voran. Nachteilig wirkte sich nur die Tatsache aus, dass es sich hierbei ausschließlich um Romane des neunzehnten Jahrhunderts handelte. Hierdurch gestaltete sich sein neuer deutscher Wortschatz etwas altertümlich. So kannte er zwar bald die deutschen Wörter Kandelaber, Riechsalz und Hoflieferant, nicht jedoch Wörter wie Auto, Fernseher und Verbandskasten.

Hatte er anfangs noch geplant, diese betrüblichen Wissenslücken vermittels eines „Dictionnaires" zu schließen , entdeckte er alsbald, dass sie ihm zum Vorteil gereichten, denn gerade diese altertümliche Ausdrucksweise, in der jeglicher Bezug auf alles Moderne fehlte, ließ die Leute in ihm einen überaus kultivierten Menschen vermuten.

Bald schon fühlte Buchanan sich bereit, die nächste Stufe der Karriereleiter zu erklimmen. Jetzt sollte es wirklich ein Beruf sein, der mit Büchern zu tun hatte. Eine Weile arbeitete er in einer Buchhandlung. Doch die Tantalusqualen, denen er dabei ausgesetzt war – von tausenden Büchern umgeben zu sein, aber während der täglichen Pflichten nie Zeit zu finden, darin zu lesen – waren auf Dauer zuviel für ihn. Er musste eine andere Arbeit finden. Vorzugsweise eine, bei der man ihn fürs Lesen bezahlen würde. In einem Anfall von Schwäche erwog er für einige Augenblicke, Buchkritiker zu werden, fing sich aber schnell wieder. – Bücher kritisieren? Das war ein Widerspruch in sich. Alles andere konnte man kritisieren, aber doch nicht Bücher. Ein geradezu grotesker Gedanke. Bücher musste man loben.

Aber ließ sich nicht auch damit Geld verdienen? Natürlich. Die Lobeshymnen, mit denen die Verlage ihre neuen Bücher ankündigten, musste doch auch jemand schreiben. Buchanan bewarb sich bei mehreren Verlagen, erhielt aber nur Ablehnungsschreiben. Man sei bereits bestens versorgt mit Werbetextern. Buchanan war nicht bereit, so schnell aufzugeben. Seine Überlegungen gingen dahin, dass er durch seine überdurchschnittlich große Bücherliebe in der Lage sei, auch die Bücher zu loben, denen andere Texter nichts abgewinnen konnten. Quasi als Spezialist für besonders schwierige Fälle. Drei Tage später hatten die wichtigsten Verlage eine Probe seines Könnens auf dem Tisch:

Mit „Das Örtliche – Für Buxtehude und Umgebung" ist dem Verfasser etwas absolut Außerordentliches gelungen:

Das Werk stellt eine geradezu fantastisch zu nennende Symbiose dar zwischen einem bis zum Äußersten getriebenen Understatement und einer nahezu unfassbaren Vielzahl von Figuren, über die der Leser fast nichts erfährt und die gerade in ihrer Rätselhaftigkeit eine um so größere Faszination ausüben.

Der einzigartige Materialreichtum, der bei jedem anderem Autor geradezu erschlagend wäre – es enthält mehr Personen als Tolstois Krieg und Frieden - *wird hier durch eine raffinierte Anordnung der Protagonisten in alphabetischer Reihenfolge dem Leser in einer Form dargeboten, die er dennoch bewältigen kann. Das Buch besitzt eine ungeheure Energie, man spürt geradezu die fanatische Akribie, mit welcher der Autor jedes Mosaiksteinchen an der exakt richtigen Stelle platzierte. Dies ist kein Buch, bei dem man mal eben die wichtigsten Passagen querlesen kann, um dann mitreden zu können. Wer solches tut, hat nichts verstanden. Hier ist jedes Wort gleich wichtig. Vordergründige Handlung wird man hier indes vergeblich suchen. Es passiert im Grunde nichts. Aber der geradezu klinisch sachliche Stil, in dem die Protagonisten vorgeführt werden, lässt uns Leser neugierig werden. Außer ihrer Telefonnummer und allenfalls noch ihres Berufs erfahren wir nichts über sie. Wie sehen ihre Ängste aus? Ihre Hoffnungen? Ihre Sehnsüchte? Kein Wort darüber. Der Leser wird nachgeradezu gezwungen, selbst zu denken, sich seine Geschichten gleichsam selbst zu machen. Geschichten, in denen ein Heinz Schmidt oder eine Gerda Müller die Hauptfiguren sind. Der Autor gibt nicht vor, Antworten zu haben. Er deutet an, lässt uns mit Fragen zurück, ohne sie zu stellen und verschwindet dabei vollständig hinter seinem Werk.*

Wie der legendäre Schriftsteller, der seine Werke unter dem Pseudonym B. Traven veröffentlichte, und dessen Identität wohl ewig ein nicht gänzlich zu enträtselndes Geheimnis bleiben wird, wählt auch der Autor von „Das Örtliche – Für Buxtehude und Umgebung" die Anonymität. Der Bestsellerautor, der mit der Präzision eines Uhrwerks jedes Jahr aufs Neue ein Meisterwerk von gleicher Qualität abliefert, bleibt uns ein Unbekannter. Ein Enigma, von dessen Existenz wir nur durch seine Bücher wissen.

Und wirklich, dieser Text lag im richtigen Moment auf dem richtigen Schreibtisch. Beim renommierten ...–Verlag hatte es nämlich gerade einen Leitungswechsel gegeben und die Entlassung des scheidenden Direktors hatte in der Öffentlichkeit erheblichen Staub aufgewirbelt. Demütigenden Staub wie dieser fand. Er beschloss daher, seine Ehre wieder etwas aufzumöbeln, indem er sich in den letzten Arbeitstagen nur einer einzigen Aufgabe widmete, nämlich vor seinem Ausscheiden noch den größtmöglichen Schaden anzurichten. Einen Schaden, der erst lange nach seinem Fortgang zu Tage treten und dann erfreulicherweise seinem Nachfolger angekreidet werden würde.

Zu diesem Zwecke begab er sich höchstselbst in das Kellergeschoss des Verlagshauses und betrat zum ersten Mal in seinem Leben den wohl deprimierendsten Raum des Hauses. Die Shredderkammer. In dem fensterlosen Kellerraum mit der flackernden Neonröhre stapelten sich unzählige Türme von Manuskripten bis zur Decke. Hier endeten sie, all die eingegangenen Texte, die von idealistischen Autoren eingereicht, aber vom Lektorat des Hauses abgelehnt worden waren. Und täglich wurden es mehr. Inzwischen wurden drei Männer im Schichtdienst aufgeboten, gegen die wachsenden Berge anzukämpfen und rund um die Uhr Manuskripte in den Shredder zu stopfen, woraufhin diese zu Konfetti wurden.

Alle drei Männer waren schon deutlich über sechzig und offenbar kriegsversehrt. Das vermuteten zumindest einige. Jedenfalls fehlte allen Dreien der linke Arm. Der Verlag hatte sie eingestellt, um seine soziale Verantwortung zu unterstreichen, aber wohl auch, um die Unfallhäufigkeit bei der Arbeit mit dem gefährlichen Shredder um fünfzig Prozent zu verringern. Der geschasste Direktor verbrachte den ganzen Tag damit, sich hunderte, wenn nicht tausende dieser Manuskripte anzusehen und dann mit der Routiniertheit von vierzig Jahren Berufserfahrung, das Werk auszusuchen, von dem er sich die größtmögliche Unverkäuflichkeit versprach. Schließlich hatte er es gefunden. Hochzufrieden verließ er den Keller, und gleich am nächsten Tag nahm er den Autor dieses Katastrophenwerkes unter Vertrag. Und zwar zu Konditionen, die sonst nur Personen angeboten werden, die Romane über Harry Potter schreiben.

Bereits wenig später saß der Verlag nun auf einem zu horrenden Preisen eingekauften Roman, der so miserabel war, dass nicht einmal die Mutter des Autors bereit gewesen wäre, ihn zu lesen, geschweige denn zu kaufen. Den Ruin des Verlages vor Augen, beschloss die neue Leitung, nichts unversucht zu lassen und nicht nur die eigenen Leute mit dem Verfassen von werbewirksamen Texten für diesen Roman zu beauftragen, sondern auch Buchanan eine Chance zu geben. Man hatte nichts mehr zu verlieren.

Buchanan las das Buch – wie jedes Buch – mit großem Interesse und leuchtenden Augen und er fand darin so vieles Großartige und Wunderbare, dass wohl selbst der Autor des Buches höchst überrascht gewesen wäre. Buchanans äußerte sich derart euphorisch, dass sich die Werbetexte der ebenfalls mit dieser Aufgabe betrauten Mitarbeiter dagegen wie Hasstiraden ausnahmen.

Seine Lobeshymne überzeugte nicht nur den Verlag, sondern auch die Leser. Schon bald stand der elende Schmöker auf Platz eins der Bestsellerliste.

Und dort hielt er sich über etliche Monate. Dies war dem Umstand zu verdanken, dass es sich um einen bleischweren Wälzer von zwölfhundert Seiten handelte, der zwar massenhaft gekauft, aber praktisch nie gelesen wurde.

Wohl fing man an, ihn zu lesen, auf höchste gespannt auf dieses Werk, das in aller Munde war, dann jedoch konnte man beim besten Willen nicht entdecken, was daran so toll sein sollte. Wie auch? So etwas gab es dort ja nicht zu entdecken.

Schließlich gab man die Lektüre nach zwanzig oder dreißig Seiten auf. Immer mit dem unangenehmen Gefühl verbunden, einer der wenigen zu sein, die zu dumm waren, dieses gefeierte Buch zu verstehen.

Im Bekanntenkreis zog man es jedoch vor, sich dahingehend zu äußern, dass man aufgrund von zuviel Arbeit noch nicht dazu gekommen sei, es zu lesen, dass man sich aber bereits drauf freue, dies irgendwann mit der Ruhe und Gründlichkeit zu tun, die dieses Meisterwerk verdiene.

Niemand las es. Aber alle kauften es. Und das war die Hauptsache.

Fortan konnte sich Buchanan vor Angeboten kaum mehr retten. Sämtliche Verlage waren nun begierig, ihn unter Vertrag zu nehmen. Den Mann, dem es anscheinend mühelos gelang, noch aus dem erbärmlichsten Geschreibsel einen Bestseller zu zaubern. Aber Buchanan lehnte alle Angebote ab. Er hatte erkannt, dass es wesentlich lukrativer war, als freier Texter tätig zu sein. Auf diese Weise war es ihm möglich, nicht nur für *einen* Verlag arbeiten, sondern für alle.

Und so las Buchanan Buch auf Buch, verfasste Lobeshymne auf Lobeshymne und verdiente Unsummen. Offensichtlich hatte er es geschafft. Ein schöneres Leben war für ihn kaum vorstellbar.

Es hätte ewig so weitergehen können, aber das tat es nicht.

Schon bald begannen sich die Verlagsleiter zu fragen, wozu sie eigentlich noch Lektoren brauchten, die eingesandte Manuskripte lasen und auf ihre Brauchbarkeit überprüften und oft sogar noch viel kostbare Zeit damit verplemperten, diese zu verbessern. Wozu sollte das noch nützlich sein, wenn doch Buchanan aus jedem beliebigen Buch einen Erfolg machen konnte, unabhängig von dessen Qualität? Nein, es war völlig klar: Die Zeit der Lektoren war abgelaufen.

Massenentlassungen waren die Folge. Die Lektoren waren verzweifelt, aber nicht bereit, diese Entwicklung klaglos hinzunehmen. Man versuchte, mit Buchanan ins Gespräch zu kommen, bat ihn, künftig nicht so viele Werbetexte zu verfassen oder zumindest weniger enthusiastische. Aber das sah Buchanan gar nicht ein. So sehr die Lektoren auch argumentierten und flehten, Buchanan blieb hart.

Vielleicht hätte er sich etwas entgegenkommender zeigen sollen, denn als deutlich wurde, dass sämtliche Verhandlungen mit ihm fruchtlos bleiben würden, wurde der militante Arm des Weltlektorenverbandes, die International Readers Army (IRA) aktiv und setzte Buchanans Namen ganz oben auf seine Todesliste.

Nun ist das mit den Todeslisten ja so eine Sache. Es gibt sone und solche. Klar, grundsätzlich ist es nicht gut, wenn man auf einer steht. Schon gar nicht auf Platz eins. Auch die Todeslisten von Mafia, Camorra, Cosa Nostra, FSB (dem früheren KGB), CDU (den heutigen Grünen) oder Triaden sind nicht gerade Witzblätter, aber keine, wirklich keine Todesliste ist so furchteinflößend, wie die des Weltlektorenverbandes. Denn im Gegensatz zu allen anderen Organisationen, muss man hier davon ausgehen, dass es kein Mitglied gibt, dass die Liste nicht gelesen hat. Gründlich. Mehrmals. Das Lesen ist ihr Beruf. Das Lesen macht sie so unglaublich gefährlich. Die Lektoren haben jeden erdenklichen Krimi über die raffiniertesten Mörder und die kaltblütigsten Killer und jedes erdenkliche Sachbuch über ihnen nützliche Gebiete gelesen. Seien es nun Waffen, Sprengstoffe oder Gift und was es sonst noch alles gibt. Sie wissen darüber genauestens Bescheid. Vor den Killerkommandos des Lektorenverbandes gibt es kein Entrinnen. Und Gnade kennen sie nicht. Man ist versucht, zu sagen: Sie wissen gar nicht, wie man „Gnade" schreibt, aber das wissen sie als Lektoren natürlich sehr gut. Selbst das Buchstabieren von weit aus schwierigeren Wörtern wie „Koryphäe" und „Hämorrhoiden" ist für sie kein Problem. Aber Gnade ausüben, nein, das tun sie nicht.

Man entschied, Buchanan durch einen Scharfschützen beseitigen zu lassen. Zu diesem Zweck wurden Räumlichkeiten in dem Apartmentblock angemietet, der sich gegenüber von Buchanans Apartment befand. Wie immer ging man äußerst umsichtig zu Werke. Um eine optimale Schussposition zu haben, wurde eine Wohnung ausgewählt, die zwei Stockwerke höher gelegen war als die Buchanans. Auch wurde der Vermieter auf sprachliche Ungeschicklichkeiten im Mietvertrag hingewiesen. Als nächstes ging man daran, Buchanan zu beobachten und seinen Tagesablauf genauestens zu protokollieren. Das war allerdings nicht besonders schwierig. Jeden Morgen um sieben setzte sich Buchanan in seinen Sessel und begann zu lesen. Mittags ließ er sich eine Pizza ins Haus liefern, die er lesend verzehrte. Dann las er weiter oder schrieb einen Text über das jeweilige Buch. Gegen dreiundzwanzig Uhr begab er sich ins Schlafzimmer, um vor dem Einschlafen noch ein wenig zu lesen.

Einen Mann, der über Stunden nahezu bewegungslos in einem Sessel sitzt, hätte man für ein leichtes Ziel halten können. Aber so war es nicht. Überall in Buchanans Wohnung türmten sich gewaltige Bücherstapel, die es dem Attentäter (oder, wie sich die Killer des Lektorenverbandes selbst bezeichnen: ABC-Schützen) fast unmöglich machten, eine brauchbare Schusslinie zu finden. Nein, in seinem Sessel war Buchanan nahezu unangreifbar. Der ABC-Schütze musste warten, bis sich Buchanan aus seinem Sessel erheben würde. Das passierte nur höchst selten und in den ersten drei Tagen verpasste es der Schütze des Lektorenverbandes jedes Mal, da er immer gerade selbst in die Lektüre eines spannenden Buches vertieft war. (Man könnte den Mann für reichlich unprofessionell halten, sollte dabei aber nicht außer Acht lassen, dass dieser in erster Linie Lektor war und seiner Mordtätigkeit nur ehrenamtlich nachging.)

Doch endlich war es soweit. Buchanan und der Mann mit dem Gewehr beendeten gleichzeitig die Lektüre eines Buches. Buchanan legte das Buch weg und streckte sich. Der ABC-Schütze griff nach dem Gewehr und atmete aus, wie er es aus einem Lehrbuch über das Schießen gelesen hatte. In wenigen Augenblicken würde er Buchanan töten. Oder wie man es in Lektorenkreisen vorzog zu formulieren: Die endgültige Korrektur vornehmen.

Kapitel 5

Seit Jahrhunderten hatten sie im Verborgenen gewirkt. Nur einem einzigen Ziel verpflichtet. Immer wieder hatten sie in die Geschichte eingegriffen. Angefangen beim Brand der großen Bibliothek von Alexandria. Aber nie waren sie dabei öffentlich in Erscheinung getreten. Ihre Vorsicht und ihr Misstrauen waren beispiellos. Niemals äußerten sie sich gegenüber Fremden. Nie hatten sie etwas aufgeschrieben. Und fast nie nahmen sie ein neues Mitglied in ihre Reihen auf. Nur die allerwenigsten hielten der peinlich genauen Prüfung stand. Nur die allerwenigsten waren würdig.

Doch nun schien es einen neuen Anwärter zu geben. Die zahlreichen brennenden Buchhandlungen hatten sie auf Zero aufmerksam werden lassen. Hatten sie bei den ersten Bränden noch an eine glückliche Fügung des Schicksals geglaubt, belehrte sie die außergewöhnliche Häufung dieser Vorfälle bald eines Besseren. Offensichtlich wurden diese Brände gezielt gelegt. Doch von wem? Das galt es herauszufinden.

Unauffällig begann man, alle Buchhandlungen zu beobachten und eines nachts, als Zero eine besonders große Buchhandlung im Stadtteil Maida Vale in Brand setzte, entdeckten sie ihn. Von da an ließen sie ihn nicht mehr aus den Augen.

Vor allem mussten sie wissen, aus welchem Grund Zero die Buchhandlungen ansteckte. War er wirklich geleitet von einem unstillbaren Hass auf Bücher oder war er nur ein geistesgestörter Pyromane, der Buchhandlungen nur deshalb auswählte, weil sie so viel leicht Brennbares enthielten.

Mehrere Monate hatten sie ihn rund um die Uhr überwacht.

Und was sie sahen, gefiel ihnen. Niemals zündete Zero etwas anderes an, als Buchhandlungen. Nie sah man ihn mit einem Buch oder auch nur einer Zeitschrift. Bei zwei heimlichen, aber nichts desto weniger gründlichen Durchsuchungen seiner Wohnung hatten sie nicht das Geringste gefunden, was ihn belastet hätte. Zero besaß offenbar kein einziges Buch. Nicht einmal ein Telefonbuch. Auch keinen Bibliotheksausweis, keine Lesebrille, nichts dergleichen.

Und so beschlossen sie, das Risiko einzugehen und Zero in ihre heiligen Reihen aufzunehmen. Zero war mehr als glücklich. Auch er hatte noch nie von dieser Organisation gehört, aber doch insgeheim gehofft, dass etwas Derartiges existieren möge. Bücherhasser hatten es schließlich nicht leicht. Bis auf wenige Ausnahmen teilte sich die Menschheit in zwei Gruppen: Diejenigen, die Bücher liebten oder sie zumindest als sinnvoll erachteten und diejenigen, denen sie egal waren. Für Bücherhasser gab es in dieser Welt keinen Platz und so zogen sie es vor, anonym zu bleiben. Doch endlich war Zero unter Gleichgesinnten. In einer altehrwürdigen Zeremonie wurde er in die Bruderschaft aufgenommen. Feierlich schwor er, nie ein Buch zu lesen und nicht eher zu ruhen, bis die Macht der verabscheuungswürdigen Leseratten für immer gebrochen sei. Es versteht sich von selbst, dass er diesen Schwur nicht auf eine Bibel leistete, sondern einfach *nur so*.

Zunächst hielt Zero sich zurück. Gab sich bescheiden. Beobachtete. Doch schon bald begann sein kometenhafter Aufstieg. Die seltene Mischung aus Fanatismus und geistiger Beweglichkeit imponierte den Mitgliedern der Bruderschaft. Stufe um Stufe stieg er in der Hierarchie empor und diejenigen, die es wagten, sich ihm in den Weg zu stellen, die räumte er ohne zu zögern zur Seite, indem er Gerüchte streute, dass diese in Wahrheit Verräter und verkappte Bücherfreunde seien.

Wenn man die Wohnungen dieser Männer durchsuchte, fanden sich jedes Mal versteckte Bücher. Allzu gut waren sie nicht versteckt. Beinahe so, als *sollten* sie gefunden werden. Es hieß, Zero selbst hätte sie heimlich dort deponiert, aber beweisen konnte das niemand und niemand wagte es, diesen Verdacht laut auszusprechen. Zu groß war die Furcht, seinen Hass auf sich zu ziehen und selbst zum Opfer zu werden. Innerhalb weniger Jahre stieg Zero zum unangefochtenen Anführer auf.

Kapitel 6

Als der Schuss fiel wusste Buchanan gar nicht, wie ihm geschah. Eine unsichtbare Kraft schleuderte ihn zu Boden.

Ein Meisterschuss, wie er im Buche steht, dachte der ABC-Schütze befriedigt und verließ geräuschlos das Apartment.

Seine übergroße Liebe zu Büchern hatte Buchanan zum Ziel werden lassen. Aber sie rettete ihm auch das Leben. Wie immer trug Buchanan etliche Bücher bei sich und die dicke Reclamausgabe von Adalbert Stifters Meisterroman *Nachsommer* in der Brusttasche seiner Jacke hatte das Projektil aufgehalten. Für Buchanan ein durchaus zwiespältiges Ereignis: Er hatte sich schon sehr auf die Lektüre des nun unlesbar gewordenen Romans gefreut.

In der Nacht wurde ein Briefumschlag unter seiner Wohnungstür hindurchgeschoben. Buchanan fand ihn am nächsten Morgen. In dem Umschlag befand sich eine Karte aus dickem Pergamentpapier.

„Wir müssen uns unterhalten", stand darauf geschrieben. Sonst nichts.

Kaum war das Ding im Altpapier gelandet, hatte Buchanan es auch schon wieder vergessen. Wahrscheinlich hätte er nie wieder daran gedacht, aber in der folgenden Nacht wurde ein weiterer Briefumschlag unter seiner Tür hindurchgeschoben. Er enthielt ein Flugticket erster Klasse nach Rom, fünf Fünfhunderteuroscheine und eine Adresse.

Buchanan war beeindruckt: Warum die Aufteilung auf zwei Umschläge? Entweder hatte der Absender einen hochentwickelten Sinn für dramatische Wirkungen oder (und das hielt Buchanan für wahrscheinlicher) er war etwas schusselig.

Das Flugticket war auf den Mittag des kommenden Tages ausgestellt. Was war nun zu tun? Wie sollte er auf diese ominöse Botschaft reagieren? Buchanan wusste es nicht.

Bis zum Abend zermarterte er sich den Kopf. So viele Fragen stürmten auf ihn ein. Wie lange würde sein Aufenthalt in Rom sein? Davon hing schließlich ab, wie viele Bücher er als Lektüre in den Koffer zu packen hatte. Und welche Bücher waren jetzt die für ihn passenden? Sollte er dem geheimnisvollen Gastgeber vielleicht ein Buch als Geschenk mitbringen? Und wenn ja, welches? Wieviel durften die Bücher im Fluggepäck wiegen?

Auch in der Nacht wälzte er sich sorgenvoll grübelnd im Bett hin und her und erst in den Morgenstunden konnte er etwas Schlaf finden.

Es dauerte Stunden, bis er am nächsten Morgen seinen Koffer endlich so gepackt hatte, dass er sich für angemessen gerüstet erachtete: Waschzeug, Unterwäsche, ein Pyjama und neunundvierzig Bücher. In letzter Sekunde entschied er sich, den

Pyjama noch gegen eine Stendhal-Monographie auszutauschen. Er wollte kein un-nötiges Risiko eingehen: Ein paar Nächte ohne Pyjama waren nicht so schlimm, aber mehrere Tage ohne Buch...?

Die Reise selbst verlief ohne besondere Zwischenfälle. Im Taxi las Buchanan einige Kurzgeschichten von Stephen Leacock, die er in der Manteltasche als eiserne Reserve mit sich führte, falls sein Gepäck verloren gehen sollte, sein Flug von Buxte-hude International Otfried Preußler startete fast pünktlich und während des Fluges begann er mit Eric Amblers Roman *Die Maske des Dimitrios*, der zu den einundzwanzig Büchern in seinem Handgepäck zählte. Ausnahmslos Taschenbü-cher, um nicht in Konflikt mit den schikanösen Gewichtsvorschriften der Flugge-sellschaften zu geraten, die offenbar einen Feldzug gegen Menschen führten, denen es wichtig war, die Gesamtausgaben ihrer Lieblingsdichter stets bei sich zu tragen. Fliegen war eigentlich nichts für Bücherfreunde. Ständig wurde man beim Lesen gestört, weil die Stewardessen einen mit Getränken, Mahlzeiten, Dutyfree-Ware und anderem Firlefanz belästigten. Noch schlimmer als Fliegen war nur, selbst am Steuer eines Wagens zu sitzen. Dabei konnte man so gut wie gar nicht lesen. Allen-falls im Stau und in den Rotphasen der Ampeln. Am allerschlimmsten war es beim Radfahren. Dabei ging es überhaupt nicht. Entweder man fuhr oder man las. Buchanans einziger Versuch, beides gleichzeitig zu tun, hatte mit einem gebroche-nen Arm, einer aufgeschürften Nase und einer stark verschmutzten Ausgabe von Molieres *Der Herr von Pourceaugnac* geendet.

Nein, die beste Art zu Reisen war eindeutig mit dem Zug. Man saß ungestört da, die Reise dauerte eine halbe Ewigkeit (oft sogar noch wesentlich länger, als ur-sprünglich angenommen) und konnte nach Herzenslust lesen. Auch nach Rom hät-te man auf diese Weise gelangen können. Aber nein: Man hatte ihm ein Flugticket geschickt. Wer so handelte, dem war noch weit Schlimmeres zuzutrauen.

ZWEITES BUCH

Kapitel 7

Rom. Ewige Stadt. Wer Rom diesen Beinamen gegeben hat, wollte damit wohl auf die Verkehrssituation dieser Metropole anspielen: Überall Verkehrschaos und Stau. Jede Fahrt – egal, von wo nach wo – dauert ewig.

Neunzig Minuten (oder umgerechnet vier Kapitel Eric Ambler) nachdem er den Flughafen Fiumicino verlassen hatte, hielt Buchanans Taxi bei der angegebenen Adresse. Piazza Trinita dei Monti. Zu seiner Überraschung befand sich dort kein Privathaus, sondern ein Hotel. Nicht irgendein Hotel, sondern das Hassler, welches als das beste Hotel Roms galt. Buchanan hatte schon des Öfteren etwas darüber gelesen.

„Tom Cruise und Madonna haben bereits in diesen Räumen genächtigt", vermeldete der Page, der Buchanan in seine Suite geführt hatte, in zweifellos trinkgeldsteigernder Absicht.

Buchanan nickte höflich. Er hatte noch nie im Leben von diesen Leuten gehört. Allzu gute Schriftsteller konnten das also nicht sein.

Buchanan trat auf den Balkon. Die Aussicht war überwältigend.

Fast die ganze Stadt war von hier oben zu sehen. Zur linken Hand erblickte er das pompöse Monumento Vittorio Emanuele II oder wie es die Römer auf Grund seiner Form nannten: die Schreibmaschine. Auch Buchanan gefiel dieser Name sehr viel besser. In gerader Linie war der alles überragende Petersdom zu erkennen, dem sich die Vatikanstadt anschloss. Voller Ehrfurcht machte Buchanan sich bewusst, dass in den Mauern der vatikanischen Bibliotheken über zwei Millionen einzigartiger Buchschätze lagerten. Unter ihnen zahlreiche Handschriften und Inkunabeln. Und auch das Pantheon war in der Ferne zu sehen. Das hatte mit Büchern gar nichts zu tun, war aber trotzdem ganz okay.

Nur wenige hundert Meter entfernt von Buchanan stand ein anderer Mann auf dem Balkon seines Palazzos. Auch er betrachtete nachdenklich die Silhouette der Stadt, die er zu seiner Heimat erwählt hatte. Sein Blick ruhte einen Moment voller Genuss auf dem Monumento Vittorio Emanuele II. *Wären doch alle Schreibmaschinen auf dieser Welt aus Stein und zum Schreiben ungeeignet*, ging es ihm durch den Kopf. Sein Blick wanderte weiter zum Vatikan. Wie viele brutale Schriftstellerverfolgungen haben dort wohl ihren erfolgreichen Anfang genommen? Zero konnte ein Lächeln nicht unterdrücken. Schließlich verweilte sein Blick wohlgefällig auf dem Pantheon. Das hatte zwar mit dem Kampf gegen Bücher nichts zu tun hatte, war aber trotzdem ganz okay.

Kapitel 8

Der Rest des Tages verlief ohne bemerkenswerte Ereignisse. Nachdem Buchanan seinen Koffer ausgepackt und sich an der Rezeption noch einmal vergewissert hatte, dass sein unsichtbarer Gastgeber wirklich für alle Kosten seines Aufenthalts aufkommen würde, begab er sich in das Restaurant des Hauses. Das Essen war hervorragend, aber Buchanan war tief in Gedanken versunken und schmeckte gar nicht richtig hin. War es ein Fehler gewesen, hierher zu kommen? Handelte es sich womöglich um eine Falle des Weltlektorenverbandes?

Nein, das war doch allzu unwahrscheinlich. Wozu sollte man jemand auf eigene Kosten im teuersten Hotel von Rom einquartieren, bevor man ihn tötete, wenn man das doch wesentlich kostengünstiger auch in Buxtehude tun konnte? Das ergab keinen Sinn. Oder doch? Waren Lektoren nicht fast ausnahmslos Menschen mit einem ausgeprägten Sinn für Stil und Lebensart? Vielleicht war es einfach unter ihrer Würde, jemanden in Buxtehude zu erschießen. In Rom hatte das doch sehr viel mehr Klasse. Außerdem konnten sie so das Angenehme mit dem Nützlichen verbinden. Gegen eine kleine Dienstreise nach Rom, deren Kosten sich zweifellos demnächst auf dem erhöhten Verkaufspreis eines neuen Hardcoverromans wiederfinden würden, ohne dass irgendjemand Verdacht schöpfte, hatte man sicher nichts einzuwenden. Oder hatte Buchanan einfach nur zu viele Romane von Stephen King gelesen und war nun vollkommen paranoid?

Aber letztlich führten alle diese Überlegungen ohnehin zu nichts. Wenn die Lektoren ihn erwischen wollten, würden sie ihn auch erwischen. Hier in Rom war er immer noch sicherer, als in Deutschland, wo der Lektorenverband zweifellos längst sämtliche Buchhandlungen überwachte – in der sicheren Gewissheit, dass ein Bücherenthusiast wie Buchanan früher oder später (aber eher früher) dort auftauchen musste.

Die Gedanken wirbelten durch Buchanans Kopf wie ein Gedicht von Kurt Schwitters. Er unterschrieb die Rechnung und begab sich in seine Suite. Er spürte jetzt, dass er zuviel gegessen hatte. Zumindest auf den Nachtisch hätte er besser verzichtet. Das Pannacotta war köstlich gewesen, aber jetzt lag es ihm im Magen wie Terracotta.

Kapitel 9

Buchanan öffnete die Augen und war wach. Der Digitalwecker neben seinem Bett zeigte 3:42. Was hatte ihn geweckt?

Da war ein Geräusch gewesen. Ein schreckliches Geräusch.

So, als ob man einem Menschen bei lebendigem Leibe ...

Oder hatte er das geträumt? Wahrscheinlich ja. Buchanan schwor sich zum wiederholten Male, vor dem Einschlafen keine Horrorgeschichten von Edgar Allan Poe mehr zu lesen. Dann fiel er für einige Stunden in einen unruhigen Schlaf, aus dem er noch vor Tagesanbruch erwachte. Die Ungewissheit setzte ihm mehr zu, als er es sich eingestehen wollte. Was erwartete ihn hier in Rom? Wer war der Mann (war es überhaupt ein Mann?), der hinter allem steckte? Warum wollte er mit Buchanan sprechen? Buchanan stellte eine Theorie nach der anderen auf und verwarf sie wieder. Er würde es wohl einfach abwarten müssen. Nachdem er sich an dem (für ein Hotel dieser Preisklasse ziemlich popeligen) Frühstücksbüffet etwas gestärkt hatte, entschied er, dass er keine Lust hatte, wie Pik Sieben im Hotel zu sitzen und darauf zu warten, dass man ihn rief. Genau so gut (nein, noch besser) konnte doch auch *er* es sein, auf den man warten musste. Umgehend verließ er das Hotel, eilte die Spanische Treppe hinunter und verlor sich im Straßengewirr. Es war ein herrlicher Tag, die Sonne schien warm und Buchanan nahm sich vor, seinen Aufenthalt hier zu genießen, solange es möglich war. Wo war das leichter als hier? Es war einfach unfassbar, wie viele Buchhandlungen es in Rom gab, auch wenn in seinem merkwürdigen Reiseführer keine einzige von ihnen erwähnt war.

Erschöpft, aber glücklich, kehrte Buchanan am Abend ins Hotel zurück. Zufrieden summte er vor sich hin, während er den Flur zu seiner Suite entlang schritt. Als er den Schlüssel im Türschloss drehen wollte, stockte er. Ein eisiges Gefühl breitete sich in seinem ganzen Körper aus. Ein oder zwei Sekunden lang. Dann war es wieder verschwunden. Buchanan maß dem keine allzu große Bedeutung bei und betrat das Zimmer. Nachdem er sich frisch gemacht hatte, versuchte er, etwas in seinem Ambler-Roman zu lesen, aber es ging nicht. Er konnte sich einfach nicht konzentrieren. Irgendetwas störte ihn, beunruhigte ihn.

Dann wurde es ihm klar: Jemand war in seinem Zimmer gewesen. Man hatte sich große Mühe gegeben, keine Spuren zu hinterlassen, aber ein paar Details hatte man übersehen.

Das Badezimmer war jetzt sauberer als am Morgen. Da war Buchanan ganz sicher. „Ihr seid gut, aber nicht gut genug", murmelte Buchanan. Dann entdeckte er, dass sie auch sein Bett gemacht hatten. Buchanan stutzte. Warum machten Profis solche Anfängerfehler. War ihnen nicht bewusst, wie auffällig das war? Doch dann sah Buchanan es.

Für einen Moment vergaß er zu atmen. Nein, diese Leute machten keine Fehler. Sie *wollten*, dass er ihre Anwesenheit bemerkte. So sagten sie ihm, dass sie ihn jederzeit finden konnten, dass er nirgendwo vor ihnen sicher war. Sie hatten ihm etwas dagelassen. Auf seinem Kopfkissen lag, in eine goldene Folie gewickelt – eine Praline.

Kapitel 10

Buchanans Nerven waren auf das Äußerste angespannt, aber vorerst geschah nichts. Nicht an diesem Tag, nicht am nächsten Tag und auch nicht am übernächsten. Nach zehn Tagen war Buchanan ein Nervenbündel. Die Bücher, die er sich mitgebracht hatte, waren bis auf zwei längst durchgelesen.

Bald würde er auch diese letzten beiden durchhaben. Was dann? Nachschub war nicht zu bekommen: Bei den nichtitalienischen Büchern in den römischen Buchhandlungen handelte es sich fast ausschließlich um internationale Bestseller, die Buchanan schon vor Monaten gelesen hatte. Wenn nicht bald etwas passierte und sich sein Aufenthalt in Rom auf unabsehbare Zeit in die Länge zog, konnte es lektüremäßig eng werden. Verdammt eng! Dann kam ihm eine Idee, die ihn faszinierte. Vielleicht war nun der Moment gekommen, sich seinen größten Lebenstraum zu erfüllen. Sicher, das Lesen von Büchern war eine wundervolle Beschäftigung. Aber wieviel wundervoller mochte es sein, selbst ein Buch zu verfassen? Und zwar nicht irgendeins, sondern das Buch in seiner edelsten Erscheinungsform: Dem Roman. Je mehr Buchanan über diese Idee nachdachte, desto besser gefiel sie ihm. Ja! Buchanan würde hier in Rom einen Roman schreiben.

Also gut, es war entschieden. Doch zuvor hatte er sich einige Fragen zu beantworten. Erstens: Wo war ein geeigneter Ort zum Schreiben? Und zweitens: Wovon sollte sein Roman handeln? Die erste Frage war leicht zu beantworten: Zwei Tage zuvor hatte er die Piazza del Popolo besucht, die unweit des Hotels lag. Während die meisten Touristen sie wohl in erster Linie wegen der berühmten Zwillingskirchen besuchten, war Buchanan mehr an dem großen Tor auf der gegenüberliegenden Seite des Platzes interessiert, durch welches Goethe auf seiner italienischen Reise zum ersten Mal Rom betreten hatte. (Aber auch, dass Teile von Dan Browns Thriller *Illuminati* auf diesem Platz spielten, war für ihn nicht uninteressant.)

Nachdem er alles besichtigt hatte, war er die steilen Treppen an der Nordseite des Platzes hinaufgestiegen, um sich die Villa Borghese anzusehen, die sich in dem dort gelegenen Park befinden sollte. Aber so sehr er auch den ganzen Park (zuerst aufs Geratewohl, aber schließlich systematisch) durchsuchte, abgesehen von einem *Casino* genannten Museum, war kein Gebäude vorhanden und die Villa blieb unauffindbar. Ein Droschkenkutscher klärte ihn schließlich auf, dass es eine solche Villa gar nicht gebe, sondern dass der gesamte Park *Villa Borghese* genannt wurde. *Die spinnen, die Römer!*, fuhr es Buchanan durch den Kopf. (Als Kind hatte er nicht nur Bücher, sondern auch gern Comics gelesen.)

Die Villa war also mangels Existenz nicht zu entdecken, beziehungsweise, *war* zu entdecken, aber eben keine Villa. Was Buchanan jedoch entdeckte, war eine kleine sandbedeckte Arena, die inmitten von mit Pinien bestandenen Hügeln lag. Die Piazza di Siena. Selten hatte Buchanan einen idyllischeren Ort gesehen. Hier würde er seinen Roman schreiben.

Blieb die zweite Frage: Wovon sollte der Roman handeln? Krimi, Liebesgeschichte, Science Fiction ...? Durchaus alles interessante Genres, die zweifellos ihre Berechtigung hatten. Aber Buchanan schwebte etwas anderes vor. Was könnte wohl interessanter sein, als ein Roman über jemanden, der einen Roman schreibt?

Ja, das war genau das Richtige. Buchanan konnte es gar nicht erwarten anzufangen. Ausgestattet mit einigen Briefbögen des Hotels eilte er unverzüglich zur Piazza di Siena und suchte sich einen schattigen Platz unter einer Pinie. Im Gras sitzend und an den Stamm gelehnt, zog er *Das Örtliche für Buxtehude und Umgebung* hervor, das er stets bei sich trug, seitdem es ihm bei seiner Karriere so nützlich gewesen war. Er schlug es etwa in der Mitte auf und tippte ohne hinzusehen auf einen Namen.

Lehnberg. Warum nicht. Ein Name so gut oder so schlecht, wie jeder andere. So sollte seine Romanfigur heißen.

Buchanan war bereit. Allerdings stellte er bald fest, dass das Unterfangen, einen Roman zu schreiben sich doch erheblich diffiziler gestaltete, als er gedacht hatte. Zwar sprühte er vor Ideen, aber immer, wenn er einen Satz schreiben wollte, hielt er im letzten Moment inne und begann sich zu fragen, ob es sich dabei auch um die bestmögliche Variante handelte. War irgendetwas anderes nicht viel besser? Mit Sicherheit war es das. Aber was? Was hätte Tolstoi getan?

Buchanan unterteilte Literatur in drei Kategorien: Romane, die schlechter waren, als die von Tolstoi (fast alle), Romane, die genauso gut waren, wie die von Tolstoi und schließlich die Romane von Tolstoi selbst (wobei nach Buchanans Auffassung selbst Tolstoi einige Romane verfasst hatte, die eigentlich in die Kategorie „schlechter als Tolstoi" gehörten). *Wenn nicht mal Tolstoi immer wie Tolstoi schreiben konnte, welche Chance habe ich dann?*, dachte Buchanan verdrießlich.

Dann jedoch fasste er wieder Mut. Hatte nicht Goethe schon gesagt: „Der mittelmäßigste Roman ist noch besser, als die mittelmäßigen Leser, ja selbst der schlechteste partizipiert etwas von der Vortrefflichkeit des ganzen Genres."

So gesehen war jeder Roman schon allein dadurch gut, dass er ein Roman war.

Also, was soll's?, dachte Buchanan. *Dabei sein ist alles.*

Er versuchte, seinen Kopf leer zu machen und die Gedanken fließen zu lassen. Dann begann er zu schreiben. Er schrieb hin, strich aus, schrieb neu. Und wieder von vorn. Langsam kam er in das richtige Fahrwasser und die Stunden vergingen, ohne dass er es bemerkte. Als die Dämmerung einsetzte und es zum Schreiben zu dunkel war, kehrte er zufrieden ins Hotel zurück. Der Roman hatte jetzt einen Anfang. Und der war gut.

Kapitel 11

Erstes Kapitel

Der Beruf des Schriftstellers ist rätselhaft. Er ist anders als andere Berufe. Wenn jemand zum Beispiel Kellner ist, aber in das Lokal, in dem er angestellt ist, keine Gäste kommen, und er daher nichts zu tun hat, dann ist er trotzdem Kellner.

Jedoch tut man sich schwer, jemanden als Schriftsteller zu bezeichnen, der zwar einen Roman nach dem anderen schreibt, aber nie einen Verlag findet, welcher diese publiziert. Die Öffentlichkeit wird ihn nicht kennen, die Freunde werden ihn bedauern oder (je nach Charakter) belächeln und ihn als Hobbyschreiber betrachten und sogar der Schriftsteller selbst wird irgendwann daran zweifeln, einer zu sein.

Sicher, es gibt auch andere Berufe, in denen sich das ähnlich verhält: Wenn jemand beschließt, Politiker zu werden und daraufhin Parteiprogramme und politische Visionen entwickelt, dabei aber von niemandem zur Kenntnis genommen wird, dann ist er kein Politiker, auch wenn seine Absichten noch so ehrenwert und seine Ideen noch so genial sind. Er ist dann nur ein Spinner.

Anders aber, als beim Politiker, kann sich das bei einem Schriftsteller nach dem Tod wieder ändern. Wenn die Öffentlichkeit dann – wie bei Franz Kafka – entdeckt, dass seine Bücher ganz große Literatur sind, wird aus dem Hobbyschreiber posthum ein Schriftsteller.

Ist es dieser heimlichen Hoffnung geschuldet, dass es so viele erfolglose Schriftsteller gibt? Wahrscheinlich. Es ist wohl nicht ganz falsch, Literaten als eine Art religiöse Spielsüchtige zu bezeichnen. Wie ein Spielsüchtiger, der zwar permanent hohe Geldbeträge verliert, trotzdem aber immer weiter beim Roulette auf seine Glückszahl setzt, die ja irgendwann kommen muss, schreibt ein Schriftsteller ein Buch nach dem anderen. Wenn er eins nicht veröffentlicht, schreibt er das nächste. Und das nächste. Und das nächste. Auch wenn er Jahre oder Jahrzehnte daran arbeitet, ohne auch nur einen Cent zu verdienen. Denn, wie der glücklose Spieler, der hofft, irgendwann mit einem großen Gewinn all seine aufgehäuften Spielschulden abzahlen zu können, ist der Schriftsteller in Bezug auf seine Lebenszeit schon zu weit im Minus. In dem Moment, wo er aufhören würde, wäre der Verlust endgültig. Er wäre eine lächerliche Figur, ein talentloser Wicht, der sich in einem Metier versucht hat, das für ihn einige Schuhnummern zu groß war. Nein, er muss fortfahren, Buch um Buch schreiben und auf den Durchbruch hoffen, der mit einem Schlag all die vergangenen Mühen legitimiert. Seine Aussicht auf Erfolg ist indes oft noch schlechter, als die des Spielers. Die Chance, beim Roulette auf die richtige Zahl zu setzen, beträgt beispielsweise eins zu siebenunddreißig. Die Chance, dass ein unverlangt eingesandter Roman von einem Verlag angenommen wird, beträgt bestenfalls eins zu tausend.

Aber auch eine gewissermaßen religiöse Seite hat der Schriftsteller, denn anders als der Spieler, der seinen Gewinn zu Lebzeiten einfahren muss, kann der Schriftsteller auf einen alle Mühen belohnenden Erfolg nach dem Tode hoffen.

Doch der Erfolg tritt sowohl vor als auch nach dem Tod des Schriftstellers höchst selten ein. Die wenigsten Männer und Frauen, die diesen Beruf ausüben, werden für ihre Arbeit auch bezahlt. (Ist es dann überhaupt ein Beruf?) Und wenn sie eines Tages doch mal eines ihrer Werke verkaufen, tun sie gut daran, sich nicht ihren Stundenlohn auszurechnen. Wenn sie all die Zeit (oft sind es viele Jahre), die sie in die Ausarbeitung ihres Buches gesteckt haben, stattdessen damit verbracht hätten, im Supermarkt Regale einzuräumen, hätten sie finanziell wohl meistens sehr viel besser abgeschnitten.

Nein, rein objektiv betrachtet, ist dieser Beruf niemandem zu empfehlen. Trotzdem gab und gibt es hunderttausende von Menschen, die meinen, ihn ausüben zu müssen. Es gibt auf unserem Planeten bereits etwa einhundertdreißig Millionen Bücher (nicht Exemplare, sondern Titel), täglich erscheinen zehntausend weitere. Nicht einmal der fleißigste Leser könnte in seinem ganzen Leben auch nur die Produktion eines einzigen Tages lesen.

Trotzdem meinen Schriftsteller, zu diesem Bücherberg auch noch ihre eigenen Werke hinzufügen zu müssen. Was macht es für einen Unterschied, wenn ihr Buch noch dazu kommt? Es ist, als würde man eine Tasse Wasser in den Atlantik schütten. Aber für die Autoren macht es eben sehr wohl einen Unterschied. Und manchmal auch für den Leser.

Aber sehen wir uns einen dieser Schriftsteller doch mal etwas näher an:

Lehnberg hatte nie geplant, das Schreiben zum Beruf zu machen. Er war da eher unabsichtlich reingerutscht. Ursprünglich war er Theaterschauspieler gewesen und das sehr gerne. Gelegentlich hatte er mal den einen oder anderen seiner Rollentexte überarbeitet, wenn er oder der Regisseur fand, dass dieser schlecht geschrieben war, aber das war eine dem Schauspiel zuarbeitende Hilfstätigkeit, die er ganz nebenbei erledigt hatte. Später schrieb er ein paar Texte, um selbst damit auftreten zu können.

Aber auch hier war es immer um den Auftritt gegangen. Der Text war nur notwendiges Hilfsmittel gewesen.

So ging es über mehrere Jahre, nach und nach kamen auch Texte für andere hinzu, unmerklich verschoben sich die Gewichte, bis er eines Tages nicht mehr um die Erkenntnis herumkam, dass er, wenn schon nicht de core, so doch zumindest de facto Schriftsteller war. Dabei schrieb er eigentlich gar nicht mal so gern. Das Problem war, dass er ständig Ideen hatte, die er zu interessant fand, um sie nicht zu notieren. Nun ist es mit dem Notieren nicht getan. Sie müssen verarbeitet und veröffentlicht werden, sonst braucht man sie gar nicht erst zu notieren.

Zu Lehnbergs Leidwesen wuchs der Ideenberg ungleich schneller, als er ihn abarbeiten konnte. Man sagt, dass jeder Schriftsteller irgendwann „leergeschrieben" ist.

Lehnberg sehnte diesen Tag herbei, dann würde er endlich seine Ruhe haben, aber bislang war dieser Tag nicht in Sicht.

In letzter Zeit hatte er an seinem zweiten Roman gearbeitet. Nachdem er sich anfänglich etwas verzettelt und daraufhin einige grundlegende Veränderungen im Aufbau des Romans vorgenommen hatte, ging es nun recht gut voran. Zehn Kapitel hatte er bereits geschrieben und nun arbeitete er gerade am elften. Wenn es weiterhin so gut lief, würde er den Roman noch vor Ende des Jahres abgeschlossen haben.

Der Arbeitstitel lautete Büchernarren *und es handelte sich um einen skurrilen Kriminalroman, mit einem Protagonisten, der geradezu besessen von Büchern war und der unabsichtlich in ein Abenteuer gerät, bei dem sich auch wiederum alles um Bücher dreht. In den ersten Kapiteln war der bisherige Lebensweg dieser Figur geschildert worden und nun war die Handlung langsam an einen Punkt gelangt, wo es spannend wurde. Nach einem Attentat, das er nur durch einen glücklichen Zufall überlebt hat, erhält er einen Brief von einem geheimnisvollen Ausländer. Dieser wünscht ein Gespräch mit ihm und legt auch gleich ein Flugticket bei.*

Kapitel 12

In der Nacht fand Buchanan kaum Schlaf. Zu viele Ideen für seinen Roman kamen ihm in den Kopf. Es wollte einfach kein Ende nehmen und bald hatte er alle Blätter des Notizblockes auf seinem Nachttisch vollgeschrieben. Irgendwann war er dann wohl doch eingeschlafen, aber schon weit vor Tagesanbruch erwachte er wieder, durchströmt von kreativer Energie. Hastig machte er sich fertig, raffte die Notizen der Nacht zusammen und verließ eilig die Suite. Er konnte es nicht erwarten, an seinen bewährten Schreibplatz zu kommen und anzufangen. Er war gerade im Begriff, das Hotel zu verlassen, als ihn der Portier aufhielt: „Scusi Signor Buchanan, un messagi."

Eine Nachricht? Buchanan riss den Umschlag auf, den ihm der Portier reichte. Darin befand sich eine Karte aus dem selben dicken Papier, das er bereits kannte: „Heute, 10 Uhr. Ein Wagen holt Sie ab."

Buchanan schnaubte verärgert. Heute? Mehrere Wochen hatte er nun Däumchen gedreht und geduldig auf eine solche Nachricht gewartet. Warum hatte man ihn in dieser Zeit nicht kontaktiert? Jetzt hatte er angefangen, einen Roman zu schreiben und war gerade so gut im Fluss. Diese Einladung kam zum denkbar ungelegensten Zeitpunkt. Sein Entschluss stand augenblicklich fest. Nein, er würde nicht zu diesem Treffen erscheinen. Nicht heute. Nun würde man zur Abwechslung mal auf ihn warten müssen. Sicher würde bald eine Phase kommen, wo seine Romanideen nicht mehr so sprudelten und dann würde er gern zu diesem Treffen gehen. Aber nicht vorher. Entschlossen zerknüllte Buchanan die Nachricht und warf sie mit einem gut gezielten Wurf in den eleganten Messingbehälter, der neben der Drehtür stand und den noch nie jemand als Schirmständer erkannt hatte. Dann eilte er ungeduldig zur Piazza di Siena, um endlich das begonnene Erste Kapitel fortzusetzen.

Das war ein vielversprechender Anfang. Lehnberg hatte an dieser Stelle eine retardierende Passage gesetzt, um die Spannung noch zu steigern. Der geheimnisvolle Absender des Briefes meldet sich nämlich zunächst nicht und lässt die Hauptfigur und den Leser über die Hintergründe dieser Einladung im Ungewissen. Doch nun war es Zeit für den nächsten Schritt und plötzlich stand Lehnberg vor einem Problem. Es ist ein altbekanntes Phänomen, dass sich ein Roman selten so schreiben lässt, wie der Autor es ursprünglich geplant hat. Je weiter die Handlung voranschreitet, desto geringer werden die Einflussmöglichkeiten des Autors und desto mehr gewinnen die Figuren des Romans an Unabhängigkeit. Sie beginnen, ihrer eigenen Logik zu folgen und der Autor muss sehen, wie er mit ihnen klarkommt.
Auch Lehnberg war jetzt an einen solchen Punkt gelangt.

Sein Protagonist war so sehr in seinem geradezu manischen Interesse an Büchern gefangen, dass er auf die äußere Handlung kaum noch reagierte, sondern sich nun in den Kopf gesetzt hatte, selbst einen Roman zu schreiben. Damit trat Lehnbergs Roman plötzlich auf der Stelle und die Handlung ging nicht weiter. Wenn er die Kontrolle über seine Hauptfigur zurückerlangen wollte, würde er sich einiges einfallen lassen müssen.

Kapitel 13

Am folgenden Morgen rechnete Buchanan fest damit, an der Rezeption eine weitere Nachricht vorzufinden, doch war keine da, was eine gewisse Erleichterung in ihm auslöste. Mindestens ein weiterer Tag stand ihm so zum Schreiben zur Verfügung. Außerdem hatte er den so mysteriös auftretenden Unbekannten in seine Schranken verwiesen. Buchanan erschien nicht auf Zuruf, sondern wann es *ihm* gefiel. Sehr zufrieden mit sich selbst, schlenderte er den wenig befahrenen Weg zum Villa Borghese entlang. Etwa achtzig Meter vor ihm, direkt bevor die Straße einen scharfen Knick nach rechts machte, stand ein schwarzer BMW, der offenbar eine Motorpanne hatte. Jedenfalls standen zwei Männer mit dem Rücken zu Buchanan vor der geöffneten Motorhaube. Während der größere der beiden nur stumm den Kopf schüttelnd, den Motor betrachtete, belegte der andere die Maschine mit einer Vielzahl von italienischen Flüchen. Im Vorbeigehen nickte Buchanan den beiden zu, aber sie beachteten ihn nicht. Überrascht stellte er fest, dass nicht nur die Motorhaube des Wagens offenstand, sondern auch der Kofferraum. *Da haben die wohl zuerst gesucht,* dachte er amüsiert. Dann ging alles ganz schnell. Die Flüche des einen Mannes hatten abrupt geendet, und Buchanan bemerkte zu spät, dass etwas nicht stimmte. Mit einer flüssigen, offensichtlich hundertfach geübten Bewegung, stülpte der Stumme Buchanan einen schwarzen Stoffsack über den Kopf und ehe Buchanan auch nur Luft holen konnte, hatte ihn der andere bereits in den Kofferraum gestoßen und diesen zugeschlagen. Nicht mal zwei Sekunden hatte die ganze Aktion gedauert und niemand hatte sie gesehen. Der Wagen setzte sich in Bewegung. Buchanan riss sich den Sack vom Kopf. Mehr wütend als verängstigt. Es war ihm völlig klar, wer dahintersteckte. Ebenso klar war ihm, was er nun zu tun hatte.

Kapitel 14

Trotz der bedrohlichen Situation blieb Buchanan einigermaßen gelassen. In einem Buch hatte er einmal gelesen, wie sich ein Kofferraum von innen öffnen lässt. Und tatsächlich, es ging sogar noch leichter, als er gedacht hatte. Er lüftete den Kofferraumdeckel nur ganz leicht und wartete auf eine günstige Gelegenheit. Die kam schon einige hundert Meter später an einer roten Ampel. Buchanan stieß den Deckel des Kofferraums hoch und sprang so schnell er konnte hinaus. Dann rannte er an den hinter dem Wagen wartenden Autos entlang und in eine Querstraße hinein. Von da bog er noch ein paar Mal in andere Gassen ab, für den Fall, dass die Männer versuchten, ihm zu folgen. Aber sie waren nirgendwo zu sehen. Offensichtlich waren sie zu überrascht gewesen. Befriedigt grinsend winkte Buchanan ein Taxi heran. „Villa Borghese, pronto!", rief er dem Fahrer zu. Es war zwar denkbar, dass die beiden seinen Schreibplatz kannten, aber darauf konnte Buchanan heute keine Rücksicht nehmen. Diese unfreiwillige Reise hatte ihn alles in allem schon über eine Stunde gekostet. Es war höchste Zeit, dass er endlich weiterschrieb.

Aber offensichtlich hat ihm die Aufregung sogar gutgetan, jedenfalls fiel ihm das Schreiben heute besonders leicht:

Lehnberg beschloss, schwere Kaliber aufzufahren und seinen Protagonisten durch den Einsatz zusätzlicher Figuren, die in die Geschichte eingriffen, wieder auf Kurs zu bringen. Er war sich nicht einmal zu schade, dafür eine schon in tausenden von Filmen und Büchern verwendete, abgeschmackte Klischee-Actionszene zu verwenden, aber selbst das nützte nichts. Seine Hauptfigur war von ihrer inneren Logik her geradezu immun gegen solche Deus-ex-Machina-Lösungen. Lehnberg wurde klar, dass er das Problem unterschätzt hatte.

Er musste einen anderen Ansatz finden: nicht versuchen, das Problem durch das Hinzufügen äußerer Ereignisse zu lösen, sondern gleichsam von innen heraus. Die Handlung musste weitergehen, aber nicht, obwohl es seine Hauptfigur nicht wollte, sondern weil sie es wollte. Aber wie war das zu bewerkstelligen? Jetzt noch etwas an der großen Liebe zu Büchern seines Protagonisten zu ändern, war nicht machbar. Damit würde die Figur unglaubwürdig und das bereits fertig Geschriebene sinnlos werden.

Nein, Lehnberg musste einen Weg finden, den Charakter seiner Hauptfigur zu erhalten und sie trotzdem ihr Verhalten ändern zu lassen. Das war gewiss nicht einfach, aber vielleicht hatte das Auftreten dieses Problems am Ende sogar doch noch einen positiven Aspekt. Die Figur würde so vielschichtiger und interessanter werden.

Und wieder ein kleines Stückchen geschafft, dachte Buchanan zufrieden. *Was gibt es Schöneres, als einen Roman zu schreiben? Und Wichtigeres?* Buchanan schraubte bedächtig seinen Füllfederhalter zu und steckte ihn in die Innentasche seines Jacketts. Unvermittelt kamen ihm die beiden Männer aus dem BMW wieder in den Sinn. Warum war es ihrem Auftraggeber nur so wichtig, mit ihm zu sprechen? *Warum gerade mich?,* dachte Buchanan. *Er könnte ja jeden x-beliebigen einladen, es sei denn ... es sei denn, es hat etwas mit Büchern zu tun.* Warum war ihm das nicht schon die ganze Zeit klar gewesen? Jetzt kam diese Erkenntnis wie eine plötzliche Eingebung von oben. Sicher, sein Roman war wichtig, sehr wichtig sogar, aber angesichts des Aufwandes, den der Mann betrieb, musste es sich um etwas von allergrößter Bedeutung handeln. Etwas von allergrößter Bedeutung, das mit Büchern zu tun hat. Es konnte nicht klarer sein. Er musste diesen Mann treffen. So schnell wie möglich. Sein Roman lief ihm ja nicht weg, den konnte er anschließend immer noch fortsetzen. Der nächsten Einladung würde er Folge leisten. Er konnte nur hoffen, dass noch eine weitere kommen würde. Aber das war anzunehmen. So leicht würde der geheimnisvolle Unbekannte sicher nicht aufgeben. Buchanan fühlte sich zu seiner Überraschung plötzlich von einer Woge der Erleichterung getragen. Als wenn er nach einem längeren Irrweg endlich wieder auf den richtigen Weg gefunden hätte.

Irrweg? Nein, das war nicht fair seinem Roman gegenüber.

Er hatte einen guten Anfang und er beschloss, zumindest noch einen Schluss für das Kapitel zu schreiben, bevor er die Arbeit vorerst unterbrach.

Die Idee kam urplötzlich. Lehnberg fühlte sich zu seiner Überraschung plötzlich von einer Woge der Erleichterung getragen. Als wenn er nach einem längeren Irrweg endlich wieder auf den richtigen Weg gefunden hätte: Gerade mit seiner Liebe zu Büchern ließ sich der plötzliche Sinneswandel seines Protagonisten hervorragend begründen. Jetzt konnte er die Handlung seines Romans endlich vorantreiben.

Buchanan las noch einmal durch, was er gerade geschrieben hatte. Diese Passage war bisher seine schlechteste. Wenn er das so stehen ließ, würde die Handlung seines Romans an dieser Stelle zum Erliegen kommen. Man brauchte immer einen Konflikt, wenn es spannend sein sollte und hier war jetzt keiner mehr vorhanden. Verärgert schüttelte Buchanan den Kopf. Nein, das war einfach schwach. Er war nicht mehr richtig bei der Sache. Offenbar war er schon zu sehr mit der Frage beschäftigt, warum man ihn nach Rom geholt hatte.

Kapitel 15

Die folgenden Tage verliefen alle gleich. Buchanan erschien früh morgens an der Rezeption und erkundigte sich, ob eine Nachricht für ihn gekommen sei. Nie war eine da. Dann setze er sich mit einem Buch an einen gut sichtbaren Platz in der Lobby. War man so verärgert über sein Nichterscheinen, dass man nun im Gegenzug ihn warten ließ? Er konnte nur hoffen, dass diese Phase nicht allzu lange dauern würde. Sicher, das Leben im Hassler war äußerst angenehm, aber das Buch, das er gerade las (Mark Twains *Die Arglosen im Ausland)* war zwar äußerst amüsant, aber von all den Büchern, die er mitgebracht hatte, das einzige, was er nicht schon durch hatte. Und bald würde er auch das gelesen haben. Was dann?

Wie schon zahllose Male zuvor bedauerte Buchanan, nicht der persische Großwesir Abdul Kassem Ismael zu sein, der den Gedanken, ohne seine geliebten Bücher zu reisen, dermaßen unerträglich fand, dass er seine gesamte Bibliothek stets mit sich führte: Einhundertsiebzehntausend Bände, auf vierhundert Kamele verteilt, welche darauf dressiert waren, in alphabetischer Reihenfolge hintereinander her zu laufen.

Gut, Kamele, das war nicht mehr zeitgemäß. Wenn Buchanan sich zu Hause in Buxtehude hunderte von Kamelen halten wollte (wo überhaupt? – Im Keller?) würde er vermutlich Ärger mit der Hausverwaltung bekommen, aber einen Möbelwagen könnte man sich schon zu einer Bibliothek von recht beachtlichem Ausmaß umgestalten. Er beschloss, dieses Projekt unverzüglich in Angriff zu nehmen, sobald er wieder zu Hause sein würde.

Während des Mittagessens (er nahm jetzt sämtliche Mahlzeiten im Hotel ein, damit er immer erreichbar war – und sie zudem nicht selber bezahlen musste), brachte ihm der Oberkellner einen Umschlag. Buchanan riss ihn eilig auf. Darin eine Karte von der Art, wie er sie schon kannte. Und auch dieses Mal war die Nachricht knapp gehalten: „Bitte entschuldigen Sie das unangebrachte Verhalten meiner Mitarbeiter. Ich wäre Ihnen dankbar, wenn Sie heute Abend mein Gast wären. Ein Wagen wird um 20 Uhr vor dem Hotel warten.“

Kapitel 16

Der Wagen war auf die Minute pünktlich. Buchanan sah mit Erleichterung, dass es nicht der schwarze BMW und vor allem nicht die beiden Männer waren, deren Bekanntschaft er einige Tage zuvor gemacht hatte. Am Steuer des weißen Alpha Spider-Cabrios saß eine junge Frau. Dass sie noch jung war, etwa Mitte zwanzig, sah man allerdings erst auf den zweiten oder dritten Blick. Auf Äußerlichkeiten schien sie eher weniger Wert zu legen. Ihre Kleidung war zwar für den, der sich auskannte – Buchanan kannte sich nicht aus – als sehr teuer zu erkennen, aber schlicht und unauffällig.

Ihre langen dunklen Haare hatte sie hochgesteckt, was ihr zusammen mit ihrer ziemlich spitzen Nase etwas Altjüngferliches verlieh. Verstärkt wurde dieser Eindruck noch durch eine unmodische Brille mit schwarzem Gestell, durch die sie Buchanan nun mit etwas zusammengekniffenen Augen streng und geradezu etwas widerwillig anblickte. Etwa so, wie eine Bibliothekarin jemanden ansieht, der sich im Lesesaal nicht an den vorgeschriebenen Flüsterton hält. Buchanan gefiel sie sofort. Auch auf Gespräche schien sie keinerlei Wert zu legen: „Sind Sie Buchanan?“

„Ganz recht, und Sie?“

„Steigen Sie ein.“

Buchanan ließ sich auf den Beifahrersitz fallen und sah sie an. „Und nun?“

„Halten Sie das Bü ... das Handschuhfach fest.“

„Warum?“

Statt einer Antwort, gab sie einfach Gas und der Handschuhfachdeckel knallte wuchtig auf Buchanans rechtes Knie. Der Schmerz ließ Buchanan zusammenzucken.

„Bü ...?" War sie gerade in Begriff gewesen, das Handschuhfach „Bücherfach" zu nennen? Offensichtlich, denn das Fach war bis auf die letzte Ecke mit Taschenbüchern vollgestopft. Außer ihr kannte Buchanan nur einen einzigen Menschen, der das Handschuhfach so nannte. Sich selbst. Das war ein vielversprechender Anfang. Weniger vielversprechend indes war ihr Fahrstil, den man wohlwollend als rasant aber korrekterweise als wahnsinnig bezeichnen musste. Von Verkehrsregeln schien sie jedenfalls noch nie etwas gelesen zu haben. Vorbei am Colosseum raste sie in südöstliche Richtung. Schließlich verließ sie das Verkehrsgewimmel und bog nach links in eine ruhigere Straße ab.

Die Via Appia, die von Rom nach Brindisi führt, ist die längste geradlinige Straße Europas, oder wie andere sagen, das längste Museum der Welt. Der modern überbaute Teil der Straße nennt sich Via Appia Nuova, der historisch belassene Via Appia Antica. Letztere wurde bereits dreihundertzwölf vor Christus angelegt und ist gesäumt von unzähligen historischen Bauten. Einer der bekanntesten, die Kapelle Santa Maria in Palmis, bezeichnet gleich zu Beginn der Straße die Stelle, an der Petrus auf seiner Rückkehr nach Rom mit den Worten „Quo Vadis?" angehalten wurde. (Buchanan hatte selbstverständlich den gleichnamigen Roman von Henry Sienkiewicz gelesen, der allerdings mit diesem Ereignis nicht direkt etwas zu tun hat.)
Nicht wenige halten die Via Appia Antica für die schönste Straße der Welt, auf jeden Fall ist sie einer der teuersten. Die wenigen Villen, die an ihr liegen, von der Straße meist nicht zu sehen, sind mit dem Wort *unbezahlbar* nur unzureichend beschrieben.
Kurz vor einem großen schmiedeisernen Tor auf der rechten Seite verlangsamte die Frau ihr Tempo, hielt aber nicht an. Ein Bedienter eilte herbei und öffnete in erstaunlichem Tempo beide Flügel. Der Wagen glitt den von Schirmpinien und Zitronenbäumen gesäumten Kiesweg entlang und plötzlich wurde hinter einer Kurve die gewaltige Villa sichtbar. Buchanan meinte sie von irgendwoher zu kennen, konnte sich aber nicht entsinnen, woher. Der Wagen stoppte abrupt.
„Sie sind da."
Buchanan stieg aus. *Sie. Nicht wir? – Nicht gerade charmant*, dachte Buchanan, *aber wo viel Licht ist, ist auch viel Schatten,* tröstete er sich. Zwei Sekunden später war der Wagen bereits in einer Wolke von Kies davongerauscht.

Die Eingangstür der Villa wurde geöffnet. Ein uralter, distinguiert wirkender Diener bedeutete Buchanan einzutreten. Buchanan betrat die Vorhalle. Der Diener schloss die Tür.

Kapitel 17

Von außen hatte die Villa fast unscheinbar ausgesehen. Groß, ja, aber unauffällig. Um so gewaltiger war der Eindruck, den das Innere des Hauses auf den Besucher ausübte. Buchanan stand in einer riesigen Vorhalle. Die Deckenhöhe schätzte er auf mindestens zwölf Meter. Sowohl der Boden als auch die Wände bestanden vollständig aus Marmor. Insgesamt ein Ambiente, das man eher im Vatikan als in einem Privathaus erwarten würde.

„Hier entlang, bitte." Das Englisch des Dieners hatte einen starken italienischen Akzent. Zudem sprach er außergewöhnlich leise, ja flüsterte fast. Buchanan brauchte mehrere Sekunden, um sich zu vergegenwärtigen, was dieser gesagt hatte. Er folgte dem Diener durch die Halle und eine breite Freitreppe hinauf – ebenfalls aus Marmor. Außer dem Geräusch von Buchanans Absätzen auf dem Marmorboden war kein Laut zu hören. Nichts drang von außen herein und auch der Diener bewegte sich völlig geräuschlos. Wie er das auf diesem Boden fertig brachte, war Buchanan ein Rätsel. Er versuchte ebenfalls seine Schritte, deren lauter Hall in der fast sakralen Atmosphäre des Hauses etwas von einer Entweihung hatte, zu dämpfen, aber es gelang ihm nicht.

„Wagner", (so hatte Buchanan den Diener mittlerweile insgeheim getauft, was ihm nicht nur deshalb passend schien, weil dieser der Gehilfe des Faust war, sondern zudem als *trockner Schleicher* beschrieben wurde) führte Buchanan durch eine schier endlos wirkende Zahl von größeren und kleineren Räumen – alle in Marmor – und über mehrere Treppen, die teils nach oben, teils nach unten führten. Allein würde er hier nie mehr herausfinden, soviel war sicher. Schließlich machte Wagner vor einer kleinen Tür halt, klopfte leise und wartete. Buchanan hatte keine Antwort gehört, aber Wagner offenbar schon, denn nach einem kurzen Moment öffnete er die Tür für Buchanan. Gerade weit genug, damit er sich daran vorbeizwängen konnte. Bevor Buchanan richtig im Zimmer war, schloss Wagner die Tür bereits wieder.

Dieser Raum war kleiner als die, die Buchanan bisher gesehen hatte. Zumindest hatte er diesen Eindruck. Ganz sicher war er nicht. Die Fensterläden vor den fünf großen Fenstern waren geschlossen und nur durch ihre Ritzen drangen einzelne Lichtstrahlen. Außer einem lauten Ticken, das wohl von einer Standuhr herrühren mochte, war auch hier kein Geräusch zu hören.

„Willkommen, Signor Buchanan."

Diese Worte waren ebenso leise gesprochen, wie die des Dieners, aber sehr viel besser verständlich, da der Sprecher geradezu übertrieben präzise artikulierte und überdies auch ein fast akzentfreies Englisch sprach. Buchanan trat etwas näher an die Stimme heran. Langsam gewöhnten sich seine Augen an die Dunkelheit. Offenbar befand er sich in einer Privatbibliothek. Abgesehen von der Fensterseite waren alle Wände vom Boden bis zur Decke mit Bücherregalen bedeckt, welche augenscheinlich vollständig mit sehr alten Büchern gefüllt waren. Die meisten davon in Leder gebunden. Buchanan überschlug kurz, dass es wohl mindestens zwanzigtausend Bände sein mochten.

Ihr materieller Wert war gar nicht abzuschätzen, von ihrem inhaltlichen ganz zu schweigen. Nun konnte Buchanan seinen Gastgeber einigermaßen erkennen. Er saß hinter einem gewaltigen antiken Schreibtisch, der mit weiteren in Leder gebundenen Folianten übersät war und musste irgendwo zwischen sechzig und achtzig sein. Genau ließ sich das nicht sagen. Einerseits wirkte er sehr alt und zerbrechlich, andererseits schien er praktisch überhaupt keine Falten zu haben. Er hatte ein schmales, auffallend blasses Gesicht und trug eine Lesebrille, über deren Rand er Buchanan mit angestrengt zusammengekniffenen Augen prüfend ansah. Sein silbernes Haar ließ keine Frisur erkennen und passte so sehr gut zu seinem teuren aber stark verknitterten Anzug. „Mein Name ist Alessandro. Nehmen Sie Platz."

Buchanan rührte sich nicht. „Alessandro. Und weiter?"

Ein Hauch von Gereiztheit huschte über das Gesicht des Alten. „Alessandro Libri Carucci dalla Sommaja."

„Libri? Bücher? Erstaunlicher Zufall, oder? Ich nehme an, dass es sich um eine Angelegenheit handelt, die ebenfalls mit Büchern zu tun hat."

„Das ist keineswegs ein Zufall", Mr. Buchanan." Die Stimme des Alten war noch immer leise, hatte aber einen angespannten Unterton bekommen. Er deutete auf den antiken Lehnstuhl vor seinem Schreibtisch. „Bitte."

Buchanan zögerte einen Moment, dann setzte er sich vorsichtig auf das kostbar verzierte Sitzmöbel, auf dem wahrscheinlich schon einige Päpste, mindestens aber Lucrecia Borgia gesessen haben musste. Der Stuhl erwies sich als überraschend unbequem. „Okay." Er sah sein Gegenüber auffordernd an.

Der Alte lehnte sich entspannt zurück, aber seine Augen blieben wachsam. Als er fortfuhr, war seine Stimme tatsächlich noch leiser geworden. „Mr. Buchanan, ich habe Sie zu mir gebeten, ohne Ihnen dafür Gründe zu nennen und Sie sind erschienen. Das ist weit mehr, als ich verlangen durfte und ich bin Ihnen dafür dankbar. Sie erwarten zu Recht eine Erklärung und die sollen Sie auch bekommen. Doch zuvor...", jetzt hob er etwas die Stimme, „sagen Sie mir bitte: Was ist ein Hurenkind?"

Buchanan antwortete fast ohne nachzudenken: „*Hurenkind* ist ein Begriff aus der Druckersprache. Er bezeichnet..."

Der Alte verzog schmerzvoll das Gesicht und machte mit beiden Händen eine abwehrende Geste. Offensichtlich verursachte ihm Buchanans laute Art zu sprechen, körperliches Unbehagen. Buchanan unterbrach sich und fuhr leiser fort.

„Er bezeichnet den Umstand, wenn die letzte Zeile eines Absatzes am Beginn einer Seite oder Spalte steht. Eine Todsünde unter Druckern."

Der Alte sah ihn mit einer merkwürdigen Mischung aus Befriedigung und Verärgerung an.

„Das Gegenteil von einem Hurenkind", fuhr Buchanan fort, „ist der Schusterjunge. Dort steht die erste Zeile eines Absatzes am Ende einer Seite. Weitere ungewöhnliche Druckerbegriffe sind Fliegenkopf, ein kopfüber gesetzter Buchstabe, Schimmelbogen, ein versehentlich nur einseitig bedruckter Bogen, Zwiebelfisch, ein einzelnes Zeichen, das versehentlich in einer anderen Schrift gesetzt wurde, Leiche, ein versehentlich ausgelassenes Wort oder Jungfer, eine..."

„Eine fehlerlos gesetzte Seite", unterbrach ihn der Alte ungeduldig. „Alles richtig, aber offensichtlich viel zu leicht für Sie. Nächste Frage."

„Moment mal. Ist das ein Test?"

„Wenn Sie so wollen. Ich muss überzeugt sein, dass ich Sie richtig einschätze, denn wenn das *nicht* der Fall sein sollte ..."

„Dann?"

„Dann ist es sinnlos, dass wir uns weiterhin unterhalten."

„Fragen Sie."

„Sie wissen, dass Sie jederzeit gehen können."

„Fragen Sie."

Der Alte unterdrückte ein Lächeln. Buchanan würde nicht gehen. Egal, wie viele Fragen er ihm stellen würde. Dazu war er bereits zu neugierig. „Gut. Wer war Pierre Marteau?"

„Marteau?" Buchanan spürte, dass er etwas zu schwitzen begann. Den Namen kannte er. Aber woher? Der Alte sah ihn undurchdringlich an. „Nun?"

In Buchanans Kopf herrschte nur Dunkelheit. Dann fiel es ihm endlich ein.

„Pierre Marteau, Köln war eine Verlagsadresse des siebzehnten und achtzehnten Jahrhunderts."

„Und?"

„Dieser Verlag existierte gar nicht. Es war ein fiktiver Name, um die Verleger zu schützen, die Bücher veröffentlichten, welche von der Zensur verboten waren."

„Auch richtig. Letzte Frage: Sagt Ihnen der Name Francesco Colonna etwas?"

Buchanan lächelte. Das war wieder einfach. „Colonna war ein Autor der Renaissance. Seine Identität ist ungeklärt. Entweder war er ein venezianischer Dominikaner oder ein römischer Adliger. Möglicherweise war er auch beide. Jedenfalls hat er einen Roman geschrieben, der auf vielerlei Art spätere Künstler inspiriert hat. Auch wegen der hochwertigen Holzstiche, die das Buch enthält. Unter Sammlern gilt es als das schönste Buch der Welt. Es ist ungeheuer wertvoll. Den Titel konnte ich mir leider nicht merken."

„Das können viele nicht. Obwohl er eigentlich ganz einfach ist. *Hypnerotomachia Poliphili*. Was würden Sie tun, wenn ein Exemplar davon in Ihren Besitz gelangen würde?"

„Das ist sehr unwahrscheinlich."

„Beantworten Sie die Frage. Nur noch diese eine."

Was wollte der Alte hören? Das war nicht erkennbar. Buchanan entschied sich, einfach die Wahrheit zu sagen. „Nun, ich liebe Bücher, aber in erster Linie wegen ihres Inhalts und nicht als Wertobjekt. Also, wenn dieses Buch in meinen Besitz gelangte, würde ich es an ein Museum verkaufen und mir den Rest meines Lebens jedes Buch leisten, das ich haben will."

„Gute Antwort." Der Alte nickte anerkennend. In ihrem Alter hatte ich diese Weisheit leider nicht. Leider."

Buchanan überlegte, ob er geschmeichelt lächeln oder lieber mitfühlend nicken sollte und unterließ beides.

„Und nun, Mr. Buchanan, werde ich Ihnen erklären, warum Sie hier sind." Der Alte blickte für einen Moment nachdenklich ins Leere, dann fuhr er fort. "Schon immer haben mich Bücher fasziniert. In jeder Hinsicht. Und damit meine ich wirklich in *jeder* Hinsicht. Es existiert nichts, was mir auch nur annähernd so wichtig wäre. Wahrscheinlich liegt mir das im Blut. Ich bin nicht der erste in meiner Familie, der so veranlagt ist. Angefangen bei meinem berühmtesten Vorfahren, Guglielmo Libri Carrucci della Sommaja. Auch er liebte Bücher über alles. Sie haben nie von ihm gehört? Nun, wie Sie vielleicht wissen, gingen nach der französischen Revolution unter anderem auch die Privatbibliotheken des Adels offiziell in den Besitz des Staates über. Theoretisch. Aber praktisch passierte einige Jahrzehnte erstmal nichts. 1841 wurde Guglielmo zum Präsidenten der staatlichen Bibliotheken ernannt. Als solcher war es seine Aufgabe, die Privatbestände zu sichten und die besten Stücke sicherzustellen. Das tat er auch mit großer Liebe und Sorgfalt. Ihm ist es zu verdanken, dass längst verschollen geglaubte Texte von unschätzbarem Wert von Descartes, Leibniz, Galilei wiederentdeckt wurden. Aber leider hatte seine große Bücherliebe auch eine dunkle Seite, denn er behielt die besten Stücke für sich selbst. Tausende von Büchern. Irgendwann hat er es wohl zu weit getrieben und er musste nach England fliehen. Die Bücher nahm er allerdings mit und lebte noch viele Jahre recht gut davon."

Buchanan war erneut unsicher, welche Reaktion jetzt angebracht war. Bewunderung? Empörung? Er entschied sich für ein konzentriertes Nicken.

„Zweifellos war mein Urahn ein Verbrecher. Die Liebe zu Büchern machte ihn dazu. Das soll keine Entschuldigung sein, ich weiß nicht, was ich an seiner Stelle getan hätte." Der Alte presste die Lippen zusammen und fuhr dann eilig fort. „Außerdem gab es weit Schlimmere als ihn. Nehmen Sie nur den deutschen Pfarrer Johann Georg Tinius. Um seine Büchersammlung zu finanzieren, veruntreute er zunächst Kirchengelder und unternahm schließlich sogar mehrere Mordversuche. So etwas hat Guglielmo nie getan. – Und vor allem hat er Büchern nie geschadet."

„Büchern geschadet? Was meinen Sie? Sowas wie die Bücherverbrennungen der Nazis?"

„Bücherverbrennungen? Nein, das waren rein symbolische Taten. Es wurden ja keine Originale vernichtet. Nur leicht ersetzbare Massenexemplare. Buchhistorisch gesehen ist das ohne jede Bedeutung. Nein, schaden kann man Büchern auf ganz andere Art."

Buchanan macht eine ratlose Geste.

„Nun, wussten Sie, dass jedes Jahr Tausende von Büchern vorsätzlich vernichtet werden, obwohl von den jeweiligen Titeln auf der ganzen Welt nur noch wenige Exemplare existieren?"

Der Alte wartete keine Antwort ab. „Und zwar nicht von Leuten, die Bücher hassen oder einfach Narren sind, sondern von Experten. Von Händlern für alte Stücke. Es ist nämlich eine simple Rechnung. Ein Buch, von dem auf der ganzen Welt nur noch ein einziges Exemplar existiert, ist ungleich wertvoller als eines, von dem noch mehrere weitere Ausgaben zu beschaffen sind. Also selbst mit der Zerstörung der anderen Exemplare machen sie unterm Strich noch Gewinn." Der Alte schüttelte angewidert den Kopf.

"Andere Händler wiederum zerschneiden historische Werke und verkaufen die Seiten einzeln, insbesondere, wenn auf ihnen Holzstiche alter Meister zu finden sind. Das Buch ist zerstört, aber der Profit wesentlich höher. Und leider gibt es viele Bücherliebhaber, die so etwas kaufen."

„Eigentlich verrückt.", bemerkte Buchanan.

„Verrückt? Nein, nur dumm. Die Verrückten in der Welt der Bücher sehen anders aus. Es gibt bibliophobe Menschen, die Angst vor Büchern haben und Bibliopathen werden durch sie sogar krank. Bibliotaphe andererseits besitzen Bücher, müssen sie aber vor der Welt verstecken. Biblioskope wiederum müssen sie zwanghaft durchblättern, ohne sie zu lesen und Bibiloklastiker müssen sie zerstören, indem sie Seiten rausreißen."

„Das alles dürfte doch aber extrem selten sein", wandte Buchanan ein.

„Oft genug, dass Bezeichnungen dafür existieren."

„Es gibt auch Bibliophagen ergänzte Buchanan. „Verrückte, die Bücher essen, um sich das Wissen auf diese Weise einzuverleiben."

„Haben Sie das je selbst versucht, Mr. Buchanan?"

Buchanan schüttelte den Kopf.

„Dann sollten Sie sich darüber auch kein Urteil erlauben. Manche Menschen verstehen es, daraus Nutzen zu ziehen."

„Urteilen Sie nicht selbst über etwas, dass sie nie ausprobiert haben?", entgegnete Buchanan.

„Wer sagt, dass ich das nicht getan habe? Ich...“ Der Alte verfiel in Schweigen und für einige Momente erfüllte nur das laute Ticken der Standuhr das Zimmer. Buchanan räusperte sich und der Alte erwachte aus seiner Trance.

„Ich habe mein ganzes Leben dem Buch gewidmet. Jahrzehnte habe ich in Bibliotheken verbracht. Gesundheitlich hat mir das nicht gutgetan. Geistig allerdings ...“ Wieder verfiel er in Schweigen. Buchanan biss sich auf die Lippe. Worauf wollte der Alte hinaus?

„Nun denn, Mr. Buchanan, zweifellos haben Sie *Der Sturm* gelesen?“

„Shakespeares letztes Stück? Selbstverständlich. Viele Male. Ein wunderbares ...“

„Natürlich haben Sie das.“, unterbrach ihn der Alte unwirsch. „Aber haben Sie auch gewusst, dass die Figur des Magiers Prospero auf ein reales Vorbild zurückgeht?“

Buchanan setzte sich auf. „Nein, das war mir nicht bekannt.“

„Es handelt sich um einen Mann namens John Dee. Er war Mathematiker, Geograph und Astronom. Aber auch Astrologe und Magier. Ein Mann von großem politischem Einfluss und wissenschaftlicher Berater von Elizabeth I. Schon zweihundert Jahre bevor es geschah, forderte er die Kolonialisierung Amerikas und es war ihm vorbehalten, astrologisch das Krönungsdatum der Königin festzulegen. Er stand in Verbindung mit den bedeutendsten Gelehrten seiner Zeit und besaß die größte Privatbibliothek Englands, wenn nicht Europas. Er erforschte die Geheimnisse der Natur, aber irgendwann er gelangte an einen Punkt, von dem er mit Wissenschaft nicht weiterkam und wandte sich dem Übersinnlichen zu. Insbesondere der Angelologie.“

„Der *was*?“

„Engelslehre. Zunächst begann er, die ganze Literatur zu durchforschen, in denen von Gesprächen mit Menschen und Engeln die Rede war und schließlich suchte er selbst Kontakt zu ihnen.“

„Aber Sie wollen doch nicht behaupten ...“

„Jedenfalls hat Dee etliche magische Werke verfasst, welche in einer komplizierten Sprache verfasst sind, die er angeblich selbst nicht beherrschte. Diese Werke seien ihm von Engeln diktiert worden, heißt es. Wenn es Sie interessiert, diese Bücher sind immer noch verfügbar. Bis auf eines. Er hat zwar Aufzeichnungen hinterlassen, indem er Andeutungen über dessen Inhalt machte, aber das Buch selbst – war verschollen.

„War?"

„War. – Ich habe fast sechzig Jahre gebraucht, um es zu finden. Aber ich will Sie nicht mit den Details meiner Suche langweilen. Jedenfalls habe ich es gefunden und auch entziffert." Er verzog schmerzlich den Mund. „Letztlich jedoch musste ich erkennen, dass meine Suche sinnlos gewesen ist. – Es enthält eigentlich nichts, was nicht schon in einem anderen Buch steht. Man hätte nur die Augen aufmachen müssen."

„Ich fürchte, ich verstehe nicht ganz."

„Folgen Sie mir."

Der Alte stemmte sich umständlich hoch und ergriff ein paar Krücken, die Buchanan bisher nicht bemerkt hatte. Mühsam bewegte der Alte sich auf eine seitliche Tür zu, die sich von selbst öffnete. Buchanan entdeckte eine Photozelle über der Tür. Ein ungeheurer Anachronismus in diesem Haus, aber zweifellos praktisch. Der angrenzende Raum war um ein Vielfaches größer als der vorherige. Auch hier befanden sich überall Bücherregale. Nicht nur an allen vier Wänden, sondern auch im Raum selbst, wodurch drei Gänge entstanden. Die Anzahl der Bücher musste die Hunderttausend noch bei weitem übersteigen. Auch hier fast ausschließlich Stücke von hohem Alter. Hatte der Alte sie etwa alle gelesen? Nein, das schien nicht machbar. Oder doch? Buchanans Blick fiel auf eine weitere Standuhr, die sogar noch lauter tickte, als die in dem anderen Zimmer.

Der Alte bemerkte Buchanans Blick. „Dieses ständige Geticke. Ich hasse es. Aber leider ist es notwendig. Es sorgt dafür, dass die Bücherwürmer sich nicht nachts aus ihren Verstecken trauen und über die kostbaren Bücher herfallen. Das Ticken macht ihnen Angst."

Libri schleppte sich zu einem großen Lesetisch, auf dem nur ein einziges Buch lag. „Das kennen Sie ja wohl?"

Buchanan trat an den Tisch und betrachtete das Buch.

„Eine Bibel", entfuhr es ihm überrascht.

Der Alte setzte sich umständlich auf einen Stuhl. „Mr. Buchanan, ich werde versuchen, Ihnen zu erklären, wovon John Dee überzeugt war. Es wird Sie möglicherweise schockieren und alles auf den Kopf stellen, woran Sie bisher geglaubt haben. Wenn Sie es erstmal wissen, gibt es kein Zurück. Wünschen Sie es dennoch zu hören?"

Buchanans Kehle war mit einem Mal trocken. Er nickte langsam. Libri schien sich zu sammeln.

„Nun denn: Wie für die meisten Menschen existiert für Sie vermutlich eine feste Überzeugung, die da lautet: „Alles dreht sich um den Menschen." Das ist durchaus verständlich, schließlich *sind* wir Menschen, was sonst sollen wir denken? Uns bleibt nichts anderes übrig, als die Welt durch die menschliche Brille zu sehen. Ein Löwe hingegen würde vielleicht eher die Theorie vertreten, dass die Welt aus Löwen, Löwenumgebung und Löwenfutter besteht. Ebenfalls verständlich und genauso klug oder unklug. Das sind zwei gleichwertige Thesen. Jede Lebensform sieht es in der ihr eigenen Weise. Wer wollte entscheiden, welche die „Wahre" ist? Das könnte höchstens eine übergeordnete Instanz. Und damit sind wir bei der Religion. Sollen wir ihr die Entscheidung überlassen?"

„Nun, wenn es nach der Bibel geht, ist der Mensch die Krone der Schöpfung", sagte Buchanan.

Der Alte schien auf diese Erwiderung gewartet zu haben. „Richtig. So steht es in der Bibel. Also sehen wir uns dieses Buch mal etwas genauer an. Zunächst einmal sollten wir nicht übersehen, dass die Bibel, die wir als Kronzeuge für die Vorherrschaft des Menschen anführen, auch noch einen anderen Namen hat: „Das Buch der Bücher". Wohlgemerkt: Nicht „Das Buch der Menschen", sondern „Das Buch der Bücher". Die Basis jeder Religion ist die Befragung „des Buches". Die Juden gehen sogar so weit, sich das Volk des Buches zu nennen. Warum wohl? – Ich will Ihnen etwas vorlesen, das Ihnen bekannt vorkommen dürfte."

Libri öffnete die Bibel mittels eines ledernen Lesezeichens.

„Das Evangelium des Johannes. Dort heißt es:

Am Anfang war das Wort und das Wort war bei Gott und Gott war das Wort. Alle Dinge sind durch das Wort gemacht und ohne das Wort ist nichts gemacht, was gemacht ist. In ihm war das Leben und das Leben war das Licht der Menschen. Und das Licht scheint in der Finsternis. – Verstehen sie? „Am Anfang war das Wort. Und Gott war das Wort." Mit „das Wort" ist natürlich kein bestimmtes einzelnes gemeint, sondern das Wort an sich. Worte. Texte. Da wir davon ausgehen können, dass damit kaum Notizen, Flugblätter oder Plakate gemeint sind, dürfen wir es wohl beim Namen nennen: Bücher. Wovon auch sonst sollte wohl ein Buch handeln, dass sich das Buch der Bücher nennt? Also: Ich fasse noch einmal zusammen: Zu Anfang existierte nur das Buch. Dieses Buch war Gott.

Alles, was existiert, wurde von diesem Buch erschaffen. In diesem Buch war das Leben. Können Sie mir folgen, Mr. Buchanan?"

Buchanan nickte langsam.

„Gut. Dann ist auch von einem Menschen die Rede: „Es war ein Mensch von Gott, also dem Buch, gesandt. Der hieß Johannes. Der kam, um von dem Licht – des Buches – zu zeugen. Er, Johannes, war nicht das Licht, sondern er sollte zeugen von dem Licht." Oder etwas einfacher gesagt: Johannes ist ein vom Buch Beauftragter. Nicht umgekehrt. Er ist nicht der Autor. Er soll das Buch nur bekannt machen. Was sagen Sie dazu? Natürlich steht es jedem frei, das nicht zu glauben. Aber so steht es geschrieben im Buch der Bücher. Dem Buch mit der größten Verbreitung auf diesem Planeten, der ältesten Schrift der Geschichte. Das am meisten analysierte, am meisten zitierte, am meisten übersetzte und einflussreichste Buch des Universums. Das Buch, von dem niemand den Herausgeber kennt. Wie auch? Am Anfang war das Wort. Also: Wir haben erfahren, das Buch ist Gott und alle Dinge sind von dem Buch gemacht. Alle Dinge. Alles. Auch die Menschen. Auch wir, und wenn ..."

„Aber das Gegenteil ist doch der Fall: Menschen stellen Bücher her. Nicht umgekehrt.", unterbrach Buchanan den Vortrag.

Der Alte gab ein Geräusch von sich, das möglicherweise ein Lachen war, genau so gut aber auch ein Husten sein konnte.

"Wirklich? Wenn Menschen Bücher herstellen, ist das in etwa so, wie wenn ein dreijähriges Mädchen die Mutter ihrer Puppen spielt. Vielleicht sogar mit großer Ernsthaftigkeit, aber mit der Realität hat das nichts zu tun. In der Realität ist sie nicht die Mutter, sondern die Tochter. Dass sie diese Realität mit vertauschten Rollen auf einer niederen Ebene nachspielt, ändert daran nicht das Geringste. Sicher, wir lesen Bücher. Das ist auch gut so. Aber wir müssen begreifen, dass wir selbst Teil eines größeren allumfassenden Buches sind."

„Meinen Sie das im Ernst?", entfuhr es Buchanan.

„Todernst."

„Das klingt – verrückt."

„Tut es das? Ich denke, es klingt nicht verrückter, als das, was Religionen – alle Religionen – sonst lehren. Von einem sich teilenden Meer, über Wunderheilungen bis zur Auferstehung. Das alles steht in der Bibel. Milliarden Menschen glauben daran."

„Schon, aber das hier..."

„... steht ebenfalls in der Bibel. Es ist nicht einmal eine Auslegung. Es steht so da. Wortwörtlich. Unmissverständlich. Warum sollte es weniger wahr sein, als das Übrige? Es gibt nur einen Unterschied. Das andere akzeptieren wir, weil es so Tradition ist. Dieser Teil der Bibel wurde bisher nicht wirklich beachtet. Zitiert schon, aber ohne auf den Sinn zu achten. Dabei wäre es so einfach gewesen. Es stand seit Jahrtausenden direkt vor unserer Nase. Aber man sieht immer nur, was man schon weiß. Übrigens: Dee ist nicht der einzige gewesen, der zu dieser Erkenntnis gelangt ist. In allen Zeiten haben bedeutende Denker es gesagt. Oft in verklausulierter Form. Nehmen Sie Shakespeares „Wie es euch gefällt". Da heißt es: „Die ganze Welt ist eine Bühne und alle Männer und Frauen bloße Spieler."

„Das würde ja bedeuten, dass alles bereits geschrieben ist, also vorbestimmt und dass der Mensch keinen freien Willen hätte."

„Keineswegs, Mr. Buchanan. Denn das Buch ist nicht vollendet. Wann es endet, ob es überhaupt jemals endet, können wir nicht erkennen. Aber wir haben Einfluss auf die Handlung. Haben Sie je selbst einen Roman geschrieben?" Der Alte schnitt Buchanan mit einer Handbewegung das Wort ab, bevor er etwas erwidern konnte. „Der Autor kann Figuren erschaffen und Ereignisse stattfinden lassen. Zu Beginn des Romans sind ihm keine Grenzen gesetzt. Aber mit fortschreitender Handlung entwickeln seine Figuren einen eigenen Charakter und führen ein Eigenleben. Von einem bestimmten Punkt an, machen sie nur noch, was sie selbst wollen."

Buchanan hob abwehrend die Hand. Das wusste er selber, es stand schließlich fast wörtlich so in dem Roman, den er schrieb.

Der Alte redete ungerührt weiter. „Der Autor kann nur Einfluss nehmen, indem er Zufälle oder Naturereignisse geschehen lässt oder indem er Figuren hinzufügt, die noch keinen ausgeprägten eigenen Charakter haben. Aber mit jeder Seite mehr wird der Einfluss der Figuren größer. Sie haben also sehr wohl die Möglichkeit, frei zu entscheiden."

Kapitel 18

Auch die freieste Entscheidung muss nicht unbedingt klug sein. Als Buchanan Stunden später die Villa verließ, war es bereits fast dunkel. Das Angebot des Alten, ihn ins Hotel zurückchauffieren zu lassen, hatte er abgelehnt. Nachdem eine Ewigkeit auf ihn eingeredet worden war, wollte Buchanan jetzt erst einmal wieder zu sich kommen und das Gehörte geistig sortieren. Ein langer Spaziergang würde ihm dabei helfen, hatte er gedacht. Die ersten fünfzig Meter war dieser Plan auch voll aufgegangen, dann jedoch war von einem Moment auf den anderen ein derartig starker Regen losgebrochen, dass selbst ein Meister des Wortes wie Tolstoi noch Thomas Mann und F. Scott Fitzgerald hätte zu Hilfe holen müssen, um ihn angemessen zu beschreiben. Bereits nach wenigen Sekunden war Buchanan bis auf die Haut durchnässt.

War das etwa eines dieser Naturereignisse, die der große unbekannte Autor jetzt mal wieder einsetzte? Verdenken konnte man es ihm jedenfalls nicht. Libri hatte ohne Unterlass geredet wie ein Wasserfall. Da war es nur zu verständlich, dass der Autor des großen Buches nun versuchte, auch mal wieder in die Handlung einzugreifen. Und dass er dafür ebenfalls eine Art Wasserfall verwendete, das hatte schon was, wie Buchanan widerstrebend zugeben musste. Was der Alte von sich gegeben hatte, waren nur Worte. Dieses Wasser hingegen war höchst real. Andererseits hatte sich Buchanan schon in etlichen Regen aufgehalten, aber was sein Gastgeber ihm erzählt hatte, war einfach unfassbar.

Konnte er Recht haben? Das Leben ein Buch? Aber es stimmte schon: Unwahrscheinlicher, als das, was die anderen Religionen lehrten, war es auch nicht. Eine Weltsicht, so gut wie jede andere, ja, besser als viele andere, eine Weltsicht, die naturgemäß insbesondere Buchanan sehr inspirierte.

Dann musste er an den Moment denken, als sein Gastgeber aufgehört hatte, von seinem Lieblingsthema zu sprechen und endlich zu seinem eigentlichen Anliegen gekommen war. Er hatte Buchanan einen Auftrag erteilt. – Erteilen wollen. Buchanan hatte ihn nicht angenommen. Allerdings auch nicht abgelehnt. Zu viel Neues war über ihn hereingebrochen. Die Gedanken wirbelten in seinem Kopf umher, wie ein nicht zusammengeheftetes zwölfhundertseitiges Romanmanuskript minderer Qualität, das ein schlecht gelaunter Lektor angeekelt aus dem offenen Fenster seines im neununddreißigsten Stock eines Hochhauses gelegenen Büros in die stürmischen Winde eines Spätherbstmittages geschleudert hatte.

Zero.

Buchanan hatte diesen Namen heute zum ersten Mal in seinem Leben gehört. Ein Mann, der alle existierenden Bücher vernichten wollte. Das klang nicht sehr wahrscheinlich. Sicher, Buchanan hatte von den brennenden Buchhandlungen im London der siebziger Jahre gelesen. Aber irgendwann hatten die Brände aufgehört. Hatte Zero nur seine Vorgehensweise geändert, wie der Alte behauptete? Gab es diesen Mann überhaupt und wenn ja, war er wirklich so gefährlich? Beweise konnte der Alte nicht präsentieren. Dazu sei dieser Zero zu vorsichtig. Aber in den fünfzehn Jahren, die er Zeros Aktivitäten nun schon beobachte, habe er tausende von Hinweisen gesammelt, die keinen anderen Schluss zuließen. Und es blieb nicht mehr viel Zeit, um ihn aufzuhalten.

„Warum soll gerade ich das machen?", hatte Buchanan gefragt.

„Es kommt nur jemand in Frage, der Bücher so sehr liebt, dass er bereit ist, sich auf eine so außerordentlich gefährliche Sache einzulassen."

„Ich bin nicht der einzige, der Bücher liebt."

„Sie sind auch nicht der einzige, den ich gefragt habe."

„Verstehe. Bisher haben alle abgelehnt."

„Nicht alle. Es gab jemanden, der angenommen hat."

„Wer?"

„Ich nenne keinen Namen."

„Wollen Sie, dass ich mit ihm zusammenarbeite?"

„Das wird nicht möglich sein. Er war bis in Zeros engste Kreise vorgedrungen und ... Nun, seitdem habe ich nichts mehr von ihm gehört." Der Alte blickte unbehaglich auf den Boden. „Dieses Mal müssen wir es klüger anstellen."

„Ich habe nicht gesagt, dass ich es mache."

„Ich weiß, ich weiß", murmelte der Alte sofort. „Im Falle, dass sie ja sagen, müssten wir..."

„*Wir*? So, wie ich es verstehe, wäre ich doch auf mich alleine gestellt. Oder leisten Sie auch einen Beitrag?"

Der Alte schwieg. Dann deutet er mit einer kraftlosen Handbewegung auf die Regale. „*Das* ist mein Beitrag. Eine der bedeutendsten Büchersammlungen der Welt. Mein Lebenswerk. Ich will, dass Sie sie in Brand stecken."

Buchanan schüttelt unwillkürlich den Kopf.

„Das wird Zero zeigen, dass er Ihnen vertrauen kann."

„Woher sollte Zero wissen, dass ich...?"

„Ich werde Sie natürlich anzeigen. Die Zeitungen werden voll davon sein und die Polizei wird nach Ihnen fahnden."

„Wie sollte ich dabei auch noch Zero finden?"

„Er wird *Sie* finden."

Das war der Moment gewesen, wo Buchanan sich verabschiedet hatte. Höflich, mit der Versicherung, über den Vorschlag gründlich nachzudenken, aber innerlich fest entschlossen, diesen Auftrag in tausend Jahren nicht anzunehmen. Der Alte hatte ihm ebenso höflich die Hand gegeben, aber seinem Blick war anzumerken, dass er Buchanan durchschaute.

Trotzig stapfte Buchanan durch den Regen. Die Bibliothek in Brand stecken. Was für ein Vorschlag! Allein das zeigte doch schon, dass der Alte offensichtlich nicht ganz bei Trost war. Hatte er nicht auch angedeutet, dass er Bücher gegessen hatte? Wahrscheinlich gab es gar keinen Zero. Schon der Name deutete darauf hin. Zero. Also Null. Hatte der Alte sich etwa einen Spaß mit ihm erlaubt? Bestellte er aus Langweile Bücherenthusiasten in seine Villa und erzählte ihnen solange abstruse Geschichte, bis sie vor Angst die Flucht ergriffen, während er sich hinterher vor Lachen auf dem Boden wälzte?

Nein, das wohl auch nicht, aber auf jeden Fall ... Ja, was?

Buchanan wusste wirklich nicht mehr, was er glauben sollte.

Er würde jetzt einfach in sein Hotel zurückgehen, eine heiße Dusche nehmen und dann zwei oder drei Kurzgeschichten lesen, um wieder einen klaren Kopf zu kriegen. Und morgen früh würde er abreisen.

Kapitel 19

Da er seine ganze Reiselektüre bereits aufgebraucht hatte und sich zudem dieses Mal den zeitraubenden Berufsverkehr ersparen wollte, ließ sich Buchanan bereits für sechs Uhr morgens ein Taxi rufen. Wohin er fliegen würde, hatte er noch nicht entschieden. In Deutschland warteten sicherlich noch die Killerkommandos des Weltlektorenverbandes auf ihn. Vielleicht war es ratsam, in ein Land mit einer hohen Analphabetenrate zu reisen. Dort hätte der Lektorenverband wahrscheinlich nur wenig oder gar keinen Einfluss. Aber welches Land wäre das geeignetste? Buchanan beschloss, dass ihn sein erster Weg am Flughafen in die dortige Buchhandlung führen würde, wo er einige Reiseführer durchblättern könnte. Dann verwarf er diesen Plan wieder. Ein Land, in dem Bücher keine Rolle spielten, war gewiss nicht lebenswert. Er beschloss, die Entscheidung dem Schicksal zu überlassen. *Warum nicht mal wieder dem* großen Autor *eine Chance geben, in die Handlung einzugreifen?*, dachte er halb amüsiert, als er die Abflughalle betrat. Er würde einfach den ersten Flug nehmen, der zu bekommen war. Egal wohin. Er überflog die große Anzeigentafel. *Caracas.* In fünfzig Minuten. Warum nicht? Buchanan ergatterte tatsächlich noch ein Ticket. Er gab sein Gepäck auf und beeilte sich, zur Sicherheitskontrolle zu kommen. Die Schlange dort war nicht besonders lang und das Personal schien schnell und effizient zu arbeiten. Buchanan ließ dabei zum wiederholten Male das Gespräch mit dem Alten Revue passieren und war so in Gedanken versunken, dass er die Lautsprecherdurchsage zunächst gar nicht mitbekam. Erst als sie wiederholt wurde, schreckte er auf: „Mr. Buchanan, please come to the service-point."

Kapitel 20

Buchanan sah auf seine Armbanduhr. Noch einunddreißig Minuten bis zur planmäßigen Startzeit. Das Boarding würde jeden Moment beginnen. Sollte er die Durchsage einfach ignorieren? Konnte das etwas Wichtiges sein? Hatte der Alte von seiner Abreise Wind bekommen und versuchte nun, ihn in letzter Sekunde telefonisch umzustimmen? Oder wartete er vielleicht sogar selbst auf Buchanan? Dann konnte er sich den Weg sparen. Aber vielleicht war die Maschine überbucht und es gab Probleme mit seinem Ticket oder etwas Ähnliches. Es half nichts, Buchanan musste feststellen, was los war.

Am Servicepoint erwartete ihn eine ältere Polizistin, die ihn stark an Virginia Woolf erinnerte. „Signor Buchanan?"

„Ja."

„Es gibt ein Problem mit Ihrem Gepäck."

„Ein Problem?"

„Würden Sie bitte mitkommen?"

„Ist es verloren gegangen?"

„Das weiß ich nicht. Kommen Sie mit, dann wird sich alles aufklären."

„Mein Flug geht in weniger als dreißig Minuten."

„Kein Problem. Kommen Sie."

Ohne eine weitere Antwort abzuwarten, ließ sie Buchanan stehen. Widerwillig folgte er ihr. War es ein Zufall, dass zwei weitere Polizisten, welche unbeteiligt in der Nähe gestanden hatten, sich jetzt ebenfalls in Bewegung setzten und – wenn auch mit einigem Abstand – denselben Weg einschlugen? Buchanan überkam eine innere Unruhe, er versuchte, sie zu unterdrücken. Wahrscheinlich war sein Koffer auf Grund des späten Eincheckens wirklich verloren gegangen. Er würde schnell die Verlustmeldung ausfüllen und in zwei oder drei Tagen würde man ihm den Koffer nachschicken. Kein Problem. Wenn er sich beeilte, würde er den Flug noch erwischen. Wenige Augenblicke später wurde ihm bewusst, dass der Flug sein geringstes Problem war. Die Polizistin hatte ihn in einen fensterlosen Raum geführt, in dem nur ein langer Tisch stand. Auf dem Tisch befand sich sein Koffer. Geöffnet. Der gesamte Inhalt war in unordentlichen Haufen auf dem Tisch ausgebreitet worden. Dann betraten auch die beiden Polizisten, die ihm gefolgt waren, den Raum und der größere der beiden schloss die Tür.

Drei weitere Polizisten, die bereits anwesend waren, musterten ihn feindselig. Ein großer Zivilist mit Boxerstatur und schwarzem Schnurrbart, offensichtlich der leitende Commissario, richtet das Wort an Buchanan: „Ihren Pass, bitte."

Buchanan händigte ihn dem Commissario aus und versuchte dabei so auszusehen, als ob er das für einen ganz normalen Vorgang hielt. „Wahrscheinlich ist genau das verdächtig", schoss es ihm dabei durch den Kopf. Der Commissario studierte den Pass auf das sorgfältigste. Buchanan schien es wie eine Ewigkeit. Schließlich war der Pass offenbar genug geprüft. Der Commissario klappte ihn befriedigt zu, gab ihn aber nicht Buchanan zurück, sondern reichte ihn an einen Polizisten weiter, der hinter ihm stand.

In Buchanan begann sich Protest zu regen: „Dauert das noch lange? Mein Flugzeug ... "

„ ... wird ohne Sie abfliegen", unterbrach ihn der Commissario nicht einmal unfreundlich.

Buchanan schluckte. Langsam fühlte er sich an Franz Kafkas Roman „Der Prozess" erinnert, in dem ein Mann von der Justiz verfolgt wird, ohne dass ihm je der Grund dafür mitgeteilt wird. Aber dies war kein Roman, dies war die Realität und in der hatte er Rechte.

„Wie bitte? Ich werde mich über Sie bei Ihrem Vorgesetzten beschweren", sagte Buchanan mit einer – wie er fand – bemerkenswert gelungenen Mischung aus Empörung und Seriösität.

„Tun Sie das, Signor. Mein Name ist Petrucci", antwortete der Commissario mit einer – wie Buchanan zugeben musste – mindestens ebenso gelungenen Mischung aus Korrektheit und Langeweile.

„Ist das Ihr Koffer, Signor Buchanan?"

„Ja."

„Wo waren Sie heute Morgen gegen vier Uhr?"

„In meinem Hotel."

„Name?"

„Hassler."

„Was haben Sie dort gemacht?"

„Um vier? Geschlafen."

„Vielleicht auch gelesen, Signor Buchanan."

„Nein."

„Wie schade. Wo Sie doch so interessante Bücher besitzen.

Da würde man doch annehmen, dass Sie – wie soll ich sagen – darauf brennen, sie zu lesen."

Der Commissario warf einige Kleidungsstücke zurück in den Koffer, bis er den Stapel mit den Büchern freigelegt hatte.

Buchanan starrte ungläubig darauf. Diese Bücher hatte er noch nie gesehen. Was machten sie in seinem Koffer? Der Commissario nahm die Bücher einzeln in die Hand, hielt sie hoch, fast als wenn dies bereits eine Gerichtsverhandlung sei und verlas laut die Autoren und Titel: „Stephen King: Brennen muss Salem."

„Das gehört mir nicht. Ich weiß nicht, wie es..."

„John Jakes: Fackeln im Sturm."

„Auch dieses Buch ... "

„Max Frisch: Biedermann und die Brandstifter."

Buchanan schüttelt nur den Kopf.

Und schließlich: „Miriam T. Griffin: Nero – The Biography"

„Zumindest das hat nichts mit Feuer zu tun", versuchte Buchanan zu scherzen.

„Er hat Rom angezündet, Signor Buchanan."

„Das ist inzwischen historisch widerlegt."

„Ist es das? Sie kennen sich ja offensichtlich bestens aus."

„Dazu muss man sich nicht besonders gut auskennen. Ich weiß nicht, was diese Bücher beweisen sollen, aber jedenfalls gehören sie mir nicht."

„Sie befanden sich in Ihrem Koffer."

„Ich habe sie aber nicht da reingepackt."

„Wer dann?"

„Das weiß ich nicht. Ich weiß nur, dass mir diese Bücher nicht gehören."

„Interessant."

„Abgesehen davon: Ist es ein Verbrechen, diese Bücher zu lesen?"

„Keineswegs." Der Commissario hob abwehrend die Hände. „Aber es ist ein Verbrechen, eine der wertvollsten Bibliotheken der Welt in Brand zu stecken."

Buchanan registrierte halb unterbewusst, dass er im Gegensatz zur Hauptfigur in Kafkas Prozess nun wusste, wessen man ihn beschuldigte. Aber ein besseres Gefühl war das auch nicht. War Kafka vielleicht doch nicht so gut, wie immer alle behaupteten?

Es war völlig klar. Der wahnsinnige Alte hatte Buchanans als *Vielleicht* getarntes *Nein* nicht akzeptiert und seine Bibliothek selbst in Brand gesetzt. Glaubte er, Buchanan so doch noch dazu zu bringen, den Kampf gegen Zero aufzunehmen? Dann hatte er sich getäuscht.

„Lassen Sie uns Zeit sparen." Der Commissario zog ein Foto aus der Tasche und legte es auf den Tisch. „Dieses Bild hat heute Morgen eine Überwachungskamera aufgenommen, als Sie Signor Libris Villa auf der Via Appia verließen. Achten Sie auf Datums- und Zeitaufdruck."

In der Tat zeigt ihn das Bild beim Verlassen der Villa. Der Timecode stand auf 04:12.

„Gut, ich war da, aber die Zeitangabe ist falsch. Ich war gestern Nachmittag dort. Auf Einladung des Hausherrn."

„Signor Libri hat sich das Foto angesehen. Er kennt Sie nicht."

„Er lügt. Und er hat seine Bibliothek selbst angezündet."

„Warum sollte er das tun? Sie war nicht versichert. Keine Versicherung war bereit, ein solches Risiko einzugehen. Außerdem war Signor Libri heute Nacht gar nicht in Rom. Er war in Mailand; dafür gibt es vier Zeugen."

„Signor Libri ist unermesslich reich. Er kann sich Zeugen kaufen, soviel er will."

„Einer der vier ist der Innenminister."

Während der letzten Sätze hatte Buchanan geistig neben sich gestanden. Alles, was er sagte, klang vollkommen lächerlich, während der Commissario die Vernunft selbst zu sein schien. „Signor Buchanan, ich empfehle Ihnen, nichts mehr zu sagen, bevor Sie mit einem Anwalt gesprochen haben."

Buchanan nickte mechanisch. Ein Polizist legte ihm Handschellen an und führte ihn zusammen mit einem weiteren Beamten aus dem Flughafengebäude nach draußen, wo ein Polizeitransporter auf ihn wartete. Und etwa dreißig Journalisten. Ein Blitzlicht- und Fragengewitter wie bei einer Signierstunde von Dan Brown hagelte auf ihn ein. Wieso waren die hier? Jemand musste ihnen einen Tipp gegeben haben. Buchanan konnte sich denken, wer dieser Jemand war. Mühsam bahnten sich die Beamten einen Weg durch die Menge. Eine besonders dreiste blonde Reporterin mit Sonnenbrille zwängte sich unter den Armen der beiden Polizisten durch und schaffte es tatsächlich, Buchanan eine Visitenkarte in die gefesselten Hände zu drücken. „Rufen Sie uns an für ein exklusives Interview. Wir zahlen gut und Sie werden jetzt Geld brauchen", rief sie, bevor ein Polizist sie energisch zur Seite drückte. Buchanan wurde unsanft in den hinteren Teil des Transporters bugsiert. Die rechte Handschelle wurde geöffnet und an einer Stange, die sich an der linken Seitenwand des Transporters befand, befestigt. Die Tür wurde zugeworfen und die beiden Polizisten stiegen vorne ein, so dass Buchanan den Fahrgastraum des Transporters ganz für sich allein hatte. Die blonde Reporterin klopfte an das Wagenfenster und rief Buchanan etwas zu, was er aber nicht verstehen konnte. Dann fuhr der Wagen los.

Sollte er sich auf ein Interview einlassen? Etwas in ihm klammerte sich an diesen Gedanken. Öffentliche Aufmerksamkeit würde zumindest die Gefahr verringern, völlig anonym auf Nimmerwiedersehen in einem italienischen Gefängnis zu verschwinden. Der Aufenthalt dort würde mit Sicherheit die Hölle sein. Selbst wenn die Gefängnisbibliothek gut sortiert wäre, würde sie wohl nur Bücher auf Italienisch enthalten. Und mit den anderen Gefangenen über die Werke von Jane Austen oder Flaubert zu diskutieren, könnte er wohl gleich vergessen.

Was ihn aber genau erwarten würde, vermochte er sich nicht vorzustellen. War es so schlimm wie in dem Roman *Papillon*? Oder gar wie in *Der Graf von Monte Christo*? Jener war auch unschuldig in einen Grauen erweckenden Kerker geworfen worden. Aber immerhin hatte der sich auch fürchterlich an den dafür Verantwortlichen gerächt. Buchanan hoffte, dass zumindest das ihm auch möglich sein würde. Andererseits waren das beides französische Romane. Die nützten ihm hier gar nichts. Er befand sich in Italien. Aber hatte nicht auch Giacomo Casanova in seinen Memoiren über seine Gefängniszeit in den Bleikammern von Venedig geschrieben? Die enge, unerträglich heiße Zelle, in der es von Flöhen nur so wimmelte... Eines Tages hatte man gar noch einen weiteren Häftling in seine Zelle geworfen, der so gerne redete, dass er Casanova bat, nicht zu lesen, sondern stattdessen ihm zuzuhören. Waren schlimmere Haftzustände überhaupt noch vorstellbar? Allerdings hatte Casanova seine Flucht aus den Bleikammern ebenso minutiös beschrieben. Monatelang hatte er sich mittels eines kleinen Metallstückes durch den Fußboden gegraben, nur um achtundvierzig Stunden vor dem Tag, den er für seine Flucht auserkoren hatte, in eine andere Zelle verlegt zu werden. Unverzüglich begann er erneut, seine Flucht vorzubereiten, bis ihm dies, nach Überwindung einer schier unermesslichen Zahl von Hindernissen auch gelang. Daran wollte sich Buchanan, falls nötig, ein Beispiel nehmen. Allerdings, bei allem Respekt vor Casanovas Einfallsreichtum und Durchhaltevermögen, musste man der Vollständigkeit halber schon berücksichtigen, dass seine Wachen mit einem geradezu unfassbaren Maß von Doofheit ausgestattet waren. Damit konnte Buchanan bei den Beamten, mit denen er es zu tun bekommen würde, nicht rechnen. Insofern waren die Casanova-Memoiren vielleicht doch keine echte Hilfe.

Fiel ihm denn sonst kein Buch ein, das die für diese Situation passenden Ratschläge bereithielt? Buchanan dachte angestrengt nach, aber die einzigen literarischen Figuren, die er kannte, die je in einem römischen Gefängnis gesessen hatten, waren Asterix und Obelix und die waren keine Vorbilder, da sie das Gefängnis mit Hilfe übermenschlicher Kräfte durch die Einnahme von Zaubertrank verlassen hatten. Buchanan indes hatte zum Frühstück nur zwei Gläser Multivitaminsaft getrunken. Zweifellos das Getränk, welches dem Zaubertrank noch am nächsten kam, aber leider nicht in ausreichendem Maße. Er studierte die Visitenkarte, die ihm die Reporterin gegeben hatte. Erst jetzt bemerkte er, dass sie in der Mitte eine Verdickung aufwies. Genau genommen waren es offenbar zwei Visitenkarten, die man aufeinander geklebt hatte. Dazwischen befand sich irgendein dünner Gegenstand. Buchanan linste verstohlen zu den Polizisten, aber die saßen rauchend vorne und beachteten ihn nicht. Buchanan riss vorsichtig die Karte auseinander und tatsächlich, darin befand sich ein winziger Schlüssel. War das etwa der Schlüssel für seine Handschellen? Was ging hier vor? Es war keine Zeit, darüber nachzudenken. Er steckte den Schlüssel in eines der Schlösser. Er passte. Buchanan zögerte. War das eine Falle? Um weitere Indizienbeweise gegen ihn in der Hand zu haben? Die Schlagzeile „Brandstifter auf der Flucht erschossen" tauchte vor seinem inneren Auge auf.

Unsinn! Er hatte zu viele Romane gelesen, in der Realität ...

Sogleich rief er sich zur Ordnung. Er hatte natürlich *nicht* zu viele Romane gelesen! Das war schließlich gar nicht möglich. Wenn überhaupt, hatte er viel zu wenige Romane gelesen! Aber wie auch immer, in der Realität ging es meistens sehr viel langweiliger zu als in Romanen (vielleicht mal abgesehen von *Die Familie*, dem letzten Roman von Mario Puzo. Der wurde aber auch posthum von dessen Ehefrau fertig geschrieben und zählte somit gar nicht so richtig) und es handelte sich hier keineswegs um eine Falle der Polizei. Schon das mit dem Handschellenschlüssel war so außergewöhnlich, dass damit alle Außergewöhnlichkeiten, welche die Realität an einem einzigen Tag aufzubringen vermochte, wohl erschöpft waren. Er würde an der nächsten roten Ampel die Handschelle an seinem linken Handgelenk aufschließen, die Schiebetür des Wagens öffnen und dann blitzschnell im Verkehrsgetümmel verschwinden. *Arrivederci, Commissario!*

Bereits zwei Sekunden später erreichte der Wagen eine Ampel, die auf rot stand. Jetzt musste er schnell sein. Zweimal verfehlte er mit dem Schlüssel das winzige Schlüsselloch. Seine rechte Hand zitterte vor Aufregung so sehr, wie bei jemandem, der zu nächtlicher Stunde den soeben erschienenen Harry-Potter-Band vom Briefträger entgegen nimmt. Buchanan versuchte es ein drittes Mal, aber gerade in diesem Moment schaltete die Ampel auf grün und der Wagen setzte sich mit einem Ruck in Bewegung. Der Schlüssel entglitt Buchanans feuchten Fingern, fiel auf den metallenen Boden des Transporters, sprang wieder hoch und landete mit einem deutlich vernehmbaren Pling an der Wand, die den Raum von der Fahrgastzelle trennte.

Hatten die beiden Polizisten etwas bemerkt? Buchanan schielte in einer Weise, die er für unauffällig hielt, zu den beiden nach vorne. Nein, anscheinend nicht. Also weiter. Mit dem rechten Fuß zog er den Schlüssel wieder zu sich heran und hob ihn auf, ohne sich dabei allzu weit vorzubeugen. Endlich gelang es ihm, die Handschelle aufzuschließen, jetzt musste er nur noch auf die nächste Gelegenheit warten. Wenn es überhaupt noch eine gab. Der Wagen hatte die Innenstadt verlassen und jagte jetzt mit hoher Geschwindigkeit eine Schnellstraße entlang. Buchanan

fluchte innerlich. Sollte er die einzige Gelegenheit zur Flucht durch seine Ungeschicklichkeit bereits verspielt haben? *Es war zum...!* Der Wagen hielt. Mitten auf
der Schnellstraße? Buchanan warf einen schnellen Blick nach vorne. Vor ihnen lag
eine Baustelle, welche die Straße auf nur eine Spur verengte. An beiden Enden der
Baustelle waren provisorische Ampeln aufgestellt worden, die dafür sorgten, dass
abwechselnd in beide Richtungen gefahren werden konnte. Das war die Gelegenheit. Buchanan sprang auf, riss an dem Türriegel und - die Tür rührte sich nicht.
Buchanan zerrte erneut an dem Riegel, aber die Tür blieb verschlossen. Auch war
der Polizist auf dem Beifahrersitz auf Buchanan aufmerksam geworden. Mit einer
Mischung aus Amüsement und Bedrohlichkeit deutete er auf die Sitzbank. Buchanan setzte sich. Die Gedanken wirbelten durch seinen Kopf.

Hatte er durch den Fluchtversuch seine Situation weiter verschlechtert? Mit Sicherheit. Was würde jetzt mit ihm geschehen? Wer hatte ihm den Schlüssel zuge-
spielt und warum? Und warum hatte dieser jemand nicht daran gedacht, dass die
Wagentür ebenfalls verschlossen sein könnte. Nur ein kompletter Idiot würde so
etwas nicht berücksichtigen. Buchanan beschloss, bei dem Verhör, das ihm bevor-
stand, nichts von dem Schlüssel zu sagen. Er würde behaupten, dass die Handschelle nicht eng genug geschlossen war, so dass er herausschlüpfen habe können.
Würde man ihm das glauben? Er hörte die beiden Polizisten vorne lauthals lachen.
Lachten sie über ihn? Das war zu anzunehmen. Buchanan stopfte den Handschell-
schlüssel in das einzige Versteck, das er finden konnte. Die Ritze zwischen Sitzbank und Lehne. Das gleiche tat er mit der Visitenkarte, nachdem er sie in kleine
Fetzen zerrissen hatte. Das auf der Innenseite der Karte etwas gestanden hatte,
entging ihm dabei. Vielleicht war es auch besser so. *Viel Glück! C.*

Kapitel 21

„Ich lese in Ihnen, wie in einem offenen Buch, Signor Buchanan."
Die Worte, mit denen der Commissario, welcher Buchanan äußerlich stark an
William Faulkner erinnerte, das Verhör eröffnete, erschienen Buchanan äußerst
vielversprechend.

Er konnte sich kaum erinnern, wann man das letzte Mal etwas derart Schmeichelhaftes zu ihm gesagt hatte. Buchanan schöpfte Hoffnung, dass sich nun auch alles aufklären und er das Gefängnis schon bald als freier Mann verlassen können würde. Dann jedoch fuhr der Commissario fort: „Glauben Sie nicht, jemand wie Sie könnte mich täuschen. Also ersparen Sie uns beiden die ganzen lächerlichen Lügen, die Sie sich zweifellos ausgedacht haben und erzählen Sie mir einfach die Wahrheit. Früher oder später tun Sie das sowieso." Langsam griff er in die Innentasche seine Jacketts, holte ein Stofftaschentuch hervor und putze sich gründlich die Nase, ohne Buchanan aus den Augen zu lassen. Damit war der gemütliche Teil des Verhörs beendet und die nächsten zwei Stunden vergingen fast klischeehaft so, wie Buchanan es aus unzähligen Kriminalromanen kannte.

Er erzählte wieder und wieder seine Version der Geschichte, während sein Gegenüber jedes Detail in Zweifel zog und Buchanan ständig auf angebliche Widersprüche hinwies. Die Lautstärke seines Peinigers hatte sich in dieser Zeit bedrohlich gesteigert und die Farbe von dessen Kopf war von einem eleganten Elfenbeinton, über ein gar nicht mal so unvorteilhaftes Hellrot bis zu einem herzinfarktadäquaten Rotblau changiert. Buchanan war inzwischen so zermürbt, dass er drauf und dran war „alles" zu gestehen, nur um endlich in Ruhe gelassen zu werden. Sollten sie ihn doch zwanzig Jahre einsperren. Dann würde er endlich mal richtig zum Lesen kommen.

Doch dann geschah es. Buchanan würde es bis an sein Lebensende niemals vergessen: Die Tür flog auf und herein trat, nein, walzte eine der, nein, *die* bizarrste Erscheinung, welche Buchanan außerhalb von Halloween jemals erblickt hatte.

Nicht, dass er nicht schon japanische Menschen gesehen hätte, nicht, dass er schon sehr sehr große Frauen gesehen hätte, nicht, dass er schon unfassbare fette Menschen mit einer potthässlichen runden Hornbrille und rot gefärbten Haaren gesehen hätte, aber alles auf einmal, das war schon ein Anblick. Wenn so eine Person in einem Roman vorkäme, schoss es Buchanan unwillkürlich durch den Kopf, würde man sagen, was für eine an den Haaren herbeigezogene, unglaubwürdige Figur, die der talentlose Autor nur einsetzt, um eine total langweilige Szene doch noch irgendwie aufzumotzen, einfach erbärmlich! Aber das hier war die Realität. Diese Person stand wirklich schnaufend und schwitzend in der Tür und funkelte ihn und den Commissario mit durch die Brille grotesk vergrößerten Glubschaugen tückisch an. Buchanan fühlte sich jenseits von Zeit und Raum. Was würde jetzt geschehen? Alles schien möglich.

Für den Bruchteil einer Sekunde war Buchanan versucht, hysterisch loszulachen. Aber er unterdrückte diesen Impuls sogleich wieder.

1. Um den Commissario nicht zu verärgern.

2. Weil es politisch inkorrekt hoch 5 gewesen wäre, über eine Person zu lachen, die

A Frau,

B Japaner,

C übergroß,

D überfett,

E durch hässliche Brille verunstaltet

war.

Aber auch der Commissario lachte nicht und das, obwohl der von Political Correctness wahrscheinlich noch nie etwas gehört hatte. Im Gegenteil, wie ein Sektkorken schnellte er von seinem Stuhl hoch und hieß die bizarre Figur ehrerbietigst willkommen. Hastig wischte er einige Aschekrümel vom Tisch und rückte so umständlich wie sinnlos einen Stuhl zurecht.

Wer war das? Buchanan stand vor einem Rätsel. Dem Respekt nach zu schließen, mit dem diese Person behandelt wurde, hätte sie die Chefin der Polizeidienststelle sein können. Aber das war auf Grund ihrer äußeren Erscheinung defiiv auszuschließen.

War sie die unermesslich reiche Erbtante des Commissario? Das klang schon wahrscheinlicher. Aber wieso platzte sie in ein Verhör ihres Neffen herein? War sie die überaus reiche und überaus geisteskranke Erbtante des Commissario? Es widerstrebte Buchanan, das anzunehmen, aber im Moment war das die Variante, die noch am ehesten Sinn ergab. Nein, halt. Eine Möglichkeit gab es, die noch mehr Sinn ergab: Dies war ein Traum. Na klar, im Träumen passierte doch ständig so verrückter Quatsch. Buchanan beschloss diese Möglichkeit weiter im Auge zu behalten, sich aber in diesem Traum so vernünftig wie möglich zu verhalten, für den Fall, dass es doch keiner war.

Kapitel 22

Die Via Condotti ist eine der ältesten Straßen Roms. Sie beginnt am Fuße der Spanischen Treppe und erfreut sich auf Grund der zahlreichen Geschäfte für Luxusbekleidung besonders bei Touristen großer Beliebtheit. Sie ist international eine der bekanntesten und auch teuersten Einkaufsstraßen überhaupt. Die Zentrale eine der gefährlichsten Verbrecherorganisationen der Welt würde man an einem solchen Ort am allerwenigsten vermuten. Und genau deshalb befand sie sich dort.

Der Palazzo aus dem siebzehnten Jahrhundert war mit viel Liebe zum Detail sowie unbegrenzten Geldmitteln restauriert worden und eines der meist fotografierten Gebäude der Straße. Besonders der filigran gearbeitete marmorne Torbogen war bei Liebespaaren sehr beliebt für ein gemeinsames Erinnerungsbild.

Zero durchschritt ihn allerdings ohne jegliche romantische Anwandlung. Denn zum einen interessierte ihn so was nicht und zum anderen war das Wort „romantisch" eines von denen, welche ihn ganz besonders anwiderten. Zielstrebig überquerte er den mit antiken Mosaiken ausgelegten und durch das Plätschern eines Brunnens mit Fontäne in fröhliche Traulichkeit gehüllten Innenhof. Wie so oft hielt Zero einen Moment inne. Die vier Hausfassaden, die den Hof umrahmten, waren sogar noch prächtiger, als die Straßenfront des Gebäudes und ihr Anblick erfüllte Zero, ungeachtet seiner zahlreichen anderen Erfolge, jedes Mal von neuem mit Stolz.

Hier stand er, innerlich eigentlich immer noch der kleine Junge, den in der Schule alle für einen Versager gehalten hatten und jetzt gehörte ihm, neben vielem anderen, der prächtigste Palazzo in einer der teuersten Straßen der Welt. Noch kannte ihn diese Welt zwar nicht, zumindest nicht wirklich, aber das würde nicht mehr lange so sein. Er stand jetzt kurz davor, sein Ziel zu erreichen und die Welt auf immer zu verändern. Man würde die Geschichte künftig in drei Phasen einteilen: Vor Gutenberg, zwischen Gutenberg und Zero und nach Zero. In Geschichtsbüchern würde sich Zeros Namen zwar nicht finden lassen, aber nur deshalb, weil es keine Geschichtsbücher mehr geben würde.

Zufrieden wanderte sein Blick über die Fassade des rückwärtigen Gebäudes. In den oberen drei Stockwerken befanden sich fast ausschließlich Büroräume. Einige davon sehr schön und teuer ausgestattet, aber die Übrigen waren nichts Besonderes. Diese Büros waren nun mal notwendig, um ein weltweit agierendes Unternehmen zu führen und zu verwalten. Mit dem dritten Stock verhielt es sich anders. Hier befand sich eine der renommiertesten und ehrwürdigsten Körperschaften Roms:

The Society for the support of the literary arts.
Zero hatte sie gegründet.
Sie war sein Meisterstück.

Kapitel 23

Dr. Ayuthaya Hirogino war weder die Polizeichefin, noch die Erbtante des Commissarios und schon gar keine Traumgestalt.

Sie war nichts weniger, als die beste Strafverteidigerin von ganz Italien. *Beste* nicht im Sinne von integer und geachtet, sondern im Sinne von gerissen und gefürchtet. Noch nie hatte sie einen Prozess verloren, für so aussichtslos ihn jeder andere auch vorher gehalten haben mochte. Sie war so unwahrscheinlich gut, dass es sich mit Worten gar nicht beschreiben lässt. Sagen wir so: Hätte Osama bin Laden den Zugriff der amerikanischen Spezialeinheit in seinem Haus überlebt, hätte Ayuthaya Hirogino in dem darauf folgenden Prozess nicht nur seine Freilassung erwirkt, sondern die Amerikaner hätten ihm auch die eingetretene Tür ersetzen müssen.

„Ich bin hier, um Signor Buchanan zu vertreten."

Dr. Hirogino hatte sich schwer atmend auf ihren Stuhl plumpsen lassen und fixierte Buchanan mit einem Blick, in dem sich Ekel und Ungeduld die Waage hielten.

„Nun?"

„Ich bin nicht sicher, ob ich mir das leisten kann.", sagte er diplomatisch.

„Das können Sie ganz bestimmt nicht, Signor Buchanan."

Sowohl der Ekel, als auch die Ungeduld in Dr. Hiroginos Gesicht verstärkten sich.

„Sein Sie unbesorgt: Mein Honorar wird von anderer Seite beglichen."

„Von wem?"

„Alles, was Sie tun müssen, ist diese Einverständniserklärung zu unterschreiben."

Buchanan blickte auf die manikürten Wurstfinger, die ihm das mehrseitige Dokument über den Tisch schoben. Er begann zu lesen.

„Nicht lesen. Unterschreiben."

Die manikürten Würste schnippten zielsicher einen goldenen Kugelschreiber zu ihm hinüber.

„Darf ich es nicht vorher lesen?"

„Wozu denn? Es sei denn natürlich, Sie ziehen der kostenlosen Verteidigung durch mich einen Pflichtverteidiger vor, der frisch von der Uni kommt."

Ayuthaya Hirogino rang sich ein Lächeln ab, dass die Milch hätte sauer werden lassen, wenn welche dagewesen wäre.

Buchanan ergriff den Kugelschreiber und kritzelte seinen Namen unter das Dokument. Erleichterung überkam ihn.

Jetzt war es nur noch eine Frage der Zeit, dass man ihn gehen ließ. Dann fiel ihm ein, dass das eigentlich für *alle* Gefängnisinsassen galt.

Kapitel 24

Der größte Hass entsteht durch zurückgewiesene Liebe.

Dieser Grundsatz war es gewesen, der Zero nach Jahren des vergeblichen Herumprobierens, Verwerfens und Wieder-etwas-Neues-versuchens die perfekten Gefolgsleute für seinen Feldzug gegen die Welt des Buches finden ließ.

Sicher, an irgendwelchen primitiven Typen, die für Geld vor keinem Verbrechen zurückschreckten, bestand kein Mangel und Zero befehligte eine ganze Armee von ihnen, aber für seinen Plan benötigte er ebenso dringend Menschen mit einem hohen Maß an Intellekt und Feinsinnigkeit. Doch wo unter diesen, sollte man wiederum welche finden, die Bücher hassten. Das war ein kaum auflösbarer Widerspruch in sich. Zeros Plan schien zum Scheitern verurteilt.

Doch dann hatte er eines Nachmittags im Café Demel in Wien gesessen und zufällig die Unterhaltung zweier Männer am Nachbartisch mit angehört. Beide ergingen sich in wahren Hasstiraden auf den gesamten Literaturbetrieb. Verleger, Lektoren, Agenten, Kritiker, Leser und bekannte Autoren. Keiner war vor ihnen sicher. Denn bei den beiden Männern handelte es sich um zwei Schriftsteller, die zwar seit Jahrzehnten schrieben, denen aber jegliche Publikation ihrer Werke bis dato versagt geblieben war. Ihre Verbitterung und ihr Hass waren maßlos. Zero wusste sofort, dass diese Männer die idealen Verbündeten sein würden.

Und von ihrer Sorte gab es Tausende ...

Kapitel 25

Buchanan hatte in der Vergangenheit verschiedene Romane gelesen, die in Gefängnissen spielten. Ihm war bewusst gewesen, dass es für jeden Gefangenen ein Martyrium darstellte. Aber, dass es *so* schlimm werden würde, damit hatte er nicht gerechnet. Die Stunden des ersten Tages waren quälend langsam vergangen. Wann würde es endlich sechzehn Uhr sein? Die von allen Insassen herbeigesehnten Stunde, in der sie sich außerhalb ihrer Zellen aufhalten durften. Nie zuvor hatte Buchanan die Zeit langsamer verstreichen sehen. Endlich war es soweit. Die zentral gesteuerten Eisenriegel an den Zellentüren seines Traktes glitten kreischend zurück und die Gefangenen drängten nach draußen. Zu seiner Überraschung stellte Buchanan fest, dass die meisten, wenn nicht alle seiner Mitinsassen vorhatten, diese wertvolle Zeit auf dem Hof zu verplempern. Wussten sie denn nicht, dass es hier eine Gefängnisbücherei gab? Buchanan jedenfalls hatte es längst in Erfahrung gebracht und er lenkte seine Schritte unverzüglich hin zu diesem Ziele. Dort angekommen jedoch: Der Schock. Diese Bibliothek – wenn sie diesen Namen überhaupt verdiente – konnte man nur als skandalös bezeichnen und war noch übler, als Buchanan bereits befürchtet hatte. Nicht nur war diese sogenannte Bibliothek im Tischtennisraum untergebracht, nein, sie bestand auch lediglich aus zwei schmalen Bücherregalen, von denen das eine zur Gänze mit Büchern über Elektrotechnik gefüllt war und das andere zum größten Teil mit Gesellschaftsspielen. Nur in den oberen beiden Fächern befanden sich einige Readers-Digest-Ausgaben von populären Romanen der sechziger und siebziger Jahre, die Buchanan aber sämtlich schon gelesen hatte. Und zwar ungekürzt und nicht in der von Readers Digest verstümmelten, nur auf ihre (vermeintlichen) Höhepunkte reduzierten Fassung. Alle Exemplare schienen ungelesen zu sein. Buchanan konnte es seinen Gefängniskollegen nicht verargen, dass sie sich von diesen Machwerken mit Grausen abgewendet hatten. Dies war wirklich die traurigste Bibliothek, die er jemals gesehen hatte. Wusste Amnesty International davon? Undenkbar. Man muss die Öffentlichkeit darüber informieren, dachte er. Entweder, um dafür zu sorgen, dass neue Bücher angeschafft würden oder zur Abschreckung. Eins war klar: Niemand, der von dieser Bibliothek wusste, würde es noch wagen, in Italien ein Verbrechen zu begehen.

Buchlos kehrte Buchanan in seine Zelle zurück, mehr denn je entschlossen: Er musste hier raus. So schnell wie möglich.

Kapitel 26

Die Zeiten, in denen Zero die Welt der Bücher bekämpfte, in dem er Buchhandlungen in Brand setzte, waren längst Vergangenheit. Einzelne Bücher zu zerstören – so viele es auch sein mochten – änderte gar nichts. Im Gegenteil, es wurden einfach neue gedruckt, und die verfluchten Verlage und Autoren verdienten so sogar ein weiteres Mal. Die einzigen Geschädigten waren die Konzerne, bei denen die Buchhändler versichert waren. Nein, Zero war klar geworden, dass dieser Weg nie zum Erfolg führen würde und im Laufe der Jahrzehnte hatte er seine Methoden immer mehr verfeinert. Er unterhielt einen Think-Tank von Mitarbeiten, die nichts anderes taten, als unablässig neue Wege zur Bekämpfung des Buches zu ersinnen. Nichts war so abwegig, dass es nicht zumindest erprobt wurde. Jedoch achtete Zero stets darauf, dass es nach Möglichkeit legal und vor allem niemals in seiner eigentlichen Absicht zu durchschauen war. Eine Weile lang hatte er sich sehr intensiv um etwas gekümmert, das er das Harvard-Projekt nannte und das dann unter dem Namen Facebook berühmt wurde.

Ein Harvard-Professor für Literatur, welcher nicht weniger als neunundzwanzig Romane verfasst hatte, von denen kein einziger einen Verlag fand und der auf Zeros Gehaltsliste stand, hatte ihn auf einen jungen Mann namens Mark Zuckerberg aufmerksam gemacht. Dieser arbeitete an einem Internetprojekt, mit dem die Studenten der Universität untereinander vernetzt werden sollten. Natürlich gab es ähnliche Ideen schon, aber diese war insofern neu, dass man hier auch veröffentlichen sollte, was man gerade im Begriff war zu tun. Zero erfasste das Potential dieser Unternehmung sofort und unterstütze Zuckerberg in jeder Weise. Und in der Tat, bald schon wurde eine Firma gegründet, die täglich wuchs. Die Teilnehmerzahl von Facebook betrug bald hunderte von Millionen, die Nutzer posteten unermüdlich sinnloses Zeug und ihre ebenfalls bei Facebook befindlichen Freunde lasen nicht Sätze wie „Es war die beste aller Zeiten, es war die schlimmste aller Zeiten, es war das Zeitalter der Dummheit, es war die Epoche des Glaubens, es war die Epoche des Unglaubens, es war die Saison des Lichts, es war die Saison der Dunkelheit, es war der Frühling der Hoffnung, es war der Winter der Verzweiflung, wir hatten alles vor uns, wir hatten nichts vor uns, wir gingen alle direkt in den Himmel, wir alle machten uns in die andere Richtung auf", sondern solche wie: „Jetzt ein Cappuccino, hmmmm. Lecker!!!!!" Zero war entzückt. Die vielen Stunden, welche die Menschen weltweit täglich bei Facebook zubrachten, konnten sie nicht mit dem Lesen von Büchern verbringen.

Dass das ganze ausgerechnet FaceBOOK genannt wurde, zeugte von Zeros genialer Fähigkeit, die Öffentlichkeit über seine wahren Absichten zu täuschen. Aber es war wie verhext: Trotz Facebook nahm die Anzahl der verkauften Bücher nicht ab. Es stellte sich heraus, dass die Menschen stattdessen weniger fernsahen. Als dann auch noch Autoren und Verlage begannen, für ihre Werke unverfroren Werbung auf Facebook zu machen und dies auch noch mit Erfolg, zog sich Zero nicht ohne Bitternis aus dem Projekt zurück und wandte sich vielversprechenderen Unternehmungen zu.

Kapitel 27

Dann war es schließlich soweit:

Der Prozess.

Nicht von Kafka, aber mindestens genauso verstörend. Buchanans Ohren weiteten sich vor Schreck, als hörte, was Ayuthaya Hirogino dem hohen Gericht zu seiner Verteidigung vortrug. Kein Wort davon, dass Buchanan unschuldig war. Im Gegenteil. Seine Anwältin schien den Verstand verloren zu haben. Ausführlich schilderte sie Buchanans angeblich furchtbare Kindheit als Sohn eines sadistischen Bibliothekars, welche dazu geführt hätte, dass Buchanan ein pathologischer Bücherhasser geworden sei, der beim Anblick einer Bibliothek nicht anders könne, als diese sogleich in Brand zu setzen. Zur Stützung ihrer Argumente legte sie ein psychologisches Gutachten eines renommierten Professors der Universität von Milano über Buchanans Geisteszustand vor. Tatsächlich hatte der Professor ihn mehrfach in seiner Zelle aufgesucht und mehrere Stunden mit ihm gesprochen. Sein Gutachten jedoch stand im krassen Gegensatz zu dem, was Buchanan ihm gesagt hatte. Was ging hier vor? War Ayuthaya Hirogino einfach unfähig? Oder Wahnsinnig? Oder beides? Oder war das eine geniale juristische Taktik, die er nicht verstand? Buchanan klammerte sich an diese Hoffnung. Aber dann verkündete der Richter das Urteil. Sechs Jahre Haft mit anschließender Sicherheitsverwahrung.

Kapitel 28

In den Tagen nach dem Urteil las Buchanan viel. Aber zum ersten Mal in seinem Leben machte ihm die Lektüre keine Freude. Denn, was er da las, waren die Zeitungsberichte über seinen Prozess. Man schilderte ihn als bücherhassenden Psychopathen, der vor nichts zurückschreckte. Es sei nur einem glücklichen Zufall zu verdanken, dass bei dem Brand niemand ums Leben gekommen sei. Und die Fotos, welche die Zeitungen von Buchanan abgedruckt hatten, waren auch durchaus geeignet, diese Anschuldigung glaubwürdig zu illustrieren. Der Mann auf dem Bild sah wirklich so aus, wie man sich einen irren Gewaltverbrecher vorstellte. Buchanan konnte sich genau an den Moment erinnern, als das Foto gemacht worden war. Er hatte sich nach dem Betreten des Gerichtssaals an den Anwaltstisch gesetzt und dabei ein Tischbein, welches sich in der Mitte befand übersehen. Als er mit voller Wucht mit dem Knie dagegen stieß, hatte er schmerzhaft das Gesicht verzogen. Das war der Moment, den man aus hunderten von Aufnahmen ausgewählt hatte. Buchanan kam mehr und mehr zu der Überzeugung, dass hier Dinge vorgingen, von denen er nichts wusste. Die Gründe für die falsche Anklage kannte er. Der Alte hatte einflussreiche Freunde. Aber warum hatte ihn seine Anwältin so miserabel verteidigt? Und wer hatte sie überhaupt beauftragt? Und warum berichteten fast alle italienischen Zeitungen auf der ersten Seite über einen Brandstiftungsprozess?

Kapitel 29

Irgendwas war falsch. Aber was? Buchanan kam nicht drauf. Die wummernden Schmerzen in seinem Kopf löschten jeden klaren Gedanken sofort wieder aus. Buchanan blinzelte. Er befand sich in einer Art Zelle. Allerdings nicht in jener, in der er zuvor eingesperrt gewesen war. Dies war eher ein Kellerraum. Staubig, muffig und ohne Fenster. An den Wänden türmte sich achtlos abgestelltes Gerümpel. Wie lange hatte er geschlafen? Das Letzte, an das er sich erinnerte, war das Abendessen, das man ihm kurz nach achtzehn Uhr durch die Luke der Zellentür geschoben hatte. Geschmackloses Brot, geschmackloser Käse und eine undefinierbare lauwarme Plörre, bei der es den Gefangenen freistand, diese wahlweise als Kaffee, Tee oder Hühnersuppe zu interpretieren. Kurz darauf war ihm schwindelig geworden und dann ... nichts. Oder doch? Die Krankenstation. War das eine Erinnerung oder bildete er sich das nur ein? Unwichtig. Jemand hatte ihn betäubt und hierhergebracht. Offenbar hatte dieser Jemand außergewöhnliche Fähigkeiten. Oder großen Einfluss. Buchanan zwang sich aufzustehen. Ihm war noch immer schwindelig, aber darauf konnte er keine Rücksicht nehmen. Erst jetzt kam ihm zu Bewusstsein, dass er nicht mehr seinen orangefarbenen Anstaltsoverall trug, sondern seine eigene Kleidung. So leise, wie er konnte, näherte er sich der Tür. Er legte das Ohr an das kalte Metall und lauschte. *Nichts.* Ganz vorsichtig drückte er die Klinke herunter. Natürlich war sie verschlossen. Buchanan versuchte durch das Schlüsselloch zu spähen, aber der Schlüssel steckte von der anderen Seite und blockierte seine Sicht.

Der Schlüssel ...

Buchanan sah sich den unteren Rand der Tür an. Da der Boden des Kellers aus rohen, unebenen Steinquadern bestand, war die Tür mit ein paar Zentimetern Abstand eingehängt worden. Buchanan sah sich im Keller um. In einer Ecke entdeckte er einige desolate Polsterstühle, die mit Zeitungspapier abgedeckt waren. Das war genau, was er brauchte; hoffentlich war das Papier im Laufe der Jahre nicht schon brüchig geworden. Vorsichtig zog er an einem Blatt. Es war stark vergilbt, aber es fiel nicht auseinander. Er sah sich weiter um. Aus dem Polster eines der Stühle ragte eine gebrochene Sprungfeder hervor. Buchanan versuchte, sie herauszuziehen, sie wurde länger und länger, aber löste sich nicht, so sehr er sich auch anstrengte. Buchanan stand auf und lauschte erneut an der Tür. – Immer noch Stille. Er nahm den Stuhl und schleuderte ihn auf den Boden. Ein Teil der Rückenlehne splitterte ab, aber ansonsten blieb der Stuhl unversehrt. Wieder und wieder ließ Buchanan den Stuhl auf den steinernen Boden krachen und schließlich lag die Feder frei, so, dass er sie herausziehen konnte. Er bog das obere Ende gerade und begann, damit den Schlüssel im Schloss zunächst in die richtige Position zu schieben. Dann schob er das Zeitungsblatt fast vollständig unter der Tür hindurch und bugsierte vorsichtig den Schlüssel aus dem Schloss. Klirrend hörte er ihn auf der anderen Seite zu Boden fallen. Wenn er jetzt auch noch auf dem Blatt gelandet war ...

Buchanan zog es langsam unter der Tür hervor. Und tatsächlich – am hinteren Ende des Blattes, mit der einen Hälfte schon nicht mehr auf dem Papier, lag der Schlüssel.

Kapitel 30

Hinter der Tür begann ein Gang. Buchanan starrte angestrengt in das Dunkel. In weiter Ferne war schwacher Lichtschein zu erkennen. Buchanan lauschte. Außer einem fernen Brummen – vielleicht eine Lüftungsanlage – war es vollkommen still. Langsam bewegte er sich vorwärts, angespannt darauf bedacht, keine Geräusche zu verursachen. Buchanan tastete nach den Wänden, aber statt der erwarteten Mauer stießen seine Finger auf etwas Glattes, Nachgiebiges. *Pappe.* Anscheinend war der Gang auf beiden Seiten vom Boden bis zur Decke mit Kartons vollgestellt, die mit irgendwelchen harten Gegenständen gefüllt waren. Buchanan überlegte, ob er einen öffnen sollte. Aber erkennen ließ sich sowieso nichts und möglicherweise war jede Sekunde kostbar. Nach einigen Minuten – Buchanan kamen sie wie Stunden vor – erreichte er das Licht. Es war eine Glühbirne, die in einem kleinen runden Raum von der Decke hing. Außer dem Gang, durch den er gekommen war, gingen drei weitere Gänge von ihm aus, so dass er den Mittelpunkt eines Kreuzes darstellte. Buchanan zögerte. Alle drei Gänge lagen in völliger Dunkelheit. Gerade mal der erste Meter war zu erahnen. Zwei der drei anderen Gänge standen ebenfalls voller Kartons. Der Dritte, der sich links von den beiden anderen befand, war mit zwei über Kreuz gespannten Absperrbändern versperrt. Einem Impuls folgend, öffnete Buchanan einen der Kartons. Er war bis zum Rand gefüllt mit in Plastikfolie verschweißten Päckchen. Er versuchte mehrere Minuten lang, die Folie aufzureißen, aber sie war zu fest. Schließlich gelang es ihm mit den Zähnen, sie zu öffnen. Unter der Folie befand sich ein weiches Tuch und darin eingewickelt ein Buch. Offenbar aus dem Mittelalter. Aber sehr gut erhalten, der dicke Ledereinband war vollkommen intakt und ohne Flecken und auch die Seiten waren noch nicht brüchig, sondern so biegsam, als seien sie neu. Waren alle diese Kartons mit solchen Büchern gefüllt? Dann müssten sie ein Vermögen ...

Das Geräusch kam ohne Vorwarnung. Schritte. Plötzlich waren sie einfach da und kamen schnell näher. Buchanan hatte keine Tür gehört. Die Gedanken rasten in seinem Kopf. Wohin? Die drei Gänge schieden aus, da er nicht feststellen konnte, aus welchem die Schritte kamen. Er konnte sich nur in den Gang zurückziehen, aus dem er gekommen war und hoffen, dass ihm in den wenigen Augenblicken, die ihm blieben, noch irgendwas einfallen würde. Zurücklaufen in seine Zelle. Das würde er nicht rechtzeitig schaffen. Es wäre sowieso sinnlos. *Ein Versteck!* Buchanan brauchte ein Versteck. Und zwar jetzt! Jeden Moment würden sie hier sein. In der Ferne meinte er, den dünnen Strahl einer Taschenlampe zu erkennen.

Die Kartons! Es standen jeweils vier Stück übereinander. Aber nicht exakt gestapelt, es gab überall Lücken, in die man einen Fuß setzen konnte. Ohne nachzudenken, kletterte Buchanan empor und quetschte sich flach in den schmalen Raum zwischen den Kartons und der gewölbten Decke des Ganges. Er bemerkte, dass er vor Aufregung schwer atmete und hielt die Luft an. Die Schritte waren inzwischen ganz nahe. Offenbar waren es nicht mehrere Männer, sondern nur einer. Nach dem veränderten Klang der Schritte zu urteilen, durchquerte er jetzt den kleinen Raum, der die vier Gänge miteinander verband. Buchanan betete, dass er einen anderen Gang betrat, als den seinen, so unwahrscheinlich das auch sein mochte. Einen Augenblick später war klar, dass sein Gebet nicht erhört worden war.

Nur noch wenige Meter und er würde an Buchanan vorbei gehen. Würde er? Oder würde er ihn entdecken? War der Mann bewaffnet? Höchstwahrscheinlich. Aber selbst, wenn er Buchanan nicht entdeckte, er würde mit seiner Taschenlampe sehr schnell zu dem Kellerraum gelangen, entdecken, dass Buchanan geflohen war und sofort die Verfolgung aufnehmen. Buchanan hatte ohne Taschenlampe keine Chance, ihm zu entkommen.

Nein, es gab nur eine einzige – winzige – Chance. Buchanan musste jetzt zuschlagen und den Kerl unschädlich machen. Die Schritte waren jetzt direkt unter ihm. Ohne einen richtigen Plan zu haben, ließ Buchanan sich fallen.

Kapitel 31

Zero lachte zufrieden. Allerdings nur innerlich. Im Laufe der Jahrzehnte hatte er gelernt, seine Rolle perfekt zu spielen. Selbst dann, wenn er allein war. War man überhaupt noch jemals allein angesichts der allgegenwärtigen Kameras, die jeden geheim aufgenommenen Film binnen Sekunden der ganzen Welt über das Internet zugänglich machen konnten? Zero hatte schon zu viele mächtige Männer fallen sehen, die sich all zu sicher gefühlt hatten. Ihm würde das nicht passieren. Bescheiden lächelnd legte er den Brief mit der Goldprägung, in dem die britische Bildungsministerin Zero für seine Bereitschaft dankte, die Anschaffung von eBookreadern für sämtliche Schulen in Großbritannien zu finanzieren, in den Ausgangskorb auf seinem Schreibtisch. Seine Sekretärin würde ihn wieder mal abheften. Die Ordner mit den Dankschreiben aus aller Welt füllten inzwischen mehrere Meter. Zero sah versonnen aus dem Fenster. Es war alles so einfach. Und niemand ahnte etwas.

Kapitel 32

Buchanan hatte den exakt richtigen Moment erwischt, um seinen Gegner von hinten zu Boden zu reißen. Beim Absprung war er jedoch mit dem Fuß zwischen zwei Kartons geraten, hatte sich dadurch in der Luft um neunzig Grad gedreht und ihn nur am Rücken gestreift. Immerhin gelang es ihm, den Sturz mit den Händen abzufangen und sofort wieder auf die Beine zu kommen. Jetzt musste er ... aber es war zu spät; er sah noch, wie ein Licht mit erschreckender Geschwindigkeit auf ihn zu kam, dann knallte das kalte Metall der schweren Mag Lite gegen seine Schläfe, ließ ihn taumeln und gegen die Kartons krachen. In seinen Ohren war ein lautes Rauschen. Das grelle Licht der Taschenlampe zielte auf seine Augen. Buchanan hob abwehrend die Hand. Der Schmerz in seinem Kopf, das Brennen in seinen Augen und die Prellungen an Händen und Knien, die er sich bei seinem Sturz zugezogen hatte ... Buchanan wurde von einer Woge der Wut durchspült. Noch etwas taumelnd sprang er wieder auf die Beine und riss die Fäuste hoch.

„Ganz ruhig, Signor Buchanan. Wissen Sie noch, wer ich bin?"

Der Lichtstrahl verließ sein Gesicht und glitt über die Decke nach hinten.

Die Frau aus dem Auto.

Buchanan wusste nicht, ob er verblüfft, erleichtert oder wütend sein sollte.

„Sie?", fragte er mäßig geistvoll.

„Entschuldigen Sie den Schlag, das war einfach ein Reflex."

„Sie arbeiten doch für Signor Libri. Hat *er* mich entführt? Erklären Sie mir gefälligst, was hier los ist."

„Er ist nicht mein Chef. Sondern mein Vater. Und ich arbeite keineswegs für ihn, im Gegenteil, ich versuche, Ihnen zu helfen. Kommen Sie."

„Ich gehe nirgendwo hin, bevor ich nicht weiß, was hier los ist."

„Dafür haben wir keine Zeit. Es ist nicht einmal gesagt, dass wir es *jetzt* hier rausschaffen. Los, kommen Sie, ich werde Ihnen unterwegs alles erklären."

Ohne eine Antwort abzuwarten, marschierte sie los, durchquerte den runden Raum und schlüpfte geschickt zwischen den Absperrbändern hindurch in den linken Gang.

Buchanan stand einen Moment unschlüssig da. Dann folgte er ihr. Er zwängte sich zwischen den Bändern hindurch, und konzentrierte sich darauf, dass er dabei keines abriss. Man musste es seinen Verfolgern nicht zu leicht machen. Wann würden sie merken, dass er nicht mehr in seiner Zelle war? Wahrscheinlich eher früher als später. In der Ferne hallten die schnellen Schritte des Mädchens und das Licht der Lampe war kaum noch zu erkennen. Jetzt sah Buchanan, dass der Gang der Länge nach in zwei schmale Hälften geteilt war. Etwa alle drei Meter war eine Stahlstütze zwischen Decke und Boden verkeilt worden; offenbar, um die Decke vor dem Einstürzen zu bewahren.

„Warten Sie!", rief er leise in den Gang, aber die Schritte entfernten sich unbeirrt weiter. Buchanan fluchte leise und beeilte sich nachzukommen, so schnell es in der Dunkelheit möglich war. Nach etwa einer Minute hatte er sie eingeholt.

„Wohin führen Sie mich?"

„Raus."

So sehr Buchanan Romane liebte, an denen der Autor so lange gefeilt hatte, dass nirgendwo auch nur ein Wort zuviel stand, so sehr missfiel ihm die Wortkargheit des Mädchens in dieser Situation.

„Und dann?"

„Hängt ganz von Ihnen ab."

Buchanan gelang es, sie zu überholen und versperrte ihr den Weg. Mit einer knappen Bewegung entriss er ihr die Lampe und richtete den Lichtstahl auf ihr Gesicht. Buchanan war von der Kälte in seiner Stimme sogar selbst ein bisschen beeindruckt: „Ich warne Sie."

Das Mädchen sah ihn abschätzig an. „Was wollen Sie machen? Mich zu Tode leuchten?" Fast fürsorglich nahm sie ihm die Lampe aus der Hand, schob ihn mit einer königlichen Geste beiseite und setze wortlos ihren Weg fort. Innerlich diverse Mordoptionen prüfend, folgte ihr Buchanan. Langsam gewöhnten sich seine Augen an die Dunkelheit. Dieser Gang musste vor Jahrhunderten angelegt worden sein. Wahrscheinlich Mittelalter. Buchanan konnte jetzt die großen Steinquader erkennen, welche die Seitenwände bildeten. An einigen von ihnen liefen dünne Wasserrinnsale herab. Wie tief unten mochten sie wohl hier sein? Jedenfalls bildete ihr Atem kleine Nebelwolken. Erst jetzt kam ihm die Kleidung des Mädchens zu Bewusstsein. Eine weiße Bluse, bedeckt von einer dünnen weinroten Strickjacke, ein knielanger grauer Rock und schwarze Ballerinas. Konnte man sich noch unpassender anziehen, um in diese Eisgruft hinabzusteigen? Wohl kaum. Aber vielleicht gehörte sie zu den Menschen, die über mehr Geschmack, als Vernunft verfügten. Vielleicht? Nein, mit Sicherheit. Mit Vernunft hatte all dies jedenfalls gar nichts zu tun.

Irgendwo wurde quietschend eine schwere Metalltür geöffnet. Das Mädchen blieb abrupt stehen und Buchanan prallte gegen ihren Rücken. Langsam drehte sie sich zu Buchanan um und legte den Zeigefinger an die Lippen. Buchanan nickte.

„Schuhe aus", befahl sie, streifte mit einer fast fließenden Bewegung die eigenen ab und hob sie auf. Buchanan zerrte sich die Schuhe von den Füßen, ohne sich mit dem Lösen der Schnürsenkel aufzuhalten. Sie leuchtete ihm, ohne ihre Ungeduld zu verbergen, bis er seine Schuhe ebenfalls in Hand hatte und schaltete dann schnell die Lampe aus.

„Los! – Halten Sie sich an mir fest. Und versuchen sie, nicht gegen die Stützen zu stoßen. Buchanan ergriff ihre linke Schulter und ließ sich mitziehen.

„Was mache ich hier eigentlich?", ging es ihm durch den Kopf.

Er ließ sich in totaler Dunkelheit, von einer Frau, von der er nicht wusste, was sie mit ihm vorhatte, auf Socken durch einen stockdunklen, einsturzgefährdeten Gang führen, dessen Boden eiskalt und überdies mit spitzem Geröll übersät war, um irgendwelchen anderen Leute, von der er ebenfalls nicht wusste, was sie planten, zu entkommen. Falls es diese Leute überhaupt gab. Wer sagte denn überhaupt, dass nicht das Mädchen die Person war, die hinter allem steckte? Was – wer – wo – warum – ?

Aus irgendeinem Grunde beschloss Buchanan, bei nächster Gelegenheit mal wieder Dostojewskis *Der Idiot* zu lesen.

Im nächsten Moment hallten laute Rufe durch die Gewölbe und Schritte, die von überall zu kommen schienen. Buchanan spürte, wie das Mädchen tief Luft holte und ihren Schritt beschleunigte. Wie lang war dieser verdammte Gang denn noch? Dann wurde es plötzlich heller. Das Ende des Ganges.

Nein. Das Licht kam von hinten. Offensichtlich verfügten die Verfolger über stärkere Taschenlampen, als das Mädchen. Jetzt hörte er auch etwas. Es klang, als wenn eine halbe Armee in schweren Stiefeln hinter ihnen her war und schnell näherkam. Buchanan versuchte, sich im Laufen umzudrehen, ohne das Mädchen loszulassen. Gegen das grelle Licht ließ sich kaum etwas erkennen, aber dass es sich um mehrere Männer handelte, war offensichtlich. Sie kamen geradezu rasend schnell näher und das Echo ihres schweren Atmens erfüllte die Luft. Das Ende des Ganges war noch immer nicht in Sicht. Buchanans Hoffnung auf Entkommen löste sich in Nichts auf. Wenn wenigstens diese verdammten Metallstützen nicht wären. Ständig krachte er mit seiner Schulter gegen eine von ihnen. Lag das am Tempo oder wurde der Gang schmaler und sie standen nun dichter beieinander? Wieder ein kurzer Blick über die Schulter. Die Verfolger waren vielleicht noch fünfzig oder sechzig Meter hinter ihnen. In wenigen Augenblicken würden sie... Buchanan ließ das Mädchen los.

Die Stützen! – Vielleicht...

Mit aller Kraft warf er sich gegen einen der Eisenpfeiler, der auch augenblicklich zur Seite wegrutschte. Aber mehr geschah nicht, offensichtlich hatte er kaum Gewicht getragen. Noch dreißig Meter. Wenn der andere Pfeiler auch nur Dekoration war, war es aus. Er warf sich mit seinem gesamten Gewicht dagegen. Der Pfeiler bewegte sich ein paar Zentimeter zur Seite, fiel aber nicht. Ein Schmerz, wie ihn nie für möglich gehalten durchbohrte seine Schulter.

„Hören Sie auf!", die Stimme des Mädchens überschlug sich fast. „Sie bringen uns um!". Buchanan registrierte es kaum und warf sich ein weiteres Mal gegen den Pfeiler.

Kapitel 33

Buchanan schnappte nach Luft. Aber da war keine. Nur rauer Staub, der in seinen Lungen und Augen brannte. Im Bruchteil einer Sekunde war die Decke des Ganges eingestürzt und hatte Buchanan unter sich begraben. Das Gewicht der Steinbrocken auf seinem Rücken und seinen Beinen presste ihn auf den Boden und er nahm nüchtern zur Kenntnis, dass er sich etliche Knochen gebrochen hatte. Er hustete. War das jetzt das Ende? Begraben unter einem Berg von Geröll in einem dunklen Gang.

„Worauf warten Sie?"

Buchanan schaffte es, seinen Kopf zu der Stimme zu drehen.

Das Mädchen stand in einigen Metern Entfernung und sah ihn ungeduldig an. Der Staub hatte sich zum Teil gelegt und Buchanan erkannte, dass er wohl doch nicht vollständig begraben war, sondern nur ein paar mittelgroße Stein- und Erdbrocken abbekommen hatte. Bei genauerer Betrachtung neigte er sogar zu der Ansicht, dass er sich nichts gebrochen hatte. Anscheinend war sein Plan genau aufgegangen. Das Einstürzen der Decke hatte den Verfolgern den Weg abgeschnitten. Zumindest vorerst. Nach den Geräuschen zu urteilen, die von der anderen Seite des Geröllbergs hinüberdrangen, waren sie bereits dabei, sich einen Weg zu bahnen. Buchanan stand mühsam auf. Das Mädchen schüttelte nur verständnislos den Kopf. „Los jetzt!" Energisch drehte sie sich um und setzte ihren Weg fort. Buchanan rieb sich den Staub aus den Augen und folgte ihr.

Nach etwa vierzig Metern machte der Gang eine Biegung nach rechts und gab den Blick auf eine Steintreppe frei, die nach oben führte. Buchanan blieb abrupt stehen. Durch eine kleine Öffnung am Ende der Treppe fiel Tageslicht.

Kapitel 34

Die verrostete Falltür am Ende der Treppe hatte sich erstaunlich leicht öffnen lassen und Buchanan und das Mädchen kletterten ins Freie. Die plötzliche Helligkeit war fast schmerzhaft. Buchanan kniff seine Augen zusammen, nur, um sie im nächsten Moment verblüfft aufzureißen. Was hatte er erwartet, wohin dieser Gang führte? Eigentlich nichts Bestimmtes, aber jedenfalls nicht das. Die Falltür befand sich in der Mitte einer kreisrunden Wiese, die vollständig von Bäumen umgeben war. Eine Waldlichtung. Etwa zweihundert Meter im Durchmesser, schätzte Buchanan.

„Los weiter, wir haben keine Zeit." Das Mädchen machte eine ungeduldige Kopfbewegung zur Falltür hin. Sie hatte recht, die Verfolger würden nicht mehr lange brauchen, um sich durch den Schutt zu arbeiten. Sie mussten hier weg. Erst jetzt wurde ihm richtig bewusst, dass er seine Schuhe beim Einsturz der Decke verloren hatte. Das Mädchen war inzwischen losgelaufen. Buchanan folgte ihr. Nach wenigen Augenblicken hatte sie den Wald erreicht. „Zu sehen sind wir jetzt vielleicht nicht mehr", dachte Buchanan, aber hören tut man uns meilenweit. In der Tat war das laute Knacken der Zweige, auf die sie bei fast jedem Schritt traten, unüberhörbar. Das Mädchen hatte wohl den selben Gedanken gehabt und blieb erschrocken stehen. Hinter einem Gebüsch zog sie ihn hastig in Deckung. Keine Sekunde zu früh. Buchanan sah, wie die Falltür erneut aufgestoßen wurde und drei Männer heraussprangen. Ihre Art sich zu bewegen – kraftvoll und sparsam – ließ eine militärische Ausbildung vermuten. Sie sahen sich um, konnten aber offensichtlich nichts entdecken. Einer der Männer kam Buchanan merkwürdig bekannt vor. Ein bulliger Hüne mit kurz rasierten Haaren und Dreitagebart. Der zweite Mann wirkte drahtig, hatte schütteres blondes Haar, einen Mund, der keine Lippen zu haben schien und geradezu winzig kleine Augen. Der dritte Mann, offenbar der Anführer, war kleiner und älter, aber nicht weniger muskulös als die beiden anderen. Er hatte zurückgegelte dunkle Haare und ein fast schon absurd breites Kinn. Er sprach kurz in ein kleines Mikrofon, das an seinem Kragen befestigt war und wartete auf Antwort. Dann setzten sich die Männer in Bewegung. Buchanan blieb das Herz stehen. Für einen Moment sah es so aus, als ob die Männer direkt auf ihr Gebüsch zukamen, aber nach wenigen Sekunden war klar, dass sie auf einen anderen Punkt, ein ganzes Stück weiter rechts zustrebten. Eine Weile war noch das Knacken der Äste unter ihren Stiefeln zu hören, dann war es still.

Kapitel 35

Sie warteten mehrere Minuten, bevor sie sich erhoben. Buchanan wischte sich einige Blätter von der Kleidung. „Die wären wir los."

„Für den Augenblick."

„Sagen Sie mir jetzt, was hier vor sich geht?"

„Später."

„Wann?"

„Wenn wir in Sicherheit sind."

„Wann wird das sein?"

„Ich weiß es nicht", blaffte ihn das Mädchen an. „Bald, hoffe ich", fügte sie etwas milder hinzu. Buchanan atmete wütend aus. Eins war klar, diese Frau würde ihn ewig weiter hinhalten, aber er hatte jetzt genug davon, ihr wie ein Kretin hinterherzulaufen, ohne zu wissen, was sie vorhatte und wohin die Reise ging. Einen Moment funkelten sie sich wütend an. Dann warf Buchanan noch einen Blick in die Richtung, in welche die drei Männer verschwunden waren, drehte sich um und machte sich in die entgegengesetzte Richtung auf den Weg. Das Mädchen versuchte, ihn am Arm, festzuhalten. „Wo wollen Sie hin?"

„Weg!"

„Ohne mich schaffen Sie das nicht."

„Was soll daran so schwer sein? Ich gehe geradeaus, bis ich auf einen Weg oder einen Fluss stoße und dem folge ich bis zur nächsten Ortschaft." Was bildete sich dieses Mädchen eigentlich ein? Hielt sie für Buchanan für jemanden, der noch nie ein Survivalbuch gelesen hatte? Da kannte sie ihn aber schlecht. Er glaubte sogar, schon das Ende des Waldes erkennen zu können. Ohne es zu merken, beschleunigte er seinen Schritt. Das Mädchen lief stumm neben ihm her. Tatsächlich, der Wald endete hier. Aber ... verflucht, sie waren in die falsche Richtung gelaufen. Der Wald endete auf einem Felsplateau. Buchanan schätze, dass es etwa achtzig Meter steil nach unten ging. An einen Abstieg war nicht zu denken. Wozu auch? Vor ihnen lag das Meer.

Kapitel 36

„Haben Sie das gewusst?" Buchanan bemühte sich seine Stimme ruhig klingen zu lassen. „Warum haben Sie nichts davon gesagt, dass es hier zur Küste geht?"

„Es geht überall zu Küste. Wir sind auf Gavi."

Buchanan sah das Mädchen verwirrt an. „Gavi?"

„Die Pontinischen Inseln. Eine Inselgruppe vor Rom. Gavi ist die kleinste davon."

„Wo geht es zur nächsten Ortschaft?"

„Es gibt hier keine. Die Insel ist nur etwa siebenhundert Mal dreihundertfünfzig Meter groß. Außerdem ist es ein Naturschutzgebiet. Hier lebt eine seltene Eidechsenart. Niemand darf sich hier aufhalten."

„Ihr Vater und seine Leute sind aber trotzdem hier, habe ich den Eindruck."

„Ihm gehört die Insel und offiziell ist er auch gar nicht da. Das Haus wirkt von außen wie eine verfallene Ruine."

„Was hat Ihr Vater vor? Und was haben *Sie* vor?"

„Was mein Vater vor hat, würde Ihnen nicht gefallen und ich versuche, Ihnen zu helfen. Wir müssen hier weg. Wir stehen hier wie auf dem Präsentierteller und die Männer meines Vaters werden nicht ewig in der falschen Richtung suchen, dazu ist die Insel zu klein."

Buchanan sah sich um. Es wurde langsam dämmerig. „Verraten Sie mir erstmal Ihren Namen?"

Das Mädchen presste die Lippen aufeinander. „Cimelia."

„Schöner Name."

Sie durchbohrte ihn mit einem finsteren Blick an. „Da lang. Und passen Sie auf, wo sie hintreten. Hier gibt es überall Skorpione."

Kapitel 37

Sie gingen ein Stück des Weges zurück, den sie gekommen waren. Sobald sie zwischen den Bäumen verschwunden waren, änderte Cimelia die Richtung und ging nun parallel zum Waldrand.

„Ich glaube, das ist die Richtung, in die auch die Männer gelaufen sind", bemerkte Buchanan.

„Ich weiß, aber wir müssen trotzdem in diese Richtung.

„Warum?"

„Es ist jetzt keine Zeit für Erklärungen, Sie müssen mir einfach so vertrauen."

„Warum sollte ich? Sie erzählen mir ja nicht, was hier vor sich geht."

„Das tue ich gleich, aber erst ... "

Irgendwo knackte ein Zweig. Cimelia und Buchanan hielten mitten im Schritt inne. Für mehrere Momente war nur ihr Atem zu vernehmen.

„Weiter", flüsterte Cimelia fast unhörbar. Plötzlich kam Buchanan zu Bewusstsein, dass es in den wenigen Minuten, seit sie losgegangen waren, vollkommen dunkel geworden war. Durch die Blätter der Baumwipfel konnte er strahlend hell den Mond sehen.

Eine Weile gingen sie schweigend. Dann hob Cimelia warnend die Hand. „Leise, wir sind gleich da."

Vorsichtig kletterten sie einen steinigen Abhang hinunter. Am Fuße des Abhangs verlief quer eine etwa brusthohe Mauer aus uralten Steinquadern, hinter der sie Deckung suchten. Cimelia warf einen schnellen Blick über die Mauer. „Sehen Sie sich das mal an – aber vorsichtig."

Buchanan erhob sich leise ächzend und spähte hinüber. Hinter der Mauer ging es etwa zwanzig Meter steil nach unten. In etwa vierzig Metern Entfernung war die Steilküste eingeschnitten, wie eine Pizza, aus der man ein dreieckiges Stück herausgeschnitten hatte, nur dass die Spitze dieses Stückes nach außen und der Rand nach innen zeigte. Die oberen zwei Drittel der Öffnung in der Küste waren von an den Felsen wuchernden Ranken zugewachsen, so dass nur über dem Wasser eine etwa zwanzig Meter hohe und zehn Meter breite Öffnung blieb. Das Innere der Bucht bestand zu einer Hälfte aus Wasser und zur anderen aus einem Kiesstrand mit einem hölzernen Landungssteg, an welchem eine beneidenswert schnittige Yacht vertäut war. Buchanan kniff die Augen zusammen, um den Namen entziffern zu können. Lucida.

Hinter mehreren Fenstern brannte Licht und ein auf dem Dach der Kommandobrücke befestigter Scheinwerfer tauchte den Landungssteg in gleißendes Licht. In der Mitte des Steges stand einer der Männer mit einer Zigarette. Woher kannte Buchanan ihn bloß? Dann fiel es ihm wieder ein. Die Burschen mit dem BMW. Das war einer der beiden Entführer gewesen. Unwillkürlich hielt Buchanan die Luft an. Soweit er es von seiner Position überblicken konnte, unterhielt sich der

Mann leise mit einem anderen, welcher aber nicht zu sehen war. Er musste sich wohl auf der Yacht im Schatten aufhalten. Von dem dritten Mann war nichts zu sehen. Buchanan spürte, wie Cimelia ihn ungeduldig am Hosenbein zog. Vorsichtig kauerte er sich zu ihr. „Was jetzt?"

„Wir müssen irgendwie auf das Schiff."

Buchanan glaubte, sich verhört zu haben. „Wie bitte?"

„Anders kommen wir hier nicht weg. Nach Rom sind es über hundert Kilometer – wollen Sie die schwimmen? Und ein anderes Boot gibt es hier nicht."

Buchanan zwang sich zu einem sachlichen Ton: „Also davon, dass ich es für vollkommen unmöglich halte, dass wir irgendwie ungesehen an den Männern da unten vorbei kommen – dem Mann auf dem Bootssteg, dem anderen Mann auf der Yacht und auch an dem dritten Mann, von dem wir nicht mal wissen, wo er ist – davon will ich mal gar nicht sprechen...

„Gut". Cimelia nickte ihm konzentriert zu.

„Aber dann stellt sich als nächstes sofort die Frage, ob einer von uns beiden so ein Gefährt steuern kann. Ich jedenfalls nicht. Sie etwa?"

„Nein, ich auch nicht, aber wie schwer kann das sein?"

Buchanan stöhnte auf. „Das Ding irgendwie zum Fahren zu bringen, kriegen wir ja vielleicht noch hin, aber nach Rom finden? Noch dazu in der Nacht? Ohne Kenntnisse vom Navigieren landen wir doch bestenfalls in Sevilla."

„Liegt das denn am Meer?"

„Sehen Sie, nicht mal das wissen wir."

„Also gut – dann..."

„Ja?"

„Moment, ich denke!"

„Was passiert eigentlich, wenn die uns schnappen?"

„Mir gar nichts, das sind Angestellte meines Vaters, aber Ihnen geht's dann schlecht."

„Was werden die tun?"

„Mein Vater hat Ihnen doch von Zero erzählt, oder?"

„Arbeitet Ihr Vater etwa für Zero?"

„Unfug, er hasst Zero. Das hat er Ihnen doch gesagt."

„Ich weiß nicht mehr, was ich glauben kann. Und wem? Vielleicht hat mir Ihr Vater einen Haufen Lügen erzählt und dieser Herr Zero ist ein ganz zauberhafter Mensch."

Cimelia verdrehte entnervt die Augen.

„Als ich verhaftet wurde, hat mir eine Reporterin eine Visitenkarte gegeben, in denen Handschellenschlüssel verborgen waren. Vielleicht arbeitete sie für Zero."

„Ganz sicher nicht."

„Wie wollen *Sie* das beurteilen?"

„Die Reporterin war ich."

Buchanan beschloss, sich seine Überraschung nicht anmerken zu lassen. „Ihr Vater arbeitet also gegen Zero, aber Sie arbeiten gegen Ihren Vater."

„Nur, was Sie angeht. Ich bin auch der Ansicht, dass Zero gestoppt werden muss, dazu muss jemand sein Vertrauen gewinnen. Aber derjenige sollte das aus freien Stücken machen, nicht unter Zwang. Dazu ist es zu gefährlich."

„Ihr Vater hat vor, mich zu zwingen?"

„Das tut er doch längst. Der Brand in seiner Bibliothek ..."

„Mit dem ich nichts zu tun habe..."

„Natürlich nicht. Das wurde in seinem Auftrag gemacht."

„Von einem der drei da unten, vermute ich mal."

„Möglich, oder von jemand anderem. Für meinen Vater arbeiten ganze Heerscharen von merkwürdigen Leuten."

„Ihr Vater hat tatsächlich seine Bibliothek geopfert, um Zero zu stoppen?"

„Mein Vater ist kein Freund des Opferns. Zumindest nicht bei Dingen, die ihm am Herzen liegen. Die wirklich wertvollen Bücher hat er vorher ausgelagert. Sie haben doch die Kisten in den Gängen gesehen, oder?"

„Gut, Ihr Vater hat vorgetäuscht, dass seine Bibliothek angesteckt wurde, die Uhrzeit des Überwachungsvideos manipuliert und mich angezeigt."

„Angezeigt!" Cimelia schnaubte verächtlich. „Mein Vater hat Kontakte bis in die höchsten Kreise von Politik und Vatikan.

Mein Vater hat Sie verhaften lassen, hat Ihnen eine Star-Anwältin zur Seite gestellt, die absichtlich dafür sorgte, dass Sie ein hartes Urteil bekamen und dass in allen Zeitungen von Ihrem Fall die Rede ist. Gesten Abend hat er Ihnen ein Betäubungsmittel ins Essen mischen und Sie auf die Krankenstation verlegen lassen."

Irgendwo rollte ein kleiner Stein die Böschung hinunter. Dann herrschte wieder Stille.

„Vielleicht eine Eidechse.", bemerkte Cimelia, während sie misstrauisch ins Dunkel starrte.

„Weiter!" Buchanan berührte sie ungeduldig am Arm. „Was hat Ihr Vater getan?"

Cimelia sah ihn mit einem eigentümlichen Blick an. „Fragen Sie lieber, was Sie getan haben."

„Ich?"

Cimelia zögerte, dann fingerte sie eine zusammengefaltete Zeitungsseite der Corriere della sera aus dem Bund ihres Rockes und reichte sie Buchanan. „Ich denke, Sie haben ein Recht darauf, es zu erfahren."

Buchanan faltete das Blatt auseinander und drehte es ins Mondlicht. Der Artikel füllt die ganze Seite, aber Buchanan musste ihn nicht lesen, um zu wissen, was dort stand. Die Bilder sagten genug.

Kapitel 38

Das konnte nur ein Albtraum sein. Buchanan überflog hektisch den Text. Aber dort stand genau das, was schon die Fotos verrieten: Ein wegen der Inbrandsetzung der bedeutendsten Privatbibliothek Italiens inhaftierter Ausländer namens Buchanan war gestern Nacht von der Krankenstation seines Gefängnisses geflohen und hatte noch in derselben Nacht ein Feuer in der vatikanischen apostolischen Bibliothek gelegt. Die vatikanische Feuerwehr hatte den Brand erst nach über vierzig Minuten bemerkt, als dieser sich bereits über mehrere Abteilungen ausgebreitet hatte. Der Wert der vernichteten Bücher ging in die hunderte von Millionen – wenn nicht gar Milliarden. Der Verlust dieser Bücher als Forschungsobjekte war in seiner Tragweite gar nicht abzuschätzen. Und es hatte Tote gegeben. Ein Nachtwächter sowie zwei Feuerwehrleute waren in dem Flammenmeer umgekommen.

Buchanan wurde schwarz vor Augen und er rang nach Luft.

Cimelia sah ihn erschrocken an und strich ihm beruhigend über den Kopf. „Ganz ruhig. Nichts davon ist passiert."

„Aber der Artikel ... "

„Wie gesagt, mein Vater hat gute Kontakte. Auch im Vatikan."

„Ihr Vater ist wahnsinnig, komplett wahnsinnig!", stöhnte Buchanan.

„Zumindest ist er sehr konsequent, wenn er sich ein Ziel gesetzt hat."

„Das Ziel, mein Leben zu ruinieren, hat er jedenfalls erreicht."

„Das würde er wohl eher als Kollateralschaden bezeichnen.
All das sollte als Eintrittskarte in Zeros Organisation dienen."

„Das ging nach hinten los. Sobald ich von dieser Insel runter bin, verlasse ich für immer dieses Land. Ich korrigiere: Diesen Kontinent!"

„Genau, das würde ich Ihnen auch raten. Aus irgendeinem Grund hat sich mein Vater in den Kopf gesetzt, dass niemand anders als Sie Zero aufhalten kann. Es ist fast so, als ... "

„Fast so, wie?"

„Egal."

„Fast so, wie?", beharrte Buchanan.

„Spielt keine Rolle. Das sind Hirngespinste."

„Wovon reden Sie eigentlich?"

Cimelia machte eine Grimasse, die alles Mögliche bedeuten konnte. „Ich hab eine Idee: Wir verstecken uns an Bord der Yacht und warten, bis sie selbst nach Rom fahren. Das tun sie nämlich jeden Morgen."

„Verstecken? Wo denn? Im Kleiderschrank?" In Buchanan keimte der Verdacht, dass Cimelia vielleicht ein paar Boulevardkomödien von Georges Feydeau zuviel gelesen hatte.

„Im Maschinenraum!", strahlte sie ihn kühn an.

Buchanan blinzelte irritiert. Diese Frau war wirklich ein Buch mit sieben Siegeln für ihn. Erst einsilbig bis zum Geht-nicht-mehr und voller Geheimnisse, die sie nicht verriet, aber kaum bot sich die Gelegenheit, unüberlegte Wahnsinnspläne durchzuführen, war sie aufgekratzt, wie jemand, der gerade in einem Preisausschreiben eine ledergebundene Luxusausgabe von Dantes sämtlichen Werken gewonnen hat.

„Da entdeckt man uns doch sofort."

„Nein, da gehen sie nie hin. Die Yacht wird nur von der Brücke aus gesteuert."

Buchanan seufzte. Mit Sicherheit gab es einen besseren Weg, die Insel zu verlassen. Aber leider fiel er ihm gerade nicht ein. „Es bleibt die Frage, wie wir da ungesehen reinkommen."

„Kein Problem." Cimelia ließ sich jetzt nicht mehr aufhalten. „Auch dafür hab ich eine Lösung."

Kapitel 39

Buchanan kochte innerlich vor Wut. Das war aber gar nicht mal schlecht, denn das Wasser war so eisig, dass er sich wie von tausend Dolchen durchbohrt fühlte. Was diese Frau unter „Kein Problem" und „Lösung" verstand, spottete jeder Beschreibung. Die Dame benötigte dringend eine Ausgabe vom *Duden, Band 10 – Bedeutung*. Buchanan beschloss, ihr umgehend ein Exemplar zu schicken, sobald er sich erfolgreich nach Südamerika abgesetzt haben würde. Oder besser gleich zwei.

„Die einfachsten Ideen sind immer die besten", hatte Cimelia verkündet und in der Tat, war ihr Plan an Einfachheit kaum zu unterbieten. Buchanan hatte einige Steine auf den Abhang auf der gegenüberliegenden Seite der Bucht geworfen; der Mann auf dem Bootssteg war durch die Geräusche dort aufmerksam geworden und hatte sich zusammen mit dem Mann auf dem Boot und dem dritten Mann, der die ganze Zeit direkt unter der Stelle, an der sich Cimelia und Buchanan aufhielten, im Schatten gestanden hatte, auf den Weg gemacht, um der Sache nachzugehen. Cimelia war bereits vorsichtig den Abhang hinuntergeklettert und Buchanan folgte ihr eilig. Unten angekommen, spähten sie nach den Männern. Zwei von ihnen untersuchten immer noch den Abhang, der dritte war zurückgekommen und stand nun in der Nähe des Bootsstegs.

„Wir müssen an den hinteren Bug, da ist eine Leiter" flüsterte Cimelia.

„Der Bug ist vorne", entgegnete Buchanan.

„Darum sag ich ja der hintere Bug"

„Das nennt man Heck."

„Nennen Sie's, wie Sie wollen, da müssen wir jedenfalls hin."

Buchanan sah zu der Yacht hinüber. Sie hatte bei der Einfahrt in die Bucht offensichtlich ohne vorheriges Wendemanöver am Bootssteg angelegt. Das Heck zeigte also zur Meerseite und die Leiter, von der Cimelia gesprochen hatte, war vom Land aus nicht zu sehen. Vielleicht war der Plan doch nicht so schlecht.

Ohne zu zögern watete Cimelia in das Wasser und nach wenigen Augenblicken war sie bis zum Kopf eingetaucht. Buchanan warf einen Blick rüber zum Bootssteg. Der Mann stand immer noch dort und sah rauchend zu seinen beiden Kameraden hinüber. Buchanan glitt vorsichtig in das eiskalte Wasser.

Bald erreichten sie die Leiter. Cimelia kletterte zuerst und dann folgte Buchanan vor Kälte schlotternd nach.

Cimelia versuchte, das Wasser vom Glas ihrer Brille mit den Fingern abzuwischen. Ein aussichtsloses Unterfangen. Verärgert schob sie die Brille wieder auf die Nase. „Wir müssen ... "

Buchanan unterbrach sie. „Da." Er deutete auf die Wasserlache, die sich unter ihnen gebildet hatte. „Wir werden überall Spuren hinterlassen. Man findet uns sofort."

Cimelia blickte ihn betroffen an. „Was jetzt?"

„Weiß nicht. Hauptsache nicht zurück ins Wasser."

Eine ewige Sekunde lang standen sie, sich unentschlossen ansehend, da. Dann erleuchtete ein Blitz die ganze Bucht für einen Wimpernschlag taghell und ein gewaltiger Donner zerriss die Stille über ihren Köpfen. Augenblicklich waren sie von niagarafallartigen Regenmassen umgeben.

„Da lang!" brüllte Cimelia, um das Unwetter zu übertönen und wies mit dem Arm die Richtung. Buchanan lief los. Sie durften keine Zeit zu verlieren. Die drei Männer würden bei diesem Unwetter sicher nicht länger im Freien herumlaufen, sondern sich so schnell wie möglich auf die Yacht zurückziehen.

Cimelia und Buchanan umrundeten die Brücke und hatten nun keine Deckung mehr, allerdings strahlte der Scheinwerfer auf dem Dach so hell Richtung Land, dass sie wohl kaum zu sehen sein würden. Im unteren Teil der Brücke befand sich eine Stahltür. Cimelia zerrte zwei Riegel nach unten und öffnete den Zugang zum Maschinenraum.

Sie stiegen über die kniehohe Einfassung der Tür und Buchanan verriegelte sie von innen. Im Inneren des Raums war es dunkel, nur durch zwei taschenbuchgroße Öffnungen an den Seitenwänden dämmerte ein wenig Licht herein. Die Luft stank nach Benzin und war zum Schneiden. Aber zumindest war es warm.

„Das war's. Jetzt können wir nur noch warten", sagte Cimelia mit einem merkwürdigen Ausdruck im Gesicht. Buchanan entdeckte einen ölverschmierten Lappen und reichte ihn Cimelia, damit sie sich etwas abtrocknen konnte. „Besser als nichts."

Sie ergriff ihn, ohne zu zögern. Buchanan kam zu Bewusstsein, dass er seit gestern Abend – von der Zeitung mal abgesehen – nichts mehr gelesen hatte und es würden noch wer weiß wie viele Stunden vergehen, bis er endlich wieder ein Buch in die Hand bekäme. Er bemerkte, wie sich seine Hände verkrampften.

„Die Bordbibliothek ist leider unter Deck", lächelte ihn Cimelia mit einer Mischung aus Scherz und Entschuldigung an.

Sah man ihm seinen Entzug so deutlich an oder hatte sie das zufällig gesagt? Buchanan musterte sie verstohlen.

Sie sah völlig erschöpft aus. Buchanan merkte plötzlich, wie müde er war.

„Wenn du nichts tun kannst, als Warten, entspann dich."

Das Mädchen nickte. Ohne auch nur einen Schritt zu machen, legte sie sich auf den Boden, zog die Knie an und schloss die Augen. Buchanan setzte sich auf eine Kiste und lehnte sich mit dem Rücken an die Wand. Die Gedanken rollten durch seinen Kopf. Der Alte, das angebliche Feuer im Vatikan, Cimelia – Zero. Plante er wirklich, alle Bücher zu vernichten?

War das überhaupt möglich? Der Alte schien es jedenfalls zu glauben. Er sah zu Cimelia hinunter.

„Schlafen Sie?"

„Ja."

„Darf ich Sie etwas fragen?"

„Wenn's sein muss."

„Ich würde gern Ihre Meinung über Zero erfahren."

„Man muss ihn aufhalten, mit allen Mitteln."

„Mit allen Mitteln. Sowie ich Ihren Vater einschätze, verfügt er über Männer, die diese Mittel ohne zu zögern einsetzen würden. Warum hat er Zero nicht längst beseitigen lassen?"

„Das geht nicht. Wir kennen Zeros Ziel, aber nicht seinen Plan. Möglicherweise würde der auch ohne ihn weiterlaufen und dann wäre alles völlig außer Kontrolle."

Buchanan schwieg für einen Moment. Cimelia schien überzeugt von dem, was sie sagte. Aber was hieß das schon? Sie wusste doch nur, was der Alte ihr erzählte. Andererseits half sie Buchanan, also teilte sie die Ansichten ihres Vaters keineswegs vollständig.

„Ich bin jedenfalls froh, dass Sie sich aus der Sache raushalten."

„Haben Sie eine Ahnung."

„Wie bitte?"

Cimelia setzte sich auf und sah Buchanan aufgebracht ins Gesicht. „Wollen Sie die ganze Geschichte hören?"

Buchanan spürte, dass ihm die „ganze Geschichte" nicht gefallen würde. Aber er nickte.

Cimelia setzte sich neben ihm auf die Kiste und begann zu reden.

Buchanan hörte mit wachsender Wut zu. Ob es am Ende drei oder vier Stunden gewesen waren vermochte er später nicht mehr einzuschätzen; irgendwann war Cimelia mitten im Satz eingenickt. Vorsichtig hatte sie Buchanan auf den Boden gelegt, was sie unter verschlafenem Protest geschehen ließ. Buchanan selbst war danach zu aufgewühlt, um schlafen zu können. Dann musste er wieder an die Ereignisse der letzten Stunden denken. Was, wenn die Männer doch in den Maschinenraum kamen, was konnte er dann noch tun? Alles, was ihm einfiel, war aussichtslos. Schließlich hatte er doch eine Idee. Eine brillante Idee, aber die war bereits ein Traum. Buchanan schlief tief und auch der hämmernde Motor neben seinem Kopf, der bereits vor Stunden mit lautem Getöse angesprungen war, konnte ihn nicht aufwecken.

Kapitel 40

Die See war glatt und die *Lucida* glitt scheinbar schwerelos dahin. Bald würde sie den Lido di Ostia und damit die Mündung des Tiber erreicht haben. Alessandro Libri Carrucci dalla Sommaja nahm wie jeden Morgen der letzten Tage sein Frühstück im sogenannten Salon ein. Trockenes Weißbrot, exakt einundsiebzig Sekunden getoastet und schwarzen Tee. Eine eigens nach seinen Wünschen gefertigte Spezialmischung.

Durch die offene Tür vernahm er Schritte. Verärgert stellte er die Teetasse auf den Unterteller. Die Männer wussten doch, dass er beim Frühstück keine Störungen wünschte.

„Guten Morgen, Signor Libri."

Buchanan schloss die Tür von innen und verkeilte die Klinke mit einem Stuhl. Der Alte machte ein Gesicht als, sei ihm soeben versehentlich eine Erstausgabe von Christopher Marlowes *Edward der Zweite* in die Toilette gefallen.

Buchanan trat näher an den Tisch heran. Der alte Mann erwachte aus seiner Erstarrung und griff nach einer kleinen Glocke, die neben der silbernen Teekanne stand. Aber Buchanan war schneller. Mit einer schnellen Bewegung schob er sie außer Reichweite des Alten. „Ich will nur mit Ihnen reden."

Libri sah ihn misstrauisch an. Er bemerkte, dass er immer noch ein Stück Toast in der Hand hielt und warf es achtlos auf den Teller zurück. „Und worüber?"

„Darf ich?", Buchanan zog den eleganten silbernen Ständer mit den Toastscheiben zu sich heran. Nach über sechsunddreißig Stunden ohne Essen fühlte er sich dem Verhungern nahe. Der Alte macht eine gleichgültige Geste. „Fühlen Sie sich ganz wie zu Hause", bemerkte er mit unüberhörbarem Sarkasmus.

„Ihre Tochter hat vollkommen Recht. Sie sind ein kaltherziger Mistkerl!"

Libri zog ernst die Augenbrauen hoch. „Das hat meine Tochter gesagt?"

„Nicht mit diesen Worten." Buchanan stopfte sich einen halben Toast in den Mund. „Sie hat es wesentlich härter formuliert."

Der Alte räusperte sich verärgert. „Wo ist meine Tochter?"

„Im Maschinenraum. Sie schläft. Ich hatte heute Nacht eine sehr interessante Unterhaltung mit ihr. Sie hat mir alles Mögliche erzählt, auch über Sie. Dass sie nie eine Kindheit hatte, weil sie von klein auf immer bei Ihnen sein musste, wenn Sie wieder in einer von hunderten von Klosterbibliotheken überall auf der Welt nach irgendwelchen Geheimschriften suchten. Sie hatte nie gleichaltrigen Freunde."

„Das war nicht anders möglich. Ihre Mutter, meine Frau, ist leider sehr früh von uns gegangen."

„So kann man's auch nennen. Sie hat Sie verlassen, weil Sie nie zu Hause waren."

„Wie auch immer, jedenfalls kam Cimelia dafür in Kontakt mit den größten literarischen Schätzen der Welt. Früher oder später wird sie das zu schätzen lernen."

Buchanan schüttelte wütend den Kopf. „Sie hat nie ein eigenes Leben gehabt und auch jetzt..."

Libri sah Buchanan fast flehentlich an.

„Ich liebe meine Tochter, sie ist mir das Kostbarste."

„Kostbar!" Buchanan fuchtelte anklagend mit einem weiteren Toast vor der Nase des Alten herum. „Cimelia hat mir gesagt, was ihr Name bedeutet."

Libri machte sah ihn verständnislos an: „Cimelien wurden im Mittelalter ganz besondere Bücher genannt. Ganz besonders kostbare Bücher."

„Einige waren sogar so kostbar, dass sie in der Klosterbibliothek angekettet wurden", ergänzte Buchanan. „In sofern haben Sie ihr wirklich den perfekten Namen gegeben."

Der Alte schwieg eine Weile. Widerspruch war er offensichtlich nicht gewohnt. Schließlich schüttelt er unwirsch den Kopf. „Sind Sie etwa gekommen, um mit mir über Kindererziehung zu reden? Denn in diesem Fall..."

„Wie sieht Ihr Plan aus?"

„Mein Plan?"

„Ihr Plan, um Zero zu stoppen."

Der Alte lehnte sich zurück und betrachtete Buchanan. „Woher der Sinneswandel?"

„Ich habe mit Cimelia nicht nur über Sie gesprochen. Was sie mir über Zero erzählt hat, klingt entsetzlich."

„Sie hat Ihnen sicher auch nichts Anderes erzählt, als das, was ich Ihnen schon erzählt habe."

Buchanan nahm einen weiteren Toast. „Aus ihrem Mund klang es aber glaubwürdiger."

Der Alte gab ein mürrisches Knurren von sich. „Sie wollen mir also helfen?"

„Ja. Freiwillig. Nicht unter Zwang. Und wenn ich, aus welchen Gründen auch immer, beschließe, die ganze Aktion abzubrechen – dann wird sie abgebrochen."

Für einen Moment schien Libri aus der Haut fahren zu wollen, aber dann nickte er nur müde und streckte Buchanan seine bleiche rechte Hand entgegen. „Signor Buchanan."

Buchanan ergriff die Hand des Alten und sah ihm fest in die Augen. „Signor Libri."

Im Fenster hinter dem Alten sah Buchanan die Ponte Palatino und gleich danach die Isola Tiberina auftauchen. Sie waren bereits eine ganze Weile lang mitten in

Rom, ohne dass er es bemerkt hatte. Der Alte registrierte seinen Blick. „Wir sind gleich da."

„Da?"

„Ihr neues Zuhause für die nächsten", er warf einen kurzen Blick auf seine Bulgari-Assioma-Armbanduhr „einunddreißig Stunden. Vorher können wir nichts unternehmen. Und bis dahin wollen wir nicht, dass Sie irgendjemand zu Gesicht bekommt."

„Besteht der Plan nicht darin, dass Zero mich findet?"

„Ja, und nur Zero. Nicht jemand anders, Ihnen ist doch bewusst, dass in ganz Italien mit Hochdruck nach Ihnen gefahndet wird. Ihren alten Freund Commissario Petrucci kennen Sie ja schon, und er ist beileibe nicht der einzige."

„Und ich dachte, die hören alle auf Ihr Kommando."

„Der Innenminister ist ein guter Freund von mir. Er weiß, worum es geht, aber alle anderen ... was glauben Sie, wie lange es geheim bleiben würde, dass Sie in Wirklichkeit unschuldig sind? Zero hat überall Informanten."

„Ach, darum haben Sie mich nach Gavi gebracht. Ist schon praktisch, wenn man eine Insel besitzt, was?"

„Richtig, noch praktischer ist es allerdings, wenn man mehrere besitzt." Die Yacht hatte ihre Fahrt verlangsamt und war nun dabei aufzustoppen. Langsam glitt sie nach Backbord, umrundete die Ostspitze der Insel und kam nach wenigen Metern exakt zwischen zwei schmalen Steintreppen zum Halten, die links und rechts nach oben auf die Insel führten.

Der Mann am Ruder verstand offenbar sein Handwerk. Buchanan sah aus dem Fenster und glaubte seinen Augen nicht zu trauen. „Wollen Sie etwa behaupten, Ihnen gehört auch die Tiberinsel?"

Kapitel 41

Buchanan sah den Alten ungläubig an.

„Ich würde das niemals behaupten, Signor Buchanan, im Gegenteil, mir ist es angenehmer, wenn niemand davon weiß."

„Zero mag ein sehr gefährlicher Mann sein, aber der Alte ist ein würdiger Gegner", ging es Buchanan durch den Kopf.

Von der Tür her ertönte ein Klopfen. Libri machte eine Handbewegung zu dem Stuhl unter Klinke. „Würden Sie?"

Buchanan entfernte den Stuhl und der Alte richtete sich in seinem Stuhl auf. „Avanti!", krächzte er. Die Tür wurde geöffnet und herein trat einer der drei Männer. Es war derjenige, welcher auf dem Bootssteg geraucht hatte. Als der Mann Buchanan erblickte, stoppte er, als sei er gegen eine unsichtbare Wand gelaufen. Sofort griff er nach der Waffe in seinem Gürtelhalfter.

„Callisto, nein!" Der Alte schleuderte den Befehl wie ein Projektil heraus. „Signor Buchanan ist mein Gast."

Der Mann benötigte keine halbe Sekunde, um sich auf die neue Situation einzustellen. Fast kumpelhaft nickte er Buchanan kurz zu. Buchanan fand das beinahe noch furchterregender, als wenn ihn der Mann über den Haufen geschossen hätte.

Kapitel 42

Einem zufällig am Ufer des Tibers stehenden Touristen wäre wohl nichts Ungewöhnliches aufgefallen an den sechs Personen, die in diesem Moment von einer Yacht aus die Tiberinsel betraten. Hätte er genauer hingesehen, hätte er vielleicht bemerkt, dass unter dem hellen Sommermantel, den der eine Mann über die Schultern geworfen hatte, zwei Krücken hervorschauten, an denen sich der Mann mühsam, aber entschlossen fortbewegte und dass die anderen fünf Personen so dicht beieinander liefen, dass die Person in ihrer Mitte bis auf ihre dunklen Haare kaum zu sehen war. Nachdem sie ein großes Gebäude mit zahlreichen verkorksten Anbauten und zwei hübschen Türmchen umrundet hatten, näherten sie sich einem kleinen Obelisken, der sich etwa in der Mitte der Insel befand und einem dahinter befindlichen palastartigem Gebäude, das, soweit Buchanan dies trotz des mit großen Planen verhangenen Baugerüstes, welches sich über die gesamte Fassade erstreckte, erkennen konnte, im romanischen Stil gehalten war.

„Die Kirche ist nach San Bartolomeo benannt", bemerkte der Alte. „Bartholomäus war einer der Jünger Christi. Seine Gebeine wurden 983 von Kaiser Otto II. hierhergebracht und liegen seither hier bestattet."

„Abgesehen von seiner Hirnschale, die liegt im Kaiserdom St. Bartholomäus in Frankfurt", ergänzte Cimelia, die, nachdem Buchanan sie wachgerüttelt hatte, nach der ersten Überraschung über die gänzlich veränderte Situation bereits wieder bemerkenswert munterer Stimmung war.

Der kleinste der drei Männer schlug eine der Kunststoffplanen, mit denen das Gerüst verkleidet war, zur Seite und wartete, bis alle darunter durch gegangen waren. Dann zog er einen uralten riesigen Schlüssel aus der Manteltasche und schloss die mittlere der drei doppelflügeligen Gittertüren auf.

Der Alte bemerkte Buchanans überraschten Blick. „Die Gerüste dienen nur dazu, die Leute fern zu halten. Die meisten Gerüste jedenfalls, einige sind auch aus statischen Gründen eingesetzt worden. Ich wäre Ihnen daher sehr verbunden, wenn sie dieses Mal alle tragenden Elemente an ihrem Platz belassen könnten."

Buchanan nickt ehrfurchtsvoll, das Innere der Kirche war nicht so riesig, wie manche andere, aber dafür besonders prachtvoll. Der Boden war mit schwarzen und weißen Steinplatten ausgelegt, die Wände und die Decke waren fast vollständig mit kostbaren Gemälden bedeckt und die Seitenarkaden waren durch rote Marmorsäulen – jede davon mit einem prächtigen romanischen Kapitell – vom Hauptschiff getrennt. (Aus irgendeinem Grund hatte Buchanan schon immer eine Schwäche für Säulen mit romanischem Kapitell gehabt.)

Die Kirchenbänke, die hier früher gestanden haben mussten, waren verschwunden und stattdessen war ein langer Tisch, (Buchanan schätze ihn auf mindestens zehn Meter) in der Mitte aufgestellt worden, der von einer Reihe antiker Stühle umgeben war. Der Alte ließ sich erschöpft auf einen von ihnen fallen.

„Ich habe heute Vormittag noch einige Vorbereitungen zu treffen, Signor Buchanan, beim Mittagessen werde ich Ihnen dann unseren Plan erklären..."

„Unseren?"

Der Alte machte eine Kopfbewegung zu Cimelia herüber, Buchanan glaubte, eine Spur Stolz in seiner Miene zu entdecken.

„In der Zwischenzeit können Sie sich etwas ausruhen, Cimelia zeigt Ihnen Ihr Zimmer. Und ich lasse Ihnen neue Schuhe bringen."

Cimelia führte ihn in den ersten Stock in einen, im Vergleich zum Rest, enttäuschend nüchternen Raum.

„Wir haben sonst niemals Gäste hier", bemerkte sie knapp. Buchanan trat ans Fenster. Er blickte nicht auf den Platz mit dem Obelisken, sondern nach hinten raus, aber der Blick auf den Tiber war auch nicht übel. „Und wo ist *Ihr* Zimmer?", wollte Buchanan wissen. Cimelia zeigte mit der Hand fahrig nach links. „Da hinten, also dann ... bis später." Sie schloss die Tür und Buchanan hörte ihre schnellen Schritte auf dem Gang verhallen. Warum hatte er das gefragt? Das war gänzlich überflüssig gewesen. Ärgerlich warf er sich auf das schlichte, aber saubere Holzbett. Er war wirklich erledigt, einen Augenblick später schlief er bereits fest.

Er träumte, er sei ein Schiffbrüchiger der inmitten stürmischer Wellen verzweifelt nach etwas suchte, um sich festhalten zu können. Überall um ihn herum schwammen Bücher, aber jedes Mal, wenn er mit letzter Kraft eines erreicht hatte und danach greifen wollte, wurde es von einer unsichtbaren Kraft in die Tiefe gerissen. Wieder und wieder und wieder. Dann hörte er plötzlich das Nebelhorn eines Schiffes dreimal tuten und dann klopft es noch dreimal an die Zimmertür. Buchanan sprang verschlafen aus dem Bett um zu nachzusehen, wer da war.

Kapitel 43

Zu entdecken war niemand, aber auf dem Boden stand ein Paar schwarze Schuhe. Überraschenderweise passten sie perfekt. Buchanan fiel auf, dass sie völlig neu waren, wie man an den Sohlen erkennen konnte, aber dass jemand sie von außen so bearbeitet hatte, dass sie gebraucht wirkten. Er sah auf seine Armbanduhr, das Glas hatte einen Sprung, wohl durch die Steinbrocken, die auf ihn heruntergestürzt waren, aber sie funktionierte noch. Etwas mehr als vier Stunden hatte er geschlafen. Er beschloss, nach unten zu den anderen zu gehen.

Das Gebäude war größer, als er vermutet hatte. Nachdem er zuerst in einem Raum voller Aktenschränke gelandet war und dann eine ältere Italienerin beim

Kochen überrascht hatte, die ihm in einem empörten Redeschwall, bei der sie immer wieder auf die Küchenuhr deutete, wohl zu verstehen gab, dass das Essen noch lange nicht fertig sei, fand er endlich die richtige Treppe.

Als Buchanan eintrat, saß der Alte an dem großen Tisch und unterhielt sich mit einem leicht feminin wirkenden blonden, Mann, etwa Ende dreißig, der einen teuren Haarschnitt und einen nicht ganz so teuren Anzug trug.

Das Gesicht des Alten hellte sich auf. „Signor Buchanan, kommen Sie her. – Darf ich Ihnen meinen Assistenten vorstellen: Giorgio." Buchanan nickte Giorgio freundlich zu. Giorgio verbeugte sich leicht und lächelte etwas schief.

„Ich habe mich gerade mit Giorgio über das teuerste Buch der Welt unterhalten, das dürfte Ihnen doch sicher bekannt sein, oder?" Libri grinste lauernd.

Buchanan setzte sich dem Alten gegenüber. „Soweit ich weiß, *Birds of America*. Ein vierbändiges Werk von einem Mann namens Audubon. Ich glaube, es hat vor ein paar Jahren bei Christies über zehn Millionen Dollar erzielt."

„Bei Sothebys, aber sonst soweit richtig. John James Audubon, wunderschön. Allerdings, das wertvollste Werk der Welt ist es nicht."

„Sie machen mich neugierig."

Der Alte kicherte lautlos in sich hinein. „Das teuerste Buch der Welt würde einen weit höheren Preis erzielen, aber es steht nicht zum Verkauf."

„Wer hat es denn? Sie?"

„Leider nicht. Wer es hat, ist unbekannt. Ja sogar der Titel ist unbekannt. Das einzige, was bekannt ist, ist, dass irgendwo eine „siebzehn" statt einer „sechzehn" steht, angeblich in Zusammenhang mit dem Datum eines Gedenktags. Der Wert dieses Buches ist gar nicht abschätzbar."

„Und dass nur wegen eines Druckfehlers? Das kommt mir reichlich seltsam vor."

„Kommt Ihnen die Blaue Mauritius auch reichlich seltsam vor?

„Auch wieder richtig. Die hat ihren Wert auch nur auf Grund eines Druckfehlers."

„Nicht mal. Das ist nur eine Legende. Sie hat in der Tat keinen Druckfehler, aber es existieren nur zwölf Exemplare davon. Und schon deshalb werden horrende Preise bezahlt. Das Buch, von dem wir hier sprechen, gibt es nur ein einziges Mal mit diesem Druckfehler."

„Und niemand weiß, wer es hat?"

„Und ob es überhaupt noch existiert, und wenn ja, wie lange noch. Vielleicht liegt es irgendwo in einem Stapel Altpapier, um schon morgen vernichtet zu werden – falls das nicht schon längst geschehen ist."

„Ein unwiederbringlicher Schatz im Müll. Eine furchtbare Vorstellung", erschauderte Buchanan.

„Es wäre nicht das erste Mal. Und bestimmt auch nicht das letzte Mal. Wissen Sie, dass Herman Melville, bevor er durch *Moby Dick* berühmt wurde, eines Tages alle seine unveröffentlichten Manuskripte für zehn Cents das Pfund an einen Reisekistenhersteller verkauft hat, der sie dann als Innenfutter verwendet hat?"

„Entsetzlich!", entfuhr es Buchanan.

„Wer weiß, vielleicht taucht eines Tages so ein verborgener Schatz von Melville irgendwo wieder auf und..."

Plötzlich stand Cimelia bei ihnen. Der Alte wurde ernst. „Wir müssen uns auf morgen konzentrieren, Signor Buchanan." Er zog eine dünne Ledermappe zu sich heran und entnahm ihr einige Fotos eines Mannes. Ein Portraitfoto und mehrere offenbar heimlich aus großer Distanz aufgenommen Bilder. Der Mann war auf eine elegante Art gutaussehend, wirkte wie Anfang fünfzig, mit dichten dunklen Haaren und graumelierten Schläfen. Auf dem Portraitfoto hatte er ein väterliches Lächeln aufgesetzt, die anderen Bilder jedoch zeigten ihn vollkommen ernst.

„Das ist Frederic Phillipps", erklärte der Alte „oder wie er sich heute nennt: Zero."

Buchanan griff nach dem Foto. Kaum zu glauben, der Mann wirkte durchaus sympathisch. Buchanan hätte ihm jederzeit ohne zu zögern ein gebrauchtes Buch abgekauft.

„Offiziell ist er ein geachteter Geschäftsmann. Er verfügt über ein weit verzweigtes Netz von Holdinggesellschaften in allen Bereichen, von Verlagshäusern, über Elektronik- und Siliziumchiphersteller bis hin zu Firmen für Computerspiele, Druckereien und wer weiß was noch alles; was da in Wirklichkeit vorgeht, weiß niemand außer ihm selbst. Wie gesagt, nach außen hin alles völlig legal und ehrbar."

„Und er ist ein Mäzen", warf Cimelia ein. „Die italienische Regierung liebt ihn."

„Nicht nur die italienische", knurrte Libri", die meisten anderen Regierungen auch."

Cimelia fuhr fort. "Er hat eine Vereinigung gegründet, die sich „Society for the support of the literary arts" nennt und die sich weltweit für die Verbreitung des Buches einsetzt. Zero steckt jedes Jahr zig Millionen in dieses Projekt."

Buchanan sah erst Cimelia und dann den Alten an. „Was haben Sie eigentlich gegen den Mann? Scheint ein wahnsinnig netter Mensch zu sein."

„Richtig. *Scheint!*" Cimelia sah ihn erregt an. „Wenn Sie ihn kennen lernen, gewinnen Sie genau diesen Eindruck. Er ist immer freundlich, rücksichtsvoll, hilfsbereit, die Güte selbst, aber Sie müssen sich mal die Menschen ansehen, die seine engsten Vertrauten sind. Das sind ausnahmslos üble Typen. Das passt nicht zusammen."

„Und woher haben Sie solche tiefen Einblicke, wenn ich fragen darf?"

„Ich arbeite in der Society. Als seine Sekretärin." Cimelia machte eine ungeduldige Kopfbewegung, als sei dies völlig nebensächlich.

„Wie bitte?"

„Hören Sie doch zu", fuhr ihn Cimelia an, „ich selbst kann nicht herausfinden, was Zero plant, weil die Society, zumindest, soweit ich das erkennen kann, zu hundert Prozent legal ist, aber ich kann Ihnen vielleicht helfen, an Informationen zu kommen."

„Was zum Teufel soll ich denn eigentlich unternehmen", entfuhr es Buchanan wütend, „Vielleicht haben Sie endlich die Güte, mir das zu erklären!"

Die Stimme des Alten hatte fast etwas Nachsichtiges: „Signor Buchanan, Zero ist bei seinem Kampf gegen die Welt der Bücher immer auf der Suche nach Komplizen, denen er vertrauen kann. Und wem könnte er wohl mehr vertrauen, als Ihnen, dem Mann, der nicht nur eine der wertvollsten Privatbibliotheken der Welt angesteckt hat, sondern auch die apostolische Bibliothek des Vatikans. Glauben Sie mir, Zero sucht längst nach Ihnen." Er lehnte sich zurück und sah Buchanan aufmunternd an.

Buchanan atmete tief durch. „Und wird er mich auch finden?"

„Er wird, Signor Buchanan, dafür werden wir sorgen, bereits morgen Mittag."

Cimelia beugte sich zu der Ledermappe hinüber und entnahm ihr ein weiteres heimlich aufgenommenes Foto.

„Das ist Harrington Reed. Er ist Zeros engster Vertrauter."

Das Bild zeigte einen Mann in den Vierzigern, der nur aus Haut und Knochen bestand. Die Haut schien über die Wangenknochen gespannt und dann noch einmal

straff gezogen worden zu sein. Seine schwarzen Haare waren im Cäsarenstil ge-
schnitten und seine Augen hatten den entzündeten Ausdruck eines Menschen, der
sich vorzugsweise von Heroin ernährte.

„Morgen Mittag nehmen Sie ein Taxi, das Sie ins Waldorf Astoria Cavalieri in der
Via Alberto Cadlolo bringt … "

„Sie brauchen sich die Adresse und alles andere jetzt noch nicht zu merken, es
steht alles da drin", unterbrach Cimelia und klopfte mit den Fingern auf die Ledermappe. Der Alte fuhr ungerührt fort.

„Reed erscheint dort fast jeden Tag um Punkt vierzehn Uhr und schwimmt genau
fünfzig Bahnen im hoteleigenen Pool. Das ist der ideale Treffpunkt, denn er passt
perfekt zu Ihrer Legende. Da Sie überall gesucht werden, können Sie weder das
Land verlassen, noch in einem Hotel übernachten, weil sich alle Gäste ausweisen
müssen und die Daten an die Polizei übermittelt werden. Wozu man sich aber
nicht ausweisen muss, ist, wenn man den Wellnessbereich eines Hotels benutzen
will. Jeder, der bereit ist, den überteuerten Eintritt zu bezahlen, kann sich dort
aufhalten und alle Einrichtungen dort benutzen. Und so können Sie dort tagsüber
am Pool im Liegestuhl schlafen und müssen nur nachts in der Stadt unterwegs
sein. Sie hinterlassen nirgendwo aufspürbare Daten. Niemand weiß von Ihnen und
dabei leben Sie noch recht komfortabel."

Buchanan nickte anerkennend. Wer hatte sich das ausgedacht? Der Alte? Das war
keineswegs dumm. Oder Cimelia? Nein, das war wirklich verdammt raffiniert.

„Wir werden dafür sorgen, dass Reed Sie erkennt", fuhr Libri fort, „und von da
an..."

„Wie sorgen Sie dafür? Soll ich so lange hin und her laufen, bis er mich bemerkt?"

„Ich hab wenig Sinn für Humor, falls das welcher sein sollte."

Libri verzog unwirsch den Mund und Giorgio beeilte sich, dies Buchanan umgehend durch eifriges Nicken zu bestätigen.

„Wie dann?"

Cimelia erklärte es ihm. Buchanan entfuhr ein Grinsen. Das war so abstrus, dass
es schon fast wieder genial war.

„Und von da an", wiederholte der Alte nun mit erhobener Stimme, „sind Sie auf
sich allein gestellt, Signor Buchanan. Der Plan endet hier. Gewinnen Sie Zeros
Vertrauen und finden Sie heraus, was er vorhat. Giorgio hier … " Giorgio nickte
Buchanan eifrig zu. „ … ist Ihr Kontakt zu mir. In der Mappe finden Sie seine

Handynummer. Sie müssen sie – wie auch alles andere auswendig lernen. Keine Aufzeichnungen. Wenn Sie ihn kontaktieren, dann tun Sie das ausschließlich über öffentliche Telefone. Ihr eigenes Handy haben Sie weggeworfen, falls man sie fragt, damit die Polizei Sie nicht orten kann. Ebenfalls in der Mappe finden Sie die Zugangsdaten für eine eigens für Sie eingerichtete E-Mail-Adresse. Loggen Sie sich ebenfalls ausschließlich an öffentlichen Orten ein.

„Aber gehen Sie dafür nicht in eine Bücherei", warf Cimelia ein. „Das würde Zero gar nicht gefallen, falls er davon erfährt."

Der Alte deutete auf seinen Assistenten. „Giorgio erklärt Ihnen jetzt, wie Sie diese Mailadresse nutzen, dieses Technikzeug kann ich mir nicht merken."

Giorgio beugte sich verschwörerisch vor: „Entscheidend ist, Signor Buchanan, dass Sie niemals, ich wiederhole: *niemals* eine Mail abschicken. Denn jede verschickte Mail kann mit Leichtigkeit abgefangen werden." Giorgio Aussprache war überkorrekt, nur bei jedem fünften oder sechsten Wort gab es eine kleine Verzögerung. Buchanan vermutete, dass Giorgio durch äußerste Willensanstrengung ein Stottern unterdrückte. Giorgio blinzelte ihn nervös an. „Wenn Sie uns etwas mitteilen wollen, schreiben Sie eine Mail und speichern diese als Entwurf ab. Wir haben ebenfalls Zugriff auf diesen Mail-Account und werden es genau so machen. Auf diese Weise wird nie eine Mail verschickt und kann daher auch nicht abgefangen werden." Bei den letzten beiden Sätzen war Giorgios Neigung zum Stottern kaum noch zu übersehen gewesen. All zu lange konnte er diese Konzentration wohl nicht aufrechterhalten. *Kein Wunder, dass er ansonsten so schweigsam ist,* dachte Buchanan etwas mitleidig.

Cimelia berührte ihm am Unterarm. „Meine Handynummer steht ebenfalls in den Unterlagen."

„Aber Sie werden sie nicht benutzen, verstanden, Signor Buchanan?" Zum ersten Mal lag eine starke Erregung in der Stimme des alten Mannes. „Die ist nur für den alleräußersten Notfall. Und selbst dann...!" Er sah Buchanan drohend an, als ob er ihn hypnotisieren wollte.

„Sie haben mein Wort, Signor Libri."

Der Alte nickte, schien aber nicht wirklich beruhigt zu sein. „Das wäre wohl alles, denke ich." Cimelia und Giorgio nickten. „Nach dem Essen werden Sie Zeit haben, sich mit den Unterlagen vertraut zu machen."

Buchanan zog die Ledermappe zu sich heran.

„Eines sollten Sie noch bedenken." Der Alte räusperte sich unbehaglich. „Trotz allem, was über Sie in den Zeitungen steht, ein Restmisstrauen wird bei Zero immer bleiben. Er wird Sie prüfen, seien Sie auf alles gefasst und wenn er Sie etwas fragt, dann sollten Sie eine Antwort parat haben."

„Zum Beispiel, wie ich ganz alleine mitten in Nacht und direkt nach einem Gefängnisausbruch in den bestens gesicherten Vatikan eindringen und die Bibliothek in Brand setzten konnte?"

Cimelia sah erschrocken zu ihrem Vater und Giorgio blickte unbehaglich zu Boden.

Kapitel 44

Man hatte schweigend gegessen. Obwohl er in den letzten vierzig Stunden zuvor nur ein paar Scheiben trockenen Toast zu sich genommen hatte, verspürte Buchanan kaum Appetit und so hatte er sich noch vor dem Nachtisch verabschiedet und war auf sein Zimmer gegangen. Dort erwartete ihn eine Überraschung. Auf der antiken Kommode gegenüber dem Bett lag sein Koffer. Zuletzt hatte er ihn auf dem Flughafen gehabt und dann war er im Gefängnis eingelagert worden. Der Alte verfügte wirklich über exzellente Kontakte. Der Koffer stand offen und seine Sachen befanden sich frisch gereinigt und gebügelt im Kleiderschrank. Zusammen mit einer Seidenkrawatte von Charvet und einem brandneuen hellgrauen Armanianzug, der wohl seinem morgigen Auftritt im Waldorf Astoria geschuldet war. Buchanan setze sich an den kleinen Schreibtisch vor dem Fenster und begann, die Blätter aus der Mappe zu studieren.

Lebensläufe von Zero und Harrington Reed und viele Informationen über die Society, wobei das meiste jedoch von ihr selbst herausgegebene Werbeschriften waren. In sofern mehr oder weniger wertlos, wie Buchanan befand. Die Lebensläufe überflog er nur für den Fall, dass darin doch wichtige Details enthalten sein sollten; er wollte lieber nicht so viel über die beiden wissen, schließlich würde er ja vorgeben, sie nicht zu kennen.

Dann prägte er sich die Zugangsdaten zu dem Mail-Account und Giorgios Handynummer ein. Er blickte auf Cimelias Handynummer und zögerte. Er konnte es immer noch nicht fassen, dass sie direkt unter Zeros Augen arbeitete. In welche

Gefahr brachte sie der Alte da nur. Buchanan schüttelte wütend den Kopf. Aus einem Impuls heraus nahm er einen Bleistift vom Schreibtisch und strich so lange auf der Nummer herum, bis sie gänzlich unleserlich geworden war.

Er sah aus dem Fenster und ließ die Ereignisse seit seiner Ankunft in Rom Revue passieren. War das wirklich real? Die Entführung im Wagen ... der Alte ... Was hatte Libri alles erzählt? Die ganze Welt war ein Buch? Ein Buch, in dem die Figuren mit voranschreitender Zeit immer mehr Eigenleben entwickelten und der Autor nur noch durch äußere Ereignisse eingreifen konnte? – Gut, es stand so in der Bibel, das konnte man glauben, oder nicht. Buchanan musste an den plötzlichen Regen auf der Yacht denken, der genau im richtigen Moment begonnen hatte. Nein, Unsinn, das war Zufall, es regnete immer irgendwo, für die einen im richtigen Moment und für die anderen im falschen.

Buchanan verscheuchte den Gedanken. Er musste sich auf die Gegenwart konzentrieren. Zero würde ihn prüfen, hatte der Alte gesagt. Totsicher würde er wissen wollen, warum Buchanan die Bibliothek des Vatikan angezündet hatte – und vor allem *wie*? Buchanan starrte wieder aus dem Fenster. Er war nie im Leben irgendwo eingebrochen und hatte nie ein Gebäude in Brand gesetzt, woher sollte er wissen, wie man das machte? Am anderen Ufer des Tibers stand ein alter Priester, der die Enten mit Brot fütterte. Buchanan sah ihm eine Weile zu. – Vielleicht musste er es aber auch gar nicht wissen. Es musste nur plausibel klingen, überprüfen ließ es sich ja ohnehin nicht. Buchanan musste sich nur vorstellen, wie er es machen könnte, so als würde er einen Krimi schreiben. Er drehte die Blätter mit den Informationen über Zero um und begann zu schreiben.

Aber es war fast zum verrückt werden. Nicht, dass er keine Ideen gehabt hätte, aber jeder Plan, den er entwickelte, endete irgendwann in einer Sackgasse. Wie verschaffte man sich Zutritt zur Vatikanstadt? Alle Eingänge, wurde von der Schweizer Garde bewacht und waren überdies zweifellos alarmgesichert. Und selbst wenn es ihm dennoch gelänge – wie sollte er einen Großbrand auslösen? Genau dagegen gab es zweifellos zahlreiche Sicherheitsmaßnahmen inklusive überall installierter Sprinkleranlagen. Und wenn sogar das irgendwie gelingen könnte, wie würde er wieder unbehelligt nach draußen kommen?

Buchanan schrieb und schrieb, rief sich die baulichen Details des Vatikans und seiner Umgebung, die ihm auf seinen Spaziergängen durch Rom aufgefallen waren, ins Gedächtnis zurück, zwischendurch machte er Zeichnungen, um auch eine bildliche Vorstellung zu bekommen und dann schrieb er weiter. Ohne dass Buchanan es bemerkte, verrann der Nachmittag. Es begann schon zu dämmern, als er sich erschöpft zurücklehnte. Er hatte die Lösung gefunden. Ihm war ein Detail eingefallen, das er mal in einem Buch über den Vatikan gelesen hatte. Es war geradezu simpel.

Fast war er darüber enttäuscht, der Schaffensprozess der komplizierten, dann jedoch wieder verworfenen Pläne hatte etwas Berauschendes gehabt. Er stand auf und zog die obere Schublade der Kommode auf. Dort lag es. Sein Manuskript, der angefangene Roman. Buchanan überkam plötzlich das Verlangen, ihn endlich weiter zu schreiben. Dies war der letzte Abend, den er mit Literatur verbringen konnte, für wer weiß wie lange Zeit. Ab morgen würde er sich als Bücherhasser ausgeben. Fast gierig überflog er im Stehen die Blätter. Warum hatte er aufgehört, weiter zu schreiben? Er konnte sich nicht erinnern, was er da entdeckte, gefiel ihm ausnehmend gut. Er setze sich wieder an den Schreibtisch und las den letzten Absatz:

Die Idee kam urplötzlich. Lehnberg fühlte sich zu seiner Überraschung plötzlich von einer Woge der Erleichterung getragen. Als wenn er nach einem längeren Irrweg endlich wieder auf den richtigen Weg gefunden hätte: Gerade mit seiner Liebe zu Büchern ließ sich der plötzliche Sinneswandel seines Protagonisten hervorragend begründen. Jetzt konnte er die Handlung seines Romans endlich vorantreiben.

Fast ohne nachzudenken, schrieb Buchanan weiter:

Lehnberg schrieb weiter und der Roman machte gute Fortschritte, Kapitel um Kapitel wurde vollendet, aber je weiter er vorankam, desto mehr kam ihm zu Bewusstsein, dass er erneut vor einem gewaltigen Problem stand. Zwar hatte er es geschafft, dass die Hauptfigur des Buches wieder aktiv die Handlung vorantrieb, aber je länger sie das tat – das wurde leider mehr und mehr unübersehbar – desto stärker entwickelte sich dieser Roman, der als eine Abfolge absurder Skurrilitäten begonnen hatte, zu einem ernsten Kriminalroman. Ein Genrewechsel mitten im Buch. Eine literarische Todsünde und eigentlich – das musste sich Lehnberg voller Bitterkeit eingestehen – ein Fall für den Papierkorb.

Was war nun zu tun? Von vorne beginnen? Oder zumindest den Teil neu schreiben, an dem die Handlung anfing, ernst zu werden? War das überhaupt möglich? Lehnberg hatte das ja nicht absichtlich so gemacht. Es hatte sich organisch so entwickelt. Seine Hauptfigur wollte es so. Aber hatte nicht schon Dostojewski 1821, nur wenige Tage vor seinem Tod, gesagt „Die besten Romane sind jene, bei denen ihr Verfasser irgendwann jedwede Kontrolle über diese verloren hat." Nein, das hatte er nicht. Lehnberg war dieser Satz gerade eingefallen und tief im Inneren ahnte er, dass das Quatsch war. Er musste den Tatsachen ins Gesicht sehen und ehrlich zu sich selbst sein. – Aber musste er auch ehrlich zu seinen Lesern sein? „Nein, nein, und nochmals nein!", entschied er. Er würde dieses Buch in der Form, in der es jetzt war, einfach weiterschreiben und so tun, als sei alles in bester Ordnung. Die meisten Leser würden es ohnehin nicht bemerken und den meisten von den wenigen, die es bemerken würden, könnte er sagen, es sei in der Tat ungewöhnlich, aber genau so und nicht anders beabsichtigt. Soweit war alles gut, aber wie hatte andererseits schon Abraham Lincoln (diesmal wirklich) gesagt: "Man kann einige Leute alle Zeit und alle Leute einige Zeit, aber nicht alle Leute alle Zeit zum Narren halten." Nein, das war leider nicht machbar, da lag der Hund begraben. Irgendwelche literaturverständigen Leser würden ihm draufkommen und ihn für eines von zwei Dingen halten: Faul, weil er nicht die Arbeit auf sich nahm, die nötigen Änderungen durchzuführen, oder: unfähig, weil er nicht mal erkannte, dass diese notwendig waren. Lehnberg hatte nur die Wahl zwischen Pest und Cholera oder – wie er es selbst wohl formuliert hätte, da er auch in den Momenten von Schmach und Niederlage selten vergaß, was er seiner klassischen Bildung schuldig war – zwischen Skylla und Charybdis. Kurz gesagt: Die Kacke war mächtig am Dampfen!

Erschöpft warf Buchanan den Bleistift auf die Tischplatte. Genug für heute, die Fortsetzung würde er irgendwann später schreiben. Buchanan öffnete das Fenster und sah hinaus. Draußen war es inzwischen völlig dunkel geworden und die Lichter der Stadt spiegelten sich auf dem Wasser des Tiber. Ein kühler Sommerwind wehte von Trastervere leise Musik aus den Straßencafés hinüber. Buchanan wusch sich und ging zu Bett. Er musste sehen, dass er für den morgigen Tag Kraft sammelte. Aber er fand keine Ruhe. Statt zu schlafen, lag er mit hinter dem Kopf verschränkten Armen da und starrte er auf die Lichtreflexe an der Decke, die von draußen hereinfielen. Morgen würde er wahrscheinlich Zero gegenübertreten. Würde der ihm vertrauen? Würde Buchanan ihn aufhalten können?

Buchanan dachte an Cimelia und verscheuchte den Gedanken gleich wieder. Dann musste er an seinen Vorgänger denken. Den Mann, den der Alte zuvor gegen Zero eingesetzt hatte und der spurlos verschwunden war. Wie hatte Libri damals gesagt: „Dieses Mal müssen wir es klüger anstellen."

Kapitel 45

Buchanan rannte den Gang hinunter und dann in einen weiteren, der nach rechts führte. Noch hatte er eine ganze Ganglänge Vorsprung. Vor sich sah er einen in beide Richtungen verlaufenden Quergang näherkommen. Wenn er den erreichen konnte, bevor seine Verfolger so dicht waren, dass sie ihn sehen konnten, hatte er vielleicht eine Chance. Noch fünf Meter, noch drei, noch einen, dann hörte er die Rufe hinter sich.

Sie hatten ihn entdeckt. Er hastete nach links um die Ecke – da, der Notausgang. Er warf sich gegen die verplombte Verriegelung. Die Tür schwang auf und ein durchdringender Pfeifton tönte durch die Etage. Immer vier Stufen auf einmal nehmend, sprang er die Treppen hinunter. Was war bloß passiert?

Zunächst war alles planmäßig verlaufen. Gegen dreizehn Uhr dreißig hatte ihn ein Taxi am Waldorf abgesetzt und Buchanan hatte seine Kleidung in einen Spind gehängt und sich im Bademantel in einen der zahlreichen Liegestühle im Außenpoolbereich gelegt. Bald darauf war – wie angekündigt – Harrington Reed aufgetaucht und hatte sofort begonnen, loszuschwimmen, als wenn er für irgendeine Weltmeisterschaft trainieren würde. Sein Schwimmstil erinnerte Buchanan an einen Eisbrecher. Reed verhielt sich, als ob die anderen Hotelgäste im Pool gar nicht vorhanden wären und nach wenigen Minuten hatte auch der letzte Schwimmer das Becken verlassen. Buchanan tat so, als wenn er Reed nicht beachten würde und wagte nur dann und wann einen verstohlenen Blick zu ihm hinüber.

Schließlich hatte Reed sein Pensum erledigt und warf sich klatschnass in einen Liegestuhl. Dies war das Stichwort für die beiden Schauspieler, die ein altes Ehepaar darstellen sollten, und mit denen Libri den halben Morgen persönlich akribisch geprobt hatte. Sie hatten bisher an der Poolbar gesessen und nun gingen sie am Becken entlang, vorbei an Buchanan, der zu schlafen vorgab, und ließen sich umständlich auf zwei Liegestühlen nieder, die in Hörweite von Reed standen.

„Doch, das ist er", sagte die Frau zu ihrem falschen Ehemann.

„Unsinn."

„Ich bin absolut sicher. Ich habe mir extra das Bild aus der Zeitung gemerkt, und das ist er."

„Glaubst du im Ernst, ein Mann bricht aus dem Gefängnis aus, zündet den halben Vatikan an und geht dann erst mal gemütlich eine Runde schwimmen?" Die Beiläufigkeit, mit welcher der alte Mann sprach, gefiel Buchanan. Das wirkte absolut überzeugend. Am liebsten hätte er für eine Sekunde die Augen geöffnet, um zu sehen, wie die Geschichte auf Reed wirkte, aber das kam natürlich nicht in Frage. Es war verabredet, dass die Frau hustete, sobald Reed etwas unternahm. Aber es passierte nichts. Hatte Reed etwa gar nicht zugehört. Oder war das gar nicht Reed? Doch sicher, Buchanan hatte ihn nach dem Foto sofort erkannt. War der Alte möglicherweise völlig falsch informiert und Reed arbeitete einfach nur für eine hochseriöse Gesellschaft zur Förderung der Literatur? Warum in aller Welt reagierte er nicht? War es das etwa schon gewesen? Endete der ganze grandiose Plan schon, bevor er richtig angefangen hatte? Buchanan überlegte, ob er einfach aufstehen und Reed direkt ansprechen sollte. Nein, das wäre Wahnsinn. Aber vielleicht immer noch besser, als einfach aufgeben. Die Gedanken in Buchanans Kopf überschlugen sich.

Dann hustete die Frau.

Buchanan öffnete scheinbar verschlafen die Augen. Reed hatte sich in einen einsamen Winkel des Poolbereichs zurückgezogen und sprach leise in ein Smartphone. Dann schlenderte er in Richtung der Umkleidekabinen, ohne Buchanan auch nur eines Blickes zu würdigen. Buchanan zögerte. Er unterdrückte den Impuls, Reed hinterher zu laufen. Nein, wenn Reed der war, für den ihn der Alte hielt, musste er zurückkommen. Gut möglich, dass er zuvor noch ein paar Drogen einwerfen musste. Buchanan lehnte sich im Liegestuhl zurück und wartete. Als Reed auch nach schätzungsweise fünfzehn Minuten nicht wieder erschienen war, stand er auf und machte sich langsam auf den Weg zu den Umkleideräumen. Einen Plan hatte er nicht, aber er konnte nicht einfach nur dasitzen. Abgesehen von einem fetten Glatzkopf, der mit einem Mopp lustlos den Boden wischte, war der Umkleide-bereich leer. Keine Spur von Reed. Buchanan zog sich an, so schnell er konnte und verließ die Spa-Abteilung. Er beschloss, sich zunächst in der Lobby und dann in den Restaurants des Hotels umzusehen, ob er Reed dort entdecken könne. Er war gerade in den Gang eingebogen, als ihn ein merkwürdiges Gefühl überkam; irgen-detwas hatte sich verändert; die dezente Stille des Hotels hatte auf einmal etwas Unheimliches, so als hätte sie ihre Unbeschwertheit verloren und würde nun nur mit äußerster Anstrengung aufrechterhalten. Einen Moment später öffnete sich die Fahrstuhltür am anderen Ende des Ganges und zwei uniformierten Polizisten traten heraus, gefolgt von einem dritten Mann in einem grauen Sommermantel. Buchanan erkannte ihn sofort: Commissario Petrucci.

Kapitel 46

Jemand musste Buchanan angezeigt haben. Nur so war das plötzliche Auftauchen Petruccis zu erklären. Der Taxifahrer, schoss es Buchanan durch den Kopf. Der hatte auf der Fahrt zum Hotel ständig verstohlen in den Rückspiegel zu ihm nach hinten geschielt. Vielleicht war es doch keine so gute Idee von Libri gewesen, den Zeitungen ein so aktuelles Bild von Buchanan zu gegeben zu haben. Ein oder zwei Sekunden starrten sich Buchanan und Petrucci bewegungslos an. Dann drehte sich Buchanan um und rannte so schnell er konnte den Gang zurück. Als nächstes hör-te er, wie Leben in die drei Männer kam und sie ihm nachsetzten. Buchanan hatte aufgehört zu denken und handelte nur noch instinktiv. Rechts, geradeaus, links, der Notausgang – den Alarm hörte er kaum – und die Treppe runter, immer vier Stufen auf einmal. In welcher Etage war er losgerannt? Das Treppenhaus nahm kein Ende, der verdammte Ausgang musste doch jeden Moment auftauchen! Nein, an der Tür zur Etage war eine große gelbe *4* aufgemalt. Weiter! Ein rasender Schmerz durchfuhr Buchanans linkes Fußgelenk. Bei seinem letzten Sprung war er mit voller Wucht umgeknickt. *Vorbei. Das war's!* Buchanan war klar, dass er so keine Chance mehr hatte, zu entkommen, hastete aber dennoch humpelnd weiter. Der zweite Stock. Er schätzte, dass seine Verfolger noch drei Stockwerke über ihm waren. Das Erdgeschoss. Buchanan stieß die Tür auf. Er befand sich auf einem riesigen Hinterhof, der bis auf ein paar vereinzelte Autos und eine Armada von überquellenden Mülltonnen leer war. Er hatte gehofft, dass der Ausgang auf eine belebte Straße führen würde, vielleicht sogar mit einer U-Bahnstation, aber hier auf freier Fläche gab es keine Möglichkeit mehr zu entkommen. In wenigen Sekunden würde man ihn verhaften.

„Steigen Sie ein, wenn Sie nicht in Gefängnis wollen, Signor Buchanan." Einige Meter links von ihm hatte sich die seitliche Schiebetür eines schwarzen Vans mit verspiegelten Scheiben geöffnet und Buchanan blickte in das ausdruckslose Gesicht von Harrington Reed. Ohne nachzudenken, warf er sich in den Van. Der Wagen raste mit quietschenden Reifen los. Die Schiebetür wurde geschlossen und nur einen Augenblick später war der Van im alltäglichen Verkehrsinferno von Rom verschwunden, beinahe so, als hätte es ihn nie gegeben.

Kapitel 47

„Wie haben Sie das gemacht?"

Zero nahm eine Praline von der silbernen Etagere auf dem kleinen Tischchen und lehnte sich genüsslich in seinem Louis-Quinze-Sessel zurück.

„Die Sache mit dem Vatikan; wie haben Sie das gemacht, Mr. Buchanan?" Er steckte die Praline in den Mund und blickte versonnen zu Buchanan hinüber.

Bisher war alles besser gelaufen, als Buchanan erwarten durfte. Noch vor einer halben Stunde war er mit verbundenen Augen in einem schwarzen Van durch Rom gerast. Harrington Reed hatte peinlich genau alle seine Taschen durchsucht und war Buchanan dabei so nahe gekommen, dass diesem von Reeds überreichlich verwendetem süßlichen Rasierwasser fast schlecht geworden war. Dann waren sie in das dritte Untergeschoss einer Tiefgarage gebraust, man hatte ihm die Augenbinde abgenommen und sie waren mit einem Fahrstuhl bis zum Penthouse gefahren, wo sich offenbar Zeros Privatgemächer befanden. Zeros Empfang war herzlich und formvollendet. Auf CNN hatte Buchanan oft Staatspräsidenten einander in dieser Form empfangen sehen.

Buchanan hatte sich misstrauisch gegeben. „Und *Sie* sind Mr. ... ?"

„Zero. Nennen Sie mich einfach Zero, Mr. Buchanan. Nehmen Sie Platz."

„Warum?"

„Sitzen ist weniger anstrengend, als Stehen, aber wenn Sie das bevorzugen ... Machen Sie sich keine Sorgen, Mr. Buchanan, Sie sind hier unter Freunden."

„Wer sagt, dass Sie nicht mit der Polizei zusammenarbeiten?"

„Schon vergessen? Ohne mich wären Sie bereits verhaftet. Glauben Sie mir, Mr. Buchanan, ich möchte mich nur mit Ihnen unterhalten."

„Worüber denn?"

„Über das, was Sie getan haben."

„Wer sagt, dass ich etwas getan habe?"

„Die Zeitungen?" Zero trat an einen Kamin, in dem ein wildes Feuer loderte. Bedächtig stocherte er mit einem Schürhaken darin herum. „Verstehen Sie mich richtig, ich bewundere Ihre Tat. Oder genauer gesagt: Ihre Taten. Ich bin aufs Höchste fasziniert. Leute wie Sie sind eine Seltenheit. Vielleicht kann ich Ihnen ein für beide Seiten äußerst vorteilhaftes Angebot unterbreiten."

Buchanan, warf einen Blick zu Harrington Reed, der ihn undurchdringlich ansah und setzte sich in einen der antiken Polsterstühle vor dem Kamin. „Ich höre."

„Eine Frage vorweg." Zero stellte den Schürhaken in den Ständer zurück und setzte sich Buchanan gegenüber. „Was haben Sie gegen die Katholische Kirche?"

Offenbar war Zero doch misstrauischer, als er sich gab. Er wusste doch auch von dem Brand der Libri-Bibliothek. Ihm musste klar sein, dass es bei den Brandstiftungen nicht um die Kirche, sondern um Bücher ging, aber anscheinend wollte er es von Buchanan selbst hören.

„Gar nichts. Die Sache ist die: Ich hasse Bücher, sie machen mich einfach krank, schon ihr Anblick ekelt mich, geschweige denn, dass ich je eins lesen würde. Klingt für Sie wahrscheinlich kaum nachvollziehbar, aber so ist es nun mal."

Zero nickte zu Reed hinüber. Reed öffnete eine sperrige mittelalterliche Holztruhe, beugte sich über sie und wühlte darin herum. Buchanan konnte nicht erkennen, was genau er dort tat. Als sich Reed wieder umdrehte, hatte er kleines Büchlein in der Hand, das Buchanan auf Anfang siebzehntes Jahrhundert schätzte. Kostbar in Leder gebunden. Reed trat einen Schritt auf Buchanan zu und hielt es ihm mit ausgestrecktem Arm hin. Buchanan sah Zero fragend an. Zeros Gesicht war voller Harmlosigkeit.

„Für Sie. Ein Geschenk. Es ist ein Vermögen wert."

„Ich habe Ihnen doch erklärt, dass ich Bücher hasse, Mr. Zero."

„Zero. Einfach nur Zero bitte. Gut, wenn Sie es nicht haben wollen, dann verkaufen sie es, verschenken Sie es, oder was immer Sie sonst damit...“

Buchanan ergriff das Buch und schleuderte es mit einer schnellen Bewegung in den Kamin. Die Flammen fauchten auf, als sie sich gierig daran machten, das trockene Papier zu verschlingen. Zero blickte auf eine triumphierende Art zu Reed und dann wieder zu Buchanan.

„Gibt es ein prächtigeres Feuer, als eines, das sich von Büchern speist, Mr. Buchanan?“ Zero beugte sich verschwörerisch zu Buchanan vor. „Ich empfinde genauso, wie Sie. Ganz genauso. Und nicht nur ich, im Gegenteil, sehr viele empfinden so. Und warum auch nicht? Sagte nicht schon Erasmus von Rotterdam: „Der Umgang mit Büchern bringt die Leute um den Verstand.“ Zero lächelte. „Ich werde Ihnen etwas erzählen, was Ihnen sehr gefallen wird, aber zunächst beantworten Sie bitte meine Frage: Wie haben Sie das gemacht?“

„Nun...“, Buchanan nahm einen weiteren Schluck Tee aus der zierlichen Tasse und bemühte sich, wie jemand zu wirken, dem es nur mühsam gelingt, seinen Stolz auf das Geleistete zu verbergen.

„Nachdem ich aus dem Gefängnis geflohen war...“

„Wie ging das vor sich?“

Buchanan blickte zu dem dritten Teilnehmer dieses eleganten Nachmittags-Tees hinüber. Harrington Reed passte in diese Umgebung wie ein Jerry-Cotton-Heft in das Programm des Suhrkampverlages. Mit verschränkten Armen und schief gelegtem Kopf sah er Buchanan abschätzig an.

„Erstaunlich einfach. Ich habe mich zur Krankenstation geschleppt und dem diensthabenden Pfleger erzählt, dass es mir nicht gut geht.“

„Und das hat er einfach so geglaubt.“ Reeds Stimme klang rau und heiser und hatte einen deutlichen Unterton von Sarkasmus.

Sein Blick hingegen hatte für Buchanan etwas rattenhaftes. Buchanan lächelte ihm freundlich zu. „Ich hatte mir vorher mit Seife die Augen ausgespült. Probieren Sie das mal, danach sehen Sie ziemlich übel aus.“

Zero schmunzelte amüsiert in sich hinein, griff nach einer weiteren Praline und schlug die Beine entspannt übereinander. Buchanan wurde das Bizzare dieser Szene bewusst. Zero mochte reicher, kultivierter und gefährlicher als die meisten Menschen sein, aber wie er da saß erinnerte er Buchanan an einen ganz gewöhnlichen TV-Junkie, der mit einer Tüte Chips auf dem Sofa hockte und seine Lieblingsserie guckte. Nur dass Zero Antiquitäten, Pralinen und wahre Brandstiftungs-Geschichten bevorzugte.

„Ich rede also ein bisschen mit dem Pfleger und plötzlich bekomme ich einen Anfall und winde mich in Krämpfen am Boden. Diese Krankenstation kommt bei allem, was über Aspirin verabreichen und Pflaster aufkleben hinausgeht, schnell an ihre Grenzen und daher haben die mich, so eilig sie konnten, in ein richtiges Krankenhaus gebracht, die Gemelliklinik. Dann war es nicht mehr besonders schwierig. Jemand, der halb bewusstlos vor sich hindämmert, ist kein allzu großes Sicherheitsrisiko. Die haben mir den Magen ausgepumpt und mich dann in den Flur verfrachtet, um Platz für die Notfälle zu haben. Tja, und als gerade keiner in der Nähe war, bin ich von der Liege gehüpft, hab mir aus nem leeren Behandlungsraum ein Jackett von der Stuhllehne und irgendeine Patientenakte genommen und bin einfach zum Vorderausgang rausmarschiert."

Der Teil mit dem Krankenhaus war der schwächste Teil seiner Geschichte, dessen war sich Buchanan völlig bewusst, aber zumindest Zero schien keinen Anstoß daran zu nehmen, sondern nun ungeduldig darauf zu warten, dass Buchanan zum Höhepunkt der Geschichte käme.

„Das war gegen Mittag, in der Jacke war auch eine Brieftasche, ich bin mit nem Taxi zum Petersplatz gefahren..."

„Sie verschwenden wirklich keine Sekunde", warf Zero befriedigt ein.

„Wie Sie vielleicht wissen, befinden sich in der Pia Borgo am Petersdom zahlreiche Geschäfte für klerikale Kleidung, da gibt es alles von der Priester-Soutane bis zum Kardinalshut. Und das Beste ist: Alles ist frei verkäuflich. Ich besorgte mir eine Soutane mit allem was dazu gehört, die ich in einen Rucksack packte und bin am Ende der Straße zum Schweizer Posten des St. Annas-Tores gegangen und hab behauptet, ins Segensbüro zu wollen. Das ist eine der wenigen Möglichkeiten, um als Außenstehender Einlass in den Vatikan zu erhalten. Dort kann man sich päpstliche Segensurkunden für Taufen, Hochzeiten und ähnliche Anlässe ausstellen lassen. Statt dorthin zu gehen, bin ich aber in den Lieferanteneingang in den vatikanischen Supermarkt rein und zur Vordertür wieder raus."

Zero richtete sich kerzengerade auf. Seine Augen glänzten vor Vorfreude.

„In einer uneinsehbaren Ecke habe ich mir die Priester-Soutane angezogen..."

„So einfach." Zero Miene war voller Faszination, während Reed missbilligend auf einen Punkt an der Decke starrte.

„So einfach", bestätigte Buchanan. Das Schöne am Vatikan ist, die Eingänge werden zwar streng kontrolliert, aber wenn man erst einmal drin ist und zudem noch eine Soutane, eine Mappe unter dem Arm und eine verärgerte Miene zur Schau trägt, dann fragt einen keiner mehr, wer man ist. Man gehört einfach dazu." Buchanan nahm einen weiteren Schluck Tee. Inzwischen war er kalt geworden. Buchanan zog eine Grimasse und fuhr fort.

„Wussten Sie, dass es im Vatikan auch zwei Tankstellen gibt?"

„Hab davon gehört." Zero nickte konzentriert.

„Dort ist nicht viel los, ich hab gewartet, bis niemand in der Nähe war und mir dann zwei Kanister Benzin abgefüllt und sie in einem Gebüsch deponiert. Von da habe ich sie dann einzeln und in kleinen Etappen zur apostolischen Bibliothek geschafft und sie dort in einem Putzmittelraum versteckt. Bis zum Abend hab ich mich mit den Räumlichkeiten vertraut gemacht, vor allem der zentrale Schaltkasten für die Sprinkleranlage war wichtig. Kurz vor Schließung der Bibliothek habe ich mich in dem Putzmittelraum versteckt. Als alle gegangen waren, musste ich nur noch die Sprinkleranlage außer Betrieb setzen und der Spaß konnte beginnen. Als alle Bücher herrlich brannten, bin ich wieder in den vatikanischen Garten gelaufen und habe mich dort bis zum nächsten Mittag verborgen gehalten. Da war die Polizei schon wieder abgerückt und ich konnte ganz einfach an der St. Anna Pforte nach draußen spazieren."

Scheinbar selbstgefällig lehnte sich Buchanan zurück, nicht ohne sich zuvor ebenfalls eine Praline in den Mund gesteckt zu haben. Er war äußerst zufrieden mit seiner Geschichte und auch mit Zeros Reaktion darauf.

Das Einzige, was Buchanan einen kleinen Stich versetzte, war, dass er sich nicht als Autor dieser ausgeklügelten Kriminalgeschichte zu erkennen geben durfte, sondern stattdessen vorgeben musste, dass es die Wahrheit war.

„Mr. Buchanan," Zeros Stimme klang geradezu feierlich. „ich möchte, dass Sie von heute an für mich arbeiten."

„Und was hätte ich zu tun?"

„Seien Sie unbesorgt. Nichts, was Ihrer nicht würdig wäre.

DRITTES BUCH

Fast eine Stunde hatte Zero noch auf Buchanan eingeredet. Über die Wichtigkeit und Großartigkeit seiner Aufgabe, aber auch über die Schwierigkeiten, die noch aus dem Weg zu räumen waren. Dann öffnete er eine schwarze Akte, welche die ganze Zeit über auf dem kleinen Tischchen zwischen ihnen gelegen hatte. Er entnahm ihr ein Foto und reichte es Buchanan. „Was halten Sie davon?"

Buchanan betrachtete das Bild. Er erkannte sofort, was darauf abgebildet war, aber statt Entsetzen hatte er Freude auszustrahlen. „Fantastisch! Ich kann es kaum erwarten. Wo ist das?"

„In Irland. Genauer gesagt ist es die Bibliothek des Trinity College in Dublin."

Buchanan nickte. Er hatte mehrere Zeitungsartikel darüber gelesen. Die alte Bibliothek enthielt über vier Komma fünf Millionen Bände. Auf Zeros Foto war der Innenraum eines der fünf Gebäude aus dem frühen achtzehnten Jahrhundert abgebildet, aus denen die Bibliothek bestand: Der sogenannte Long Room, in welchem die zweihunderttausend wertvollsten Bücher auf zwei miteinander verbundenen Etagen aufbewahrt wurden und den nicht wenige Kenner für die schönste Bibliothek der Welt hielten.

„Eine reizvolle Aufgabe", lächelte Zero. „Nicht einfach, aber reizvoll. Genau das Richtige für einen Mann mit ihren speziellen Talenten, finden Sie nicht, Mr. Buchanan?"

Buchanan lächelte dankbar. „Ein Traum!"

Zero übergab Buchanan die Akte. „Ich lege das Trinity-Projekt in Ihre Hände. Sie werden feststellen, dass wir bereits gründlich vorgearbeitet haben. Baupläne, Fotos, alles über Sicherheitsvorkehrungen, Alarmanlagen etc, etc. Machen Sie sich mit allem vertraut. Überprüfen Sie, ob unsere Planung irgendwelche Schwachstellen aufweist. Ehrlich gesagt, ich bin sicher, dass es nicht so ist, es ist alles ganz simpel, aber wer weiß? Stellen Sie ruhig jedes Detail in Frage. Machen Sie sich Ihre eigenen Gedanken. Ich bin gespannt auf Ihre Kommentare. Wenn Sie irgendetwas benötigen, wenden Sie sich an Mr. Reed, er kümmert sich dann darum, nicht wahr Harry?"

Reed lies ein drohendes Knurren hören, nickte aber zustimmend. Die Audienz war beendet. Ein Bediener führte Buchanan in sein neues Zuhause, ein geräumiges Sechs-Zimmer-Luxus-Apartment, zwei Stockwerke unter dem von Zero. Der Bediente erklärte ihm die Funktionsweisen der Maschinen und wies ihn auch auf die Klingelknöpfe hin, die er nur zu drücken brauchte, wenn er die Dienste des Hauspersonals benötigte. Bevor sich Buchanan fragen konnte, ob er wohl ein Trinkgeld geben sollte, war der Diener bereits geräuschlos verschwunden. Buchanan stand eine volle Minute bewegungslos im Salon herum. Er hatte es geschafft.

Er befand sich im Zentrum von Zeros Organisation. Und die war genauso gefährlich, wie der Alte behauptet hatte. Buchanan wusste noch so gut wie nichts über Zeros Pläne. Nur über den einen, mit dem man ihn beauftragt hatte. Buchanan musste schlucken, als ihm bewusst wurde, dass er immer noch die Akte in der Hand hielt. Angewidert warf er sie aufs Sofa. Dann erkundete er das Apartment. Der Luxus war bereits fast dekadent in seiner Opulenz. Buchanan beschloss, sich davon nicht beeinflussen zu lassen. Er musste wachsam bleiben. Er ging in die Küche und öffnete den Kühlschrank. Der Inhalt ließ kaum einen Wunsch offen. Ebenso wie beim Inhalt des Kleiderschrankes hatte man an alles gedacht. Buchanan nahm sich eine Dose alkoholfreies Bier und ging zurück in den Salon. Er ließ sich auf das Sofa fallen und schlug die Akte auf. Er würde zum Schein an diesem Projekt mitarbeiten müssen, aber um nichts in der Welt würde er es in die Tat umsetzen.

Kapitel 49

Ein periodischer Summton, der einfach nicht aufhören wollte, weckte Buchanan am nächsten Morgen. Er fand sich angezogen auf dem Sofa wieder. Irgendwann war wohl er über dem Aktenstudium eingenickt. Er rappelte sich hoch, hastete zum Telefon und hob ab. Eine Stimme, von der sich nicht sagen ließ, ob sie einer Frau oder einem sehr merkwürdigen Mann gehörte, teilte ihm mit, dass er in drei Stunden und elf Minuten in Zeros Apartment erwartet würde. Dann legte der Anrufer auf, ohne eine Antwort abzuwarten.

Was wollte Zero von ihm? Erwartete er bereits Ergebnisse? Buchanan sprang unter die Dusche und schlang ein Schinkenbrot herunter. *Es wird wohl genügen, wenn ich den Originalplan kenne*, beruhigte er sich und vertiefte sich erneut in die Papiere.

Pünktlich zwei Minuten vor der angegebenen Zeit verließ Buchanan das Apartment und fuhr mit dem Fahrstuhl nach oben. Ein Diener öffnete ihm die Tür, ohne dass er geklopft hatte. Auf der Dachterrasse war ein kleiner Tisch gedeckt worden und abgesehen von dem französischen Koch, welcher ihnen die einzelnen Gänge auch selbst servierte, um nicht zu sagen „anvertraute", waren sie ganz unter sich. Das Essen war exquisit und dies, obwohl – wie Buchanan stark vermutete – sich in der Küche ganz bestimmt kein einziges Kochbuch befand. Zu Buchanans Erleichterung wollte Zero lediglich wissen, ob Buchanan bereits begonnen habe, die Papiere zu studieren. Buchanan antworte mit einem vielsagenden „Oh ja" und nickte bedeutungsvoll. Zero schien zufrieden. Offenbar erwartete er ohnehin nicht ernsthaft, dass Buchanan irgendwelche Fehler fand.

Stattdessen redete Zero selbst wie ein Buch. Fand Buchanan. Zero hätte diese Einschätzung mit Sicherheit als überaus geschmacklosen Vorwurf von sich gewiesen. Aber offenkundig glaubte Zero, in Buchanan den Bruder gefunden zu haben, den er nie gehabt hatte. Genau genommen hatte Zero schon einen Bruder gehabt, und hatte ihn sogar immer noch, aber dieser war eindeutig ein Vollkretin; davon zeugten die zahlreichen Bücher in seiner Wohnung, die Zero bei seinem ersten und einzigen Besuch vor über fünfundzwanzig Jahren dort entdecken musste. Es hatte eine hässliche Auseinandersetzung gegeben und seitdem hatten die beiden Brüder kein Wort mehr miteinander gewechselt. Aber nun hatte Zero endlich jemanden gefunden, indem er sich wiedererkannte. Mehr noch als das: Den er respektierte. Und es war unverkennbar: Er wollte Buchanan – diesen weltberühmten Büchervernichter – beeindrucken. Buchanan vermutete, dass die beste Strategie darin bestand, sich zwar herzlich aber nur sehr wenig beeindruckt zu geben. Offenbar lag er richtig. Die Enttäuschung war Zero deutlich anzusehen und er zog alle Register.

„Dieser Kampf ist ein Vielfrontenkrieg", dozierte er. „Man kann ihn nicht auf einen Schlag gewinnen. Noch nicht. Eines Tages wird es soweit sein, aber bis es soweit ist, ist noch viel zu tun. Und bis dahin müssen uns viele kleine Schlachten unserem Ziel näherbringen."

Er erzählte von den Brandstiftungen in London, von seinem Aufstieg in der Bruderschaft bis zur Gründung der Society, die nach außen hin die weltweite Verbreitung des Buches förderte und insgeheim genau das Gegenteil tat. Und tatsächlich war Zeros Bilanz eindrucksvoll: Die Society verfügte international über ein solches

Renommee, dass sie von etlichen staatlichen und nichtstaatlichen Stellen auf das Großzügigste finanziell unterstützt wurde. Auch die Einnahmen durch Spenden waren beträchtlich. Hinzu kam eine große Anzahl von Persönlichkeiten mit hervorragenden finanziellen Mitteln, die in Ermangelung von leiblichen Nachkommen die Society zu ihrem Universalerben erklärt hatten. Reich gefüllte Konten, Immobilien, Kunstgegenstände und sehr oft auch ganze Privatbibliotheken wurden ihr so vermacht. Mehrere Abteilungen der Society waren mit nichts anderem beschäftigt, als all dies zu Geld zu machen. Bis auf die Bücher natürlich. Die wurden vernichtet, wobei sich Zero die wertvollsten Stücke für seinen Kamin heraussuchen ließ.

Verwendet wurde das Geld für Zeros zahlreiche Projekte. Nicht nur relativ simplen Strategien, wie den Betrieb von Druckereien auf der ganzen Welt, welche die gesamte Konkurrenz mühelos aus dem Feld schlug, indem sie ihre Dienste weit unter dem eigenen Selbstkostenpreis anboten und welche den zahllosen Verlagen, die zu ihren Kunden zählten, mit Büchern belieferten, bei denen der Säuregehalt von Papier und Tinte so hoch war, dass die Bücher bereits nach zehn Jahren zerfielen; oder die gezielte Freisetzung von papierzerstörenden Mikroorganismen in Bibliotheken und Antiquariaten, sondern auch der Betrieb etlicher Verlage für belletristische Literatur. Buchanan glaubte sich verhört zu haben.

Zero genoss einen Moment Buchanans ungläubiges Gesicht. „Es genügt nicht, Bücher nur physisch zu zerstören, man muss sie auch inhaltlich bekämpfen. In der Tat, wir vertreten Autoren und vertreiben Bücher, aber – und das ist der entscheidende Punkt – wir haben das Tempo des Buchmarktes enorm beschleunigt, alle paar Wochen kommen tausende von Büchern heraus. Bis auf ganz wenige Ausnahmen kann kein Buch mehr wichtig werden, weil es bereits vom nächsten verdrängt wird. Das einzelne Buch geht in der großen Masse als bedeutungslos unter. Und es gibt auch kaum noch Bücher, die von allen gelesen werden, wie das früher der Fall war, heute liest jeder etwas anderes, eine allgemeine Verständigung über einzelne Bücher kann so kaum noch stattfinden. Es ist fast wie beim Turmbau zu Babel. Jeder spricht eine andere Sprache."

Zero glühte ein Moment vor Begeisterung, bevor sich seine Miene wieder verdüsterte. „Mit Harry Potter konnte niemand rechnen, das war eine Katastrophe. Auf einmal lasen sogar die, die sonst nie lesen. Aber wir haben Gegenmaßnahmen ergriffen und bekämpfen diesen Markt durch die Entwicklung von immer spektakuläreren Computerspielen für Spielekonsolen. Es wächst eine herrliche Generation heran, die sich für Bücher zu mindestens neunzig Prozent überhaupt nicht mehr interessiert."

„Und was ist mit den restlichen zehn Prozent?" Buchanan sah Zero mit sorgenvoller Miene an.

In Zeros Gesicht kämpften Stolz und Vorsicht miteinander. Die Vorsicht siegte. „Das erfahren Sie noch früh genug."

Kapitel 50

Buchanan fuhr mit dem Fahrstuhl herunter zu seinem Apartment und öffnete die Eingangstür mit der Magnetkarte, die man ihm gegeben hatte. Schon jetzt war alles viel schlimmer, als er befürchtet hatte und er wusste noch nicht einmal, wie Zeros endgültiger Vernichtungsschlag aussehen würde. Aber zumindest gegen das, was er bisher hatte in Erfahrung bringen können, ließ sich etwas unternehmen. Zunächst jedoch musste Zeros Trinity-Projekt verhindert werden. Buchanan würde so schnell wie möglich den Alten über alles informieren müssen. Er ging in die Küche, holte ein Glas aus dem verchromten Hängeschrank, füllte es mit Leitungswasser und trank es langsam aus. Irgendetwas war merkwürdig. Nein, nicht merkwürdig. Anders. Buchanan sah sich in allen sechs Zimmern um, konnte aber nichts Ungewöhnliches entdecken.

Er schloss die Augen und dachte nach. Dann bemerkte er den Geruch. Ein penetrant süßlicher Hauch lag in der Luft. Er hatte diesen Duft schon einmal gerochen. Als Rasierwasser von Harrington Reed. Buchanan beschloss, einen Spaziergang zu machen und sich eine Telefonzelle zu suchen, von der aus er Giorgio anrufen konnte. Zwar gab es auch ein Telefon und einen Laptop mit Internetanschluss in seinem Apartment, aber beides konnte keineswegs als sicher gelten; wenn Reed schon in Buchanans Abwesenheit in seinen Räumen herumschlich, würde er sicher auch seine Kommunikationsmittel überwachen.

Buchanan fuhr mit dem Fahrstuhl in die Lobby und trat ins Freie. Es war ein herrlich sonniger Tag und ein kühler aber sanfter Wind wehte durch die Straßen. Scheinbar konzentriert über etwas nachgrübelnd, schlenderte er durch die Innenstadt, blieb hier und da vor einem Schaufenster stehen, um die Auslage zu betrachten, wobei er darauf achtete, dies nicht wie gewohnt vor einem Buchladen zu tun. Von Zeit zu Zeit blieb er stehen, starrte scheinbar nachdenklich ins Leere und versuchte, sich die äußere Erscheinung der Passanten einzuprägen. Würde ein Gesicht mehrfach auftauchen, obwohl er kreuz und quer durch die Stadt lief? Bisher war dies nicht der Fall gewesen. Nach fast zwei Stunden ziellosen Umherspazierens steuerte er auf eine Telefonzelle nahe der Piazza Navona zu. Er sah sich noch ein letztes Mal um, es war niemand zu sehen. Er hatte schon die Hand nach der Telefonzellentür ausgestreckt, als etwa fünfzig Meter vor ihm eine Frau auftauchte. Buchanan fuhr sich mit der ausgestreckten Hand hastig durch die Haare und ging an der Zelle vorbei. Hatte sie ihn gesehen? Vielleicht war er schnell genug gewesen, aber eines war sicher: Diese Frau, die dem Titelbild einer Madame-Bovary-Ausgabe, die er mal besessen hatte, zum Verwechseln ähnlich sah, war ihm schon zu Beginn seines Spazierganges aufgefallen. Dann jedoch nicht mehr. Das konnte nur eines heißen. Es gab also nicht einen Verfolger, sondern ein ganzes Team. Offensichtlich wurde er überwacht, sobald er die Society verließ. Buchanan kaufte bei einem Straßenhändler eine Eiswaffel, um sich eine Aura der Arglosigkeit zu geben und machte sich langsam auf den Rückweg. Es war völlig klar, dass er Giorgio nicht unbeobachtet kontaktieren konnte. Heute nicht und auch in Zukunft nicht. Und noch etwas war klar: Er musste Kontakt zu Cimelia aufnehmen.

Kapitel 51

Buchanan fand in der folgenden Nacht nur schwer in den Schlaf. Er lag mit geschlossenen Augen da und dachte darüber nach, wie er Cimelia unbemerkt informieren konnte. Ein Ansprechen innerhalb der Society schied aus, da er überall mit Überwachungsanlagen rechnen musste. Also außerhalb, aber auch dort war er ständig unter Beobachtung. Es musste vollkommen unsichtbar geschehen. Buchanan spielte in Gedanken etliche Szenarien durch, aber keines war wirklich sicher. Schließlich hatte er eine Art Plan erdacht, aber dieser war voller Lücken. Es waren einfach zu viele unbekannte Faktoren in der Gleichung. Letztlich würde er improvisieren und auf sein Glück vertrauen müssen. Und wenn das nicht reichte, dann auf den Autor des allumfassenden Buches. Buchanan tadelte sich umgehend für diesen Gedanken. Er musste aufpassen, dass er sich nicht in die vom Wahnsinn nicht allzu weit entfernte Gedankenwelt des Alten verirrte. Mit diesem Gedanken schlief er ein und wachte erst sehr spät am Morgen wieder auf. Gegen Mittag machte er sich fertig, schnappte sich die Akte, verließ das Gebäude und setze sich in ein Straßencafé, von dem aus er den Eingang der Society im Blick hatte. Er bestellte einen doppelten Espresso bei einem Kellner, der eine vorwurfsvolle Leidensmiene zur Schau trug und schlug die Akte auf. *Die Akte*, dachte er. Leider nicht von John Grisham. Sondern eine echte. Schlagartig kam ihm zu Bewusstsein, dass er seit über zwei Wochen kein Buch mehr gelesen hatte. Buchanan schob den Gedanken beiseite und versuchte, sich zu konzentrieren. Er hatte beschlossen, einen eigenen Plan für das Trinity-Projekt zu entwickeln. Zum einen, um die lange Zeitspanne zu rechtfertigen, die er in diesem Café möglicherweise verbringen würde und zum anderen, weil er die Hoffnung hatte, eine Variante zu entwickeln, die Zero besser als seine eigene gefallen würde, die sich aber leicht sabotieren ließ.

Mehrere Stunden vergingen auf diese Weise. Von Zeit zu Zeit starrte Buchanan nachsinnend ins Leere und versuchte dabei, seine unsichtbaren Bewacher zu entdecken. Aber es gelang ihm nicht; die Menschen um ihn herum beachteten ihn gar nicht und wechselten ständig. Er hielt Ausschau nach der Frau vom Vorabend, doch sie erschien nicht. War vielleicht wirklich niemand da und er führte diese ganze Scharade nur für sich selbst auf? – Nein, *sie* waren da, das spürte er.

Vor etwa drei Stunden hatte er sich nach einem Schluck Espresso den Mund mit der dicken Papierserviette auf dem Tisch abgewischt und diese scheinbar geistesabwesend in die Jackentasche gesteckt. Etwas später war er dann zu den Toiletten im hinteren Teil des Cafés gegangen, hatte sich in einer der engen Kabinen eingeschlossen, hatte alles, was er bisher über Zeros Pläne wusste, in das Innere der Serviette geschrieben, diese wieder sauber zusammengefaltet und eingesteckt. Danach war er an sein Tischchen mit den fünf leeren Espressotassen zurückgekehrt und hatte vor seinem unsichtbaren Publikum wieder den Meisterplaner gegeben.

Er hatte gehofft, dass Cimelia gegen Mittag zum Essen in eines der Restaurants in der Nähe ging, aber jetzt war es bereits fast drei und sie war immer noch nicht aufgetaucht. Verließ sie das Gebäude etwa tagsüber gar nicht? Buchanan rief nach dem kellnernden Märtyrer und verlangte die Rechnung. Das fing ja gut an mit seinem grandiosen Plan. Aber nicht zu ändern, dann würde er morgen eben wieder hier sitzen und wenn nötig jeden weiteren Tag. Irgendwann musste sie ja auftauchen. Es war allerdings fraglich, ob er noch genug die Zeit dafür haben würde. Zero schien seinen Plan so bald wie möglich durchführen zu wollen. Buchanan packte die Papiere zusammen und stand auf. Im selben Moment trat Cimelia aus dem Haupteingang der Society. Buchanan wandte sich schnell ab. Sie sollte ihn jetzt nicht sehen. Wer konnte wissen, wie sie in der plötzlichen Überraschung reagierte und, ob ihr überhaupt bewusst war, dass sie automatisch unter Beobachtung stand, wenn Buchanan in der Nähe war? Cimelia bog nach links ab und Buchanan ließ sich beim Bezahlen soviel Zeit, bis sie etwa fünfzig Meter Vorsprung hatte. Dann schlug er dieselbe Richtung ein. Auch auf die große Entfernung verlor er sie im Gewühl der Passanten nicht aus den Augen. Ihre charakteristische Art, sich mit kleinen, aber sehr zielstrebigen Schritten kerzengerade fortzubewegen, war für Buchanan inzwischen unverkennbar. Nach etwa zweihundert Metern betrat Cimelia eine kleine Trattoria. Buchanan verlangsamte seinen Schritt noch weiter. Nach ungefähr einer Minute erreichte er das Haus und ergriff die Speisekarte, die auf einem runden Stehtischchen vor dem Eingang auslag und lugte über den Rand in das dunkle Lokal. An einem kleinen Tisch, der sich in einer Nische befand, entdeckte er Cimelia. Sie bemerkte ihn nicht. Er legte die Karte zurück, sah auf seine Armbanduhr und ging einen großen Bogen schlagend langsam zurück zur Society. Bis hierhin hatte sein Plan funktioniert. Aber dies war ja auch der leichte Teil gewesen.

Kapitel 52

Der nächste Tag war ein Sonnabend. Am Wochenende wurde in der Society nicht gearbeitet. Zumindest nicht offiziell. Aus seinem Apartmentfenster hatte Buchanan allerdings mitgekriegt, dass Zero am Morgen das Gebäude betreten hatte, während Harrington Reed auf ihn einredete.
Buchanan hatte den ganzen Sonnabend und den Sonntag Vormittag an seinem Trinity-Plan gearbeitet und dabei immer wieder feststellen müssen, dass Zeros Plan einfach besser war. Völlig unkompliziert und doch absolut wirkungsvoll. Buchanan hatte entschieden, dass es sinnvoller war, den Nachmittag dazu benutzen, sich die verwaisten Räumlichkeiten Society anzusehen. Die Türen waren nicht verschlossen gewesen und niemand schien etwas dagegen zu haben, obwohl sich

Buchanan Mühe gab, dabei so laut wie möglich zu sein. Falls man ihn entdeckte sollte es nicht so wirken, als wenn er es heimlich täte. Irgendetwas von Interesse konnte er allerdings nicht entdecken. Das einzige halbwegs spektakuläre war ein prächtiger Ballsaal mit einer Bühne, auf dem ein Rednerpult stand. Ansonsten gab es nur eine große Anzahl kleiner Büros, die auch genau so gut in ein Finanzamt gepasst hätten. Anscheinend wurde hier fast komplett papierlos gearbeitet, denn außer einigen Notizzetteln und etlichen Ordnern mit eingegangener Post, gab es keinerlei sichtbare Aufzeichnungen. Buchanan las ein paar der Notizzettel, sie waren unverfänglich. Er überlegte, ob er es riskieren sollte, einen der Computer einzuschalten. Wahrscheinlich würde es nichts bringen und, wenn man ihn dabei entdeckte, würde es wahrscheinlich Misstrauen wecken. Andererseits war er nun mal hier, um so viel wie möglich herauszufinden. Buchanan setzte sich an einen Schreibtisch und schaltete den Computer ein. Zunächst suchte er sich eine Internetseite mit den neuesten Nachrichten, um schnell auf diese wechseln zu können, falls man ihn überraschte. Dann öffnete er einige Dateiordner. Keiner von ihnen war passwortgeschützt. In allen Dokumenten ging es um karitative Projekte, welche die Society entweder selbst initiiert hatte oder finanziell unterstützte. Daran war nicht das Geringste dubios oder gar illegal. Kein Wunder, dass diese Daten offen zugänglich waren. Hier gab es nichts zu entdecken. Erst mit dem Wissen um Zeros Hass auf Bücher wurde das Ganze äußerst seltsam. Buchanan schaltet den PC aus. Er durchquerte den Bürotrakt und betrat wieder das dunkle Treppenhaus. Niemand hatte ihn gesehen und dabei würde es wohl auch bleiben, irgendwelche Kameras hatte er zumindest in diesem Teil des Gebäudes nicht ausmachen können. Falls es welche gab, waren sie zumindest sehr gut getarnt. Buchanan drückte den Knopf für den Aufzug.

„Suchen Sie was?"

Die ausdruckslose Stimme Harrington Reeds in seinem Rücken ließ Buchanan zusammenzucken. Seinen Schreck nicht im Geringsten verbergend, drehte er sich zu Reed um.

„Puh, haben Sie mich erschreckt." *Bloß nicht rechtfertigen, wer sich entschuldigt, klagt sich an.* „Nein, danke alles bestens." Buchanan betrat den offenen Fahrstuhl und führte die Magnetkarte ein. „Schönen Tag noch." Die Türen schlossen sich. Buchanan meinte, Reeds Augen förmlich im Halbdunkeln glühen zu sehen.

Kapitel 53

Buchanan hatte den Rest des Tages befürchtet, dass sich Reed oder sogar Zero melden würden, um ihn über seinen Besuch der Büroabteilung zu befragen. Aber nichts war geschehen.

In der Nacht erschien Harrington Reed in Buchanans Träumen und am nächsten Morgen fühlte er sich wie gerädert. Heute würde er Cimelia die Informationen übergeben. Er hatte lange darüber nachgedacht, ob er nicht noch lieber ein oder zwei Tage verstreichen lassen sollte, um alles noch unverfänglicher aussehen zu lassen, sich dann aber dagegen entschieden. Zumindest Reed vertraute ihm ganz und gar nicht und Buchanan hielt es jederzeit für möglich, dass dieser irgendetwas gegen ihn unternahm.

Er wartete bis es zwölf Uhr dreißig war, ergriff seine Trinity-Aufzeichnungen und verließ das Gebäude. Ostentativ gemütlich schlenderte er dieselbe Strecke entlang, die Cimelia gegangen war. Von Zeit zu Zeit blieb er bei einem Restaurant stehen und studierte die draußen ausgehängte Speisekarte. Schließlich erreichte er die bewusste Trattoria. Wieder studierte er die Speisekarte. Dann betrat er die Wirtsstube, in der nur wenige Tische von Gästen besetzt waren. Der Tisch, an dem Cimelia gesessen hatte, war frei. War das der Tisch, an dem sie immer saß? War dies überhaupt das Lokal, indem sie immer zu Mittag aß? Vielleicht war es ja nur eines von vielen. Buchanan setzt sich an den Nebentisch, mit dem Gesicht zum Eingang. Er bestellte seinen ersten Espresso und vertiefte sich in die Papiere.

Wieder ging er im Kopf den Handlungsablauf durch, den er sich überlegt hatte.

Cimelia stand ganz plötzlich in der Tür. Sie hatte Buchanan sofort entdeckt und stand starr und unentschlossen da. Buchanan hatte nicht damit gerechnet, dass sie so früh erscheinen würde, war fast genauso erschrocken. Buchanan legte alle ihm zu Gebote stehende Saugkraft in seinen Blick und bewegte kaum merklich den Kopf zu ihrem üblichen Stuhl. Cimelia verstand sofort und löste sich aus der Erstarrung. Ohne Buchanan zu beachten, setzte sie sich auf den richtigen Platz und begann, die Speisekarte zu studieren. Buchanan rief den Kellner und bestellte eine Portion Linguini pasticciato. Cimelia bestellte einen Salat. Die Essen kamen und beide aßen. Cimelia schielte einige Mal verstohlen zu Buchanan hinüber aber der ignorierte sie, scheinbar vollständig in Gedanken versunken. Die vollgeschriebene Serviette, die er schon zuvor unter seine Papiere gelegt hatte, hatte er mit der Restaurantserviette ausgetauscht, als das Essen serviert worden war und er die Papiere an den hinteren Tischrand geschoben hatte. Cimelia aß besonders langsam. Jeder Bissen war noch kleiner als der vorherige. Offensichtlich wartete sie darauf, dass Buchanan etwas unternehmen würde. Als sie fast aufgegessen hatte, machte Buchanan eine Armbewegung, um den Kellner zu rufen und stieß dabei Cimelias Wasserkaraffe um. Cimelia gab einen erschrockenen Laut von sich. Sofort sprang Buchanan hilfsbereit auf und versuchte, mit allen erreichbaren Servietten hektisch die Wasserlache zu beseitigen, genau darauf achtend, dass er mit der bewussten Serviette nur an ohnehin trocken gebliebenen Stellen tupfte.

Schließlich war das Malheur einigermaßen behoben. Buchanan entschuldigte sich für seine Ungeschicklichkeit, wobei er mit seinen Augen ihren Blick auf die trockene Serviette lenkte. Dann setzte er sich wieder und vertiefte sich erneut in seine Notizen. Cimelia verlangte nach der Rechnung und verließ das Lokal. Buchanan wartete einige Minuten, bevor er es wagte, nachdenklich aufzusehen. Die Serviette war verschwunden.

Kapitel 54

Buchanan blieb noch fast eine weitere Stunde in dem Lokal sitzen, bevor er in die Society zurückkehrte. Er betrat soeben sein Apartment, als das Telefon klingelte. Buchanan hob ab. Wieder war es die komische Stimme, die ihm mitteilte, dass er in Zeros Apartment erwartet würde. Wieder wurde aufgelegt, bevor er antworten konnte. Hatte man sein Täuschungsmanöver durchschaut oder war der Zeitpunkt dieses Anrufs einfach nur Zufall? Aber selbst, wenn jemand etwas beobachtet hatte, beweisen konnten man ihm gar nichts. Allerdings: Brauchten diese Leute Beweise? Ein Verdacht würde genügen, wozu sollten sie unnötige Risiken eingehen? Buchanan dachte an seinen Vorgänger, der laut Aussage des Alten von seiner Mission nie wieder zurückgekehrt war. Buchanan beschloss, gelassen zu bleiben. Er war schließlich der Mann, der die vatikanische Bibliothek angezündet hatte. Oder wollte Zero nun endlich Buchanans Ansichten zum Trinity-Plan hören? Er konnte nur hoffen, dass der Alte rechtzeitig geeignete Gegenmaßnahmen einleiten würde. Gegenmaßnahmen, die nicht nur die Durchführung von Zeros Plan unmöglich machten, sondern auch Zero nicht auf den Gedanken bringen würden, dass sein

Plan verraten worden war. Buchanan musste sich eingestehen, dass er nicht die leiseste Ahnung hatte, wie solche Wundermaßnahmen aussehen könnten. Zur Zeit war Zero eindeutig derjenige, der die Situation beherrschte. – Auf dem Weg zur Wohnungstür blickte Buchanan in den großen Spiegel im Flur. Zu seiner eigenen Überraschung stellte er fest, dass sein Gesicht nicht die geringste Nervosität verriet. Er schloss die Tür und bestieg den Fahrstuhl.

Die Art, mit der Zero Buchanan empfing, war weit weniger charmant, als bei den letzten Malen. Er stand mit einem Telefon am Fenster und hörte mit vor Zorn gerötetem Gesicht seinem Gesprächspartner zu. Mit einer unwirschen Handbewegung wies er Buchanan einen Stuhl an. Buchanan setzte sich und sah desinteressiert in eine andere Richtung. Er hoffte, vielleicht etwas aufschnappen zu können, aber diese Hoffnung zerschlug sich, sobald er Zero selbst reden hörte. Zero sprach fließend chinesisch. Mit ein paar schnellen, abgehackten Befehlen beendete er das Telefonat und wandte sich erfreut Buchanan zu. „Schön, dass Sie da sind."

„Gibt es ein Problem?", fragte Buchanan, indem er eine Kopfbewegung zum Telefon machte.

„Jetzt nicht mehr." Zero grinste zufrieden. „Wussten Sie, dass bereits über dreißig Millionen Chinesen Bücher ausschließlich auf dem Handy lesen?"

„Nein, das wusste ich nicht."

„Die Entwicklung ist nicht aufzuhalten. Ich sage voraus, dass es in zehn Jahren keine Buchhandlungen mehr geben wird. Bücher werden dann nur noch im Internet gehandelt."

„Sind Sie sicher?" Buchanan setzte eine zweifelnde Miene auf. Ein bisschen Provokation würde Zero sicher gesprächiger machen.

„Natürlich! Es wird genauso laufen, wie bei den Banken. Erst werden die Kassenschalter durch Geldautomaten ersetzt und jetzt erleben wir gerade, wie die Filialen nach und nach durch das Onlinebanking ersetzt werden. Die Buchläden werden sogar noch schneller verschwinden."

„Mag sein, aber was ändert das? Die Menschen kaufen Bücher."

„Aber es dauert nicht mehr lange, bis es nur noch elektronische Bücher gibt."

„Es sind immer noch Bücher."

„Sie haben vollkommen Recht, mein Lieber", Zero schmunzelte in sich hinein. „Es sind immer noch Bücher. – Noch!"

Für einen Moment sah Buchanan genauso verwirrt aus, wie er sich fühlte.

Zero musterte Buchanan aufmerksam. Buchanan kopierte Zeros Gesichtsausdruck, weil er mal gelesen hatte, dass man auf diese Weise einen besonders vertrauenswürdigen Eindruck machte. Dann hatte Zero anscheinend einen Entschluss gefasst. „Woher sind Sie noch ursprünglich?"

„Los Angeles."

„Können Sie sich vorstellen, da wieder hinzugehen?"

Bot sich hier die Chance, die Anschlagspläne aufzugeben? Buchanan durfte nicht zu offensichtlich darauf eingehen. „Kommt drauf an."

„Worauf?"

„Was ich dort tun soll."

„Wie Sie vielleicht wissen, ist die Society international tätig. Auch in den USA. Ich brauche dort jemanden für die Leitung, dem ich vertrauen kann."

„Jetzt haben Sie niemanden dort?"

„Niemandem, dem ich vertrauen kann. Nicht mehr. Es hat einige unerfreuliche Vorkommnisse gegeben. Ich musste ihn ... abberufen."

„Das ist eine große Ehre, aber soweit ich verstehe, ist es Aufgabe der Society, Bücher zu verbreiten. Das ist auch sicher eine gute Tarnung für Sie. Aber trotzdem ist das nichts für mich. Für mich ist es das höchste Glück, Bücher zu zerstören."

Zero schien diese Unterhaltung Spaß zu machen. „Tarnung? Die Society ist weit mehr als das. Sie ist das Schwert, mit der ich die Welt des Buches vernichten werde."

„Wie?"

Zero richtete sich auf und legte nachdenklich den Kopf in den Nacken. Dann begann er, langsam zu sprechen, als sei er ein Professor vor seinen Studenten. „Nun, die Hauptaufgabe der Society besteht darin, weltweit gratis elektronische Bücher zu verteilen. Sowohl die Lesegeräte beziehungsweise die Software fürs Smartphone als auch die Inhalte. Und auch Hörbücher. Wir machen das an Schulen, Universitäten, Bibliotheken, Krankenhäusern und und und. In der westlichen Welt werden diese Formen des Buches immer populärer, nicht zuletzt durch die zunehmende Verbreitung von Tablet-Computern. Das senkt die Kosten und macht sie billiger. In vielen Regionen von Afrika werden wir sogar die Ära der herkömmlichen Bibliotheken komplett überspringen. Inzwischen sind schon Millionen Buchtitel auch als elektronisches Buch erhältlich. Nicht mehr lange, und sämtliche Bücher dieser Welt werden digitalisiert sein."

„Viele Menschen werden aber trotzdem der altmodischen Version auf Papier treu bleiben."

„Sollen sie ruhig. Ihr Problem wird nur sein, dass sie bald nirgendwo mehr eines kaufen können. – Warum sollten die Verlage weiterhin riesige Druckkosten, Papierkosten, Lagerkosten, Transportkosten tragen, wenn sie die eliminieren können? Wie ich schon sagte, in ein paar Jahren gibt es keine Buchhandlungen mehr."

„Wahrscheinlich haben Sie Recht."

„Allerdings habe ich Recht." Dem leicht scharfen Ton in Zeros Stimme nach zu urteilen, erwartete er offenbar mehr Enthusiasmus von Buchanan.

„Bestimmt." Buchanan setzte sein aufrichtigstes Gesicht auf. „Aber ich begreife immer noch nicht, wie ... "

„Es ist eine kleine, unscheinbare Datei, oder genauer gesagt ein Virus." Zeros Verärgerung war verflogen und stolzem Triumph gewichen. „Diese Datei befindet sich in jedem der Millionen E-Books, die wir verschenken und verkaufen. Sie glauben gar nicht, wie billig sich diese Dinger herstellen lassen. So wie Sie das E-Book an Ihren Computer anschließen, um gekaufte Bücher herunterzuladen, kopiert sich die Datei auf Ihren Computer und versendet sich mit jeder Mail, die sie verschicken weiter. Auch jede Buchdatei, die man von uns erhält, jede unserer Gratis-Apps, die Ihr Smartphone oder Tablet zum Reader macht, sowie alle Mails der Society enthalten diesen Virus. Von den Computern wiederum lädt sich die Datei auf uninfizierte E-Books und so weiter, und so weiter."

„Was ist mit Virenscannern?"

„Die Datei sitzt zu tief, als dass ein Scanner sie finden könnte und sie richtet ja auch gar keinen Schaden an, darum sucht niemand nach ihr. Niemand außer mir und den Programmierern weiß davon. Sie verbreitet sich weiter und weiter. Seit einigen Jahren schon. Und dies, während elektronische Bücher sich immer stärker durchsetzen und das Papierbuch verdrängen. In der Zwischenzeit arbeiten wir an der Vernichtung der alten Buchbestände. Eines Tages wird es soweit sein. Bis auf ganz wenige Ausnahmen wird es Bücher nur noch als Dateien geben und alle PCs, Handys und alle E-Books werden mit meiner Datei infiziert sein. Und dann ... "

„Und dann?"

„Und dann drücke ich auf einen kleinen Knopf und überall auf der Welt werden alle Textdateien, die mehr als achtundvierzig Seiten enthalten, auf wundersame

Weise für immer gelöscht. Und das ist das Ende aller Bücher oder wie wir es hier nennen: die A-book-alpyse."

Buchanan meinte, seinen Herzanschlag laut in seinem Kopf zu hören. Das war also Zeros Plan. Und mochten auch Zeros Beweggründe verrückt sein, sein Plan war es ganz und gar nicht. Der war konsequent und genial. Zero weidete sich an Buchanans Verblüffung. „Sie sehen also, im Auftrag der Society E-Books in Amerika zu verbreiten ist eine extrem bedeutungsvolle sowie – ich denke, ich spreche da ganz in ihrem Sinne – außerordentlich ehrenvolle Aufgabe."

Buchanan nickte langsam. „Das sehe ich auch so."

„Ach, und falls sie um unser kleines Spezialprojekt fürchten – keine Sorge, dafür werden Sie vorher noch Zeit haben."

Buchanan schluckte. „Na, wunderbar."

Zeros gute Laune war beinahe schon ansteckend. „Aber sicher. Ich weiß doch, wie sehr sie sich darauf freuen, mein Lieber. Haben Sie heute Abend schon was vor?"

„Nein."

„Nun, jetzt schon."

Der Herzschlag in Buchanans Kopf wurde ohrenbetäubend. „Schon heute?"

„Warum warten? Es sei denn, Sie haben in meinem kleinen Plan einen Fehler entdeckt. Haben Sie?"

„Es gibt keine", hörte sich Buchanan sagen. „Der Plan ist perfekt."

Zero war die Bescheidenheit in Person. „Das hatte ich doch beinahe schon vermutet."

Kapitel 55

Der schwarze Mercedes kam im hinteren Bereich des separat gelegenen Areals des Flughafen Fiumicino zum Stehen.

Zero stieg zusammen mit Harrington Reed und Buchanan aus und deutete auf einen weißen Privatjet. „Wie gefällt Ihnen meine Gulfstream, Mr. Buchanan?"

„Solange es kein Learjet ist, ist mir alles recht."

„Was haben Sie gegen diese Firma?"

„Gar nichts. Nur gegen Shakespeare habe ich was."

Zero stieß ein unangenehmes Lachen aus und ließ Buchanan den Vortritt. Buchanan bestieg die Maschine und betrachtete beeindruckt die elegante Inneneinrichtung. Die Maschine war nicht groß, aber für etwa zwölf Personen äußerst komfortabel. Nun kamen Zero und Reed ebenfalls an Bord und Reed schloss die Kabinentür. Buchanan blickte in das offene Cockpit.

„Und wo ist der Pilot?"

„Der steht vor Ihnen." Zero führte militärisch lässig seine flache Hand an eine nicht vorhandene Uniformmütze. „Machen Sie es sich bequem, in zwei Stunden landen wir in Dublin."

Während Zero begann, die Checkliste für den Start durchzugehen, verschwand Harrington Reed hinter einer Tür im rückwärtigen Teil der Kabine. Allzu viel Platz konnte dort nach Buchanans Einschätzung nicht mehr sein, aber er war froh, nicht alleine mit Reed dasitzen zu müssen. Der Mann hatte den Charme einer Giftmülldeponie. Buchanan saß angeschnallt in einem der breiten Ledersessel und blickte aus dem Kabinenfenster. Das ging alles zu schnell. Erst vor wenigen Stunden hatte er Cimelia die Informationen zugesteckt und jetzt war er bereits auf dem Weg nach Dublin, um eine der schönsten Bibliotheken der Welt in Brand zu setzen. Es blieb keine Zeit, etwas dagegen zu unternehmen. Aber vielleicht war ja genau das der Sinn der plötzlichen Eile. Zum hundertsten Male fragte sich Buchanan, ob Zero ihn nicht längst durchschaut hatte. Er hätte dieses Flugzeug nicht betreten sollen. Das war ein verdammter Fehler gewesen. Seine Mission war erfüllt, er kannte nun Zeros Pläne. Er hätte aus dem Wagen steigen und einfach wegrennen sollen. Möglicherweise hätte man ihn verhaftet, aber das hätte keine Rolle gespielt. Der Alte hätte ihn schon irgendwie freibekommen. Und dann hätte man etwas gegen Zeros Pläne unternehmen können. Er erwog, sofort nach der Landung in Dublin einfach zu verschwinden, aber das würde zu spät sein. Bis er irgendjemanden gefunden hätte, der ihm glauben würde, hätte Zero seinen Plan längst durchgeführt. Nein, Buchanan musste mitspielen und unauffällig versuchen, die Aktion irgendwie zu sabotieren. Aber wie? Die Gedanken in seinem Kopf rasten.

Es dämmerte bereits, als die Gulfstream sanft auf dem Flughafen Dublin landete. Buchanan registrierte es anerkennend. Zero war zweifellos ein eindrucksvoller

Zeitgenosse. Er leitete internationale Unternehmungen sprach fließend chinesisch, und hatte sogar gelernt, sein eigenes Flugzeug zu fliegen.

Woher nimmt er die Zeit für all das?, dachte Buchanan. Dann fiel es ihm ein: *Wer nicht liest, hat alle Zeit der Welt.*

Zero trat aus der Kanzel und streckte sich gähnend. Harrington Reed öffnete bereits die Tür des Jets, ohne dass Buchanan sein Wiederkehren bemerkt hatte.

Tatendurstig klatschte Zero in die Hände. „Und weiter gehts!"

Neben der Maschine wartete bereits ein schwarzer Mercedes, der dem Modell in Rom zum Verwechseln ähnlich sah. Zero bemerkte Buchanans Blick.

„Das Leben ist kompliziert genug, da will man sich nicht noch ständig an neue Fahrzeugmodelle gewöhnen, oder?" Zero ging um den Wagen herum und setzte sich ans Steuer. Buchanan warf einen Blick zu Harrington Reed, der in der Tür der Gulfstream stand und keinerlei Anstalten machte, auszusteigen. Das Fenster auf der Beifahrerseite der Limousine öffnete sich einen Spalt breit.

„Steigen sie ein, Mr. Buchanan. Harry kommt später nach. Er hat hier noch eine Kleinigkeit zu besorgen." Buchanan stieg in den Wagen und schloss die Tür. Zero war bereits damit beschäftigt, ihr Ziel in das Navigationssystem einzugeben. Mit einem Knopfdruck beendete er die Programmierung. „Trinity College, Dublin", sagte eine angenehme Frauenstimme.

„Ihre voraussichtliche Fahrtzeit beträgt achtundzwanzig Minuten."

Kapitel 56

Das Innere des Long Room wirkte auf Buchanan noch eindrucksvoller, als auf den Fotos. Dies war keine gewöhnliche Bibliothek; der fünfundsechzig Meter lange Raum mit der gewölbten Decke erinnerte eher an eine Kathedrale.

Als sie auf dem Universitätsgelände angekommen waren, war die Bibliothek war bereits geschlossen gewesen. Zero hatte einige hundert Meter entfernt geparkt, dann eine lederne Aktenmappe aus dem Kofferraum geholt und war mit Buchanan zu einem der Seiteneingänge gegangen. Die alte, etwas heruntergekommene Tür war verschlossen und hatte statt eines Schlosses eine Zahlentastatur. Zero blickte sich um. Es war niemand zu sehen. Er zog ein kleines Blatt Papier aus der Tasche seines eleganten Jacketts und reichte es Buchanan.

„Unsere Eintrittskarte."

Buchanan überflog die achtstellige Zahlenfolge. „Sie sind sicher, dass der Code stimmt? Nicht, dass der Alarm losgeht."

„Sein Sie unbesorgt, mein Lieber. Der Code stammt von einem äußerst gut informierten Freund."

„Unser Mann in Dublin?"

„Einer davon."

Buchanan tippt langsam den Code ein. Im Schloss klickte es leise, die Tür war offen. Zero huschte in das Gebäude. Buchanan folgte ihm und drückte die Tür wieder ins Schloss. Sie durchquerten zwei nicht verschlossene Vorräume und gelangten schließlich über eine Treppe nach oben in die Mitte des Long Room. Im Inneren brannte kein Licht, aber durch die vielen Fenster zwischen den Bücherregalen fiel genug Mondlicht, um sich leicht orientieren zu können. Zero durchschritt den Raum bis zur Mitte und deutete auf eine in Kniehöhe in der Außenwand eingelassene Luftklappe. Sie maß etwa zwanzig Zentimeter im Quadrat und war von innen vergittert. Zero öffnete die Aktenmappe und reichte Buchanan daraus ein schmales Lederetui. Buchanan klappte es auf. Es enthielt einen Satz Schraubenzieher. Zero warf einen Blick auf die Leuchtziffern seiner Armbanduhr. „Abschrauben."

Buchanan kniete sich vor das Gitter und besah sich die Schrauben. Zero lehnte sich entspannt an ein Regal, ohne jedoch Buchanan aus den Augen zu lassen. „Verzeihen Sie, dass ich Ihnen handwerkliche Arbeiten zumuten muss. Wenn es nach mir ginge, würden wir einfach ein Fenster öffnen, aber unhöflicherweise sind sie alle alarmgesichert." Buchanan wählte einen passenden Schraubenzieher und machte sich an die Arbeit. Er hatte gehofft, dass die Schrauben im Laufe der vielen Jahre, die sie dort zweifellos saßen, festgerostet wären, aber sie ließen sich alle leicht bewegen. Offenbar hatte sie jemand bereits gelockert. Ja, einige waren anscheinend sogar durch fabrikneue Schrauben ersetzt worden. Zeros Mann vor Ort hatte offenbar an alles gedacht. In weniger als zwei Minuten hatte Buchanan das Gitter abgeschraubt und legte es auf den Boden. Zero beugte sich hinunter und sah durch die Öffnung ins Freie.

„Jetzt müssen wir nur noch auf den guten Harry warten." Er zog sein Jackett aus und hängte es Jonathan Swift, eine der zahlreichen weißen Büsten von berühmten

Schriftstellern, die sich entlang des Long Room zu beiden Seiten des Mittelganges aufreihten, über den Kopf.

Buchanans Magen verkrampfte sich, als er daran dachte, was nun folgen würde. Der *gute Harry* würde bald hier eintreffen. In der Fahrerkabine eines bis zum Rand mit Kerosin gefüllten Tanklastwagens, den er auf dem Flughafen gestohlen hatte. Dann würde er den Zuflussschlauch durch die von Buchanan geschaffene Öffnung führen und das Kerosin in das Innere der Bibliothek leiten. Anschließend würde ein Funke genügen, um diese in eine unlöschbare Flammenhölle zu verwandeln. Es sei denn, Buchanan würde vorher noch etwas einfallen, um dies zu verhindern. Er sah zur Decke hinauf. Hier gab es nicht mal eine Sprinkleranlage. Anscheinend hatte man hier mehr Angst vor Wasser, als vor Feuer. Verständlicherweise. Wenn die über zweihunderttausend Bücher erst einmal brannten, konnte auch die beste Sprinkleranlage nichts mehr ausrichten.

Zero kratzte sich nachdenklich am Kinn. „Sie hatten übrigens Unrecht."

„Womit?"

„Damit, dass dieser Plan perfekt sei. Das ist er leider keineswegs. Sicher, hier wird alles vernichtet werden, ein schöner Erfolg, aber andererseits: Erst die Vatikanische Bibliothek, jetzt diese hier ... Wenn ständig Bibliotheken durch Brandstiftung abbrennen, wird man noch dazu übergehen, diese streng zu bewachen. Keine allzu erfreuliche Vorstellung."

„Damit müssen wir leider rechnen, fürchte ich."

„Das müssen wir wohl. – Es sei denn ..." Zero blickte nachdenklich ins Leere.

„Es sei denn?"

„Es sei denn, die Öffentlichkeit wäre davon überzeugt, dass alle diese Brandstiftungen auf das Konto eines wahnsinnigen Einzeltäters gehen. So jemandem, wie Ihnen zum Beispiel. Bitte entschuldigen Sie, ich selbst halte Sie keineswegs für wahnsinnig, ich spreche von dem, was in den Zeitungen über Sie steht. Aber wie auch immer, ein Einzeltäter wird als weit weniger bedrohlich wahrgenommen. Insbesondere dann, wenn dieser in seinem eigenen Feuer ums Leben gekommen ist."

„Ich verstehe nicht ganz."

„Oh doch, mein Lieber, Sie verstehen sehr gut." Zero hatte plötzlich eine Pistole mit Schalldämpfer aus der Aktenmappe gezogen und richtete diese nun auf Buchanans Brust.

„Zum Teufel, Zero! Das ist nicht komisch!"

„Stimmt genau, Mr. Buchanan, oder wer immer Sie in Wirklichkeit sind. Stimmt genau." Zeros Stimme war gefährlich leise geworden.

„Was ist los mit Ihnen, Zero? Wir stehen auf derselben Seite."

„Tun wir das?" Zero griff in seine Hosentasche und warf Buchanan ein kleines weißes Etwas zu. Buchanan fing es instinktiv auf.

„Haben Sie geglaubt, ich weihe Sie in meine vertraulichsten Absichten ein und überwache Sie nicht?" Bestürzt sah Buchanan auf die vollgeschriebene Papierserviette in seiner Hand.

„Das haben Sie meiner Sekretärin zugesteckt. Ich habe keine Ahnung, was Sie beide planen, aber das spielt keine Rolle mehr."

Buchanan schluckte. Es war sinnlos, sich ahnungslos zu stellen.

„Was haben Sie vor, Zero?"

„Nun, was mit Ihnen passiert, Mr. Buchanan, wissen Sie bereits, Sie werden heute Nacht in einem Feuer, das Sie gelegt haben, verbrennen und meine Sekretärin ..."

„Wo ist Cimelia?"

„Oh, Cimelia. Man nennt sich bereits beim Vornamen. Nicht umsonst heißt es, die meisten Beziehungen entstehen am Arbeitsplatz."

„Was haben Sie mit ihr gemacht?"

„Bis jetzt noch nicht allzu viel. Sie befindet sich an Bord meines Flugzeuges und schlummert selig vor sich hin. Der gute Harry hat ihr eine Spritze gegeben. Ich bin gespannt, ob sie rechtzeitig aufwacht."

„Rechtzeitig wofür?"

„Um mitzukriegen, wie wir sie über dem Meer rauswerfen. Ich persönlich fände es am amüsantesten, wenn sie während des Sturzes wach wird. Das wäre das erste Mal, dass man aus ruhigem Schlaf *in* einem Alptraum erwacht.

„Sie verfluchter ... "

„Ganz ruhig, mein Lieber." Zero hob die Waffe. „Sie beide hätten es wesentlich schlechter treffen können. Wissen Sie, was ein Säureturm ist?"

Widerwillig schüttelte Buchanan den Kopf.

„Diese Dinger werden bei der Papierherstellung verwendet. Um Fasern aus Holz zu lösen oder etwas in der Art. Fragen Sie mich nicht nach den Details, so gut kenne ich mich damit nicht aus. Das Prinzip ist inzwischen veraltet, aber vereinzelt noch anzutreffen. Jedenfalls besitze ich welche. Vor einigen Monaten hatte ich mit einem Angestellten ein ganz ähnliches Problem wie mit Ihnen."

Buchanan ahnte, wovon Zero sprach. Es musste sich um den Mann handeln, den Libri vor Buchanan auf Zero angesetzt hatte. Den Mann, der nie zurückgekehrt war.

„Dieser Bursche hat ebenfalls versucht, mich auszuspionieren. Aber ich fürchte, genau wie Sie war er nicht besonders erfolgreich. Aber zumindest konnte er sich noch bei der Papierherstellung einbringen. Gut möglich, dass einer der Zeitungs-berichte über Sie auf ihm gedruckt war. Zugegeben, eher unwahrscheinlich, aber zumindest ein reizvoller Gedanke, finden Sie nicht?"

Buchanan sah ihn angewidert an. Zero blickte erneut auf seine Armbanduhr.

„Aber wir müssen aufpassen, dass wir uns nicht verplaudern."

Erneut griff er in die Mappe und förderte zwei Baumwollseile zu Tage. Er warf sie Buchanan vor die Füße. „Die knoten Sie jetzt an Ihren Handgelenken fest. An jedes Gelenk eins."

Buchanan hob die Seile auf und gehorchte. Zero ließ ihn nicht aus den Augen.

„Sehr schön und jetzt suchen wir mal ein nettes Plätzchen für Sie. Wir wollen doch nicht, dass Sie irgendwas verpassen."

Zero sah sich suchend um und hatte schnell gefunden, wonach er Ausschau hielt. Zwei quadratische Holzsäulen, die links und rechts des Mittelganges in etwa drei Metern Entfernung voneinander standen. Mit seiner Waffe deutete er kurz auf eine davon. „Das eine Ende dort festmachen."

Die Gedanken in Buchanans Kopf rasten. Seine Situation verschlechterte sich mit jeder Sekunde. Aber ihm blieb nichts anderes übrig, als den Anweisungen zu fol-gen. Zero war extrem wachsam und hielt ständig mehrere Meter Abstand zu ihm. Buchanan ging langsam zu einer der Säulen und knotete das Ende des Seils, das mit seinem linken Handgelenk verbunden war daran fest. Zero beobachtet ihn aufmerksam. „Sehr schön. Und jetzt werfen Sie mir das andere Seilende zu."

Wieder tat Buchanan, was Zero verlangte. Zero fing das Ende auf und zog Bucha-nan daran so weit weg von der Säule, wie das Seil an Buchanans anderem Handge-lenk es zuließ. Dann ging er rückwärts zu der gegenüberliegenden Säule und kno-tete das zweite Seilende fest.

Buchanan stand fast wie ein Gekreuzigter mit ausgestreckten Armen in der Mitte des Ganges, während die straff gespannten Seile an den Säulen verhinderten, dass er sich fortbewegen konnte. Und was noch schlimmer war, er konnte seine Hände nicht mehr zusammenbringen. Zero überprüfte zunächst den Knoten an der anderen Säule, dann trat er von hinten an Buchanan heran und hielt ihm die Waffe an den Kopf. Gründlich inspizierte er die Knoten an den Handgelenken, bis er zufrieden war. Schließlich stellte er sich einige Meter vor Buchanan auf und betrachtet sein Werk mit Genugtuung. „Sie müssen entschuldigen, es ist ein wenig umständlich so. Mit Handschellen wäre alles viel einfacher, aber die verbrennen leider nicht. Und die Polizei würde sich wahrscheinlich fragen, warum sich ein Brandstifter selbst Handschellen anlegen sollte. Wir wollen die Herrschaften nicht unnötig in Verwirrung stürzen."

Zero dachte einen Moment nach, dann wandte er sich wieder an Buchanan.

„So, mein Freund, von meiner Seite war's das. Für den feurigen Teil sorgt Harry, sobald er hier auftaucht. Ich verabschiede mich und wünsche viel Vergnügen."

Buchanan wollte irgendetwas entgegnen, aber sein Kopf war völlig leer. Das war also das Ende. Er würde in einem Flammenmeer verbrennen. Und bald darauf würde Cimelia ebenfalls auf grauenvolle Weise sterben. Er konnte nur hoffen, dass es schnell ging. Zero drehte sich noch einmal zu Buchanan um.

„Sehen Sie es doch einmal so, Mr. Buchanan: Genießen Sie das Privileg, einen historischen Moment aus nächster Nähe mitzuerleben, einen Moment, in dem – wie soll ich es formulieren? – in dem eine neue Seite im Buch der Geschichte aufgeschlagen wird." Zero lachte. Sein eigenes Bonmot schien ihn ganz außerordentlich zu amüsieren.

Buchanan hätte sich in diesem Moment wohl nicht daran erinnern können, aber es existierte ein Buch mit dem Titel: „An allem nagt der Zahn der Zeit" welches davon handelte, dass nichts für die Ewigkeit gemacht ist und letztlich alles Existierende vergehen muss. Niemand weiß, wann, aber irgendwann ist für jedes Lebewesen und jeden Gegenstand der letzte Moment gekommen. Und so war es auch jetzt.

Über ein Viertel Jahrtausend hatte die Regale des Long Room ihre Bücherlast klaglos getragen. Aber für eines von ihnen war es nun soweit. Mit einem explosionsartigen Knall sackte es in sich zusammen. Mehr überrascht als erschrocken sah Zero nach oben. Mit vor Panik geweiteten Augen riss er schützend die Arme vors Gesicht, aber das war völlig nutzlos. Die schwergewichtigen Folianten, die aus großer Höhe zu tausenden auf ihn herabstürzten schmetterten ihn zu Boden und begruben ihn unter einem tonnenschweren Bücherberg. Während eine gewaltige Staubwolke durch den Raum fegte, hörte Buchanan, Zero einige endlose Sekunden lang voller Qual schreien. Es war nichts Menschliches mehr an diesen Lauten. Dann war es auf einmal still. Buchanan wusste, dass Zero tot war. Woher er das wusste, hätte er nicht zu sagen vermocht. Er wusste es einfach.

Langsam legte sich die Staubwolke und Buchanan erfasste die Situation. Das Regal war vollständig in sich zusammengebrochen. Über Zero türmte sich ein etwa fünf Meter hoher Trümmerberg aus Büchern und Regalteilen. Obwohl sich Buchanan ein ganzes Stück von Zero entfernt befunden hatte, stand auch er bis zu den Knien in Büchern. Aber so unerwartet sich die Situation für Zero auch gewendet hatte, Buchanans Lage hatte sich nicht verbessert. Jeden Moment würde Harrington Reed mit einem Tanklaster hier auftauchen und alles in Brand setzen. Es gab keine Zeit zu verlieren. Buchanan riss an den Seilen, aber die Knoten an seinen Handgelenken zogen sich so nur noch fester zusammen. Dann entdeckte er das Brett. Eines der abgestürzten Regalbretter ragte beinahe senkrecht aus dem Bücherberg hervor. Die obere Kante befand sich nur wenige Zentimeter vor dem Seil an seinem rechten Arm. Buchanan trat soweit vor, wie es möglich war. Tatsächlich berührte das Seil nun die Kante des Brettes. Buchanan betete, dass es so fest verkeilt war, dass es sich nicht bewegen würde. Dann begann er, das Seil mit dem Arm über die Kante zu scheuern. Immerhin schien das Brett sich nicht zu bewegen. Eine ganze Weile arbeitete er konzentriert, ohne den Eindruck zu haben, dass er nennenswerte Fortschritte erzielte. Sein rechtes Handgelenk war bereits blutig und jede weitere Bewegung löste einen brennenden Schmerz aus, der so stark war, dass Buchanan das Motorengeräusch zuerst gar nicht bemerkte. Dann kam es ihm zu Bewusstsein. *Reed!* Buchanan riss mit der Kraft der Verzweiflung an dem Seil, wieder und wieder. Das Motorengeräusch wurde lauter und füllte schließlich fast ohrenbetäubend den ganzen Saal. Gleich darauf plötzlich Stille. Offenbar stand der Wagen jetzt an seiner vorgesehenen Position. Buchanan hörte, wie Reed das Führerhaus verließ und leise die Wagentür schloss. Jeden Moment würde es zu spät sein. Buchanan sprang in die Höhe und ließ sich flach auf den Boden fallen. Die Seile rissen ihm fast die Handgelenke ab, aber das rechte Seil hielt nicht länger stand. Mit zitternden Fingern befreite er auch sein anderes Handgelenk. Draußen hörte er Schritte im Kies und undefinierbare Geräusche. Vermutlich stieg Reed mit dem Schlauch auf den Laster. Panisch sah sich Buchanan um. In wenigen Sekunden würden sich zehntausende von Liter Kerosin in den Saal ergießen und er hatte nicht die geringste Idee, was er dagegen tun konnte. Unter einem der überall herumliegenden Bücher sah er etwas Schwarzes glitzern. Zeros Pistole. Buchanan stieß das Buch beiseite und griff nach der Waffe. Sollte er hinausrennen und Reed...? Es war zu spät. Soeben schob Reed den Tankschlauch des Lasters durch die Luke. Jetzt musste er noch den Verriegelungshebel umlegen und...

Eine wahnwitzige Idee schoss Buchanan durch den Kopf. War das überhaupt möglich? Das spielte jetzt keine Rolle mehr; es war das Einzige, was er jetzt noch tun konnte. Und falls es überhaupt funktionieren konnte, dann nur, wenn er exakt den richtigen Moment erwischen würde. So schnell er konnte, schraubte er den Schalldämpfer von der Pistole ab und warf ihn beiseite. Mit zwei schellen Sätzen war er an der Luke. Es war Wahnsinn, was er vorhatte. Verzweifelter Wahnsinn. Er steckte die Mündung der Waffe in den Schlauch und wartete. Dann hörte er Reed die Verriegelung öffnen und ein gurgelndes Geräusch. Das Kerosin war unterwegs zu ihm. Wenn er nur den richtigen Moment erwischte. Eine Sekunde, zwei Sekunden...dann schoss er. Ein kurzer Feuerstrahl flammte aus dem Lauf der Waffe heraus und erleuchtete für einen Augenblick das Innere des Schlauchs. Die Explosion des Tanklasters war so gewaltig, dass sämtliche Scheiben in der Halle zerbarsten. Augenblicklich schrillte der Alarm los. Buchanan kauerte auf dem Boden und schützte sich mit den Händen vor einem Regen aus Glasscherben. In seinen Ohren war ein kaum erträglicher, hoher Pfeifton, der nicht verschwinden wollte. Aber sein Plan hatte funktioniert. Draußen brannte der Laster und warf gespenstische Schatten an die Wände des Long Room. Vorsichtig erhob sich Buchanan. Glassplitter rieselten zu Boden. Was war mit Reed? War er bei der Explosion ums Leben gekommen? Oder wartete er bereits draußen auf Buchanan? Was auch immer die Antwort war, Buchanan musste hier raus, denn Polizei und Feuerwehr würden sicher bald eintreffen. Er umklammerte die Waffe fester und machte sich auf den Weg. Dann fiel ihm noch etwas ein. Zeros Jacke hing immer noch über dem Kopf von Jonathan Swift. Er fischte den Autoschlüssel heraus und steckte ihn ein.

Kapitel 57

Buchanan kletterte über den Bücherberg, stürzte die Treppe hinunter und aus dem Gebäude. An der Hausecke blieb er stehen und hielt vorsichtig nach Harrington Reed Ausschau. Er war nirgendwo zu sehen, aber er musste zum Zeitpunkt der Explosion direkt neben dem Laster gestanden haben. Unmöglich konnte er das überlebt haben. Buchanan lief zu Zeros Mercedes und öffnete ihn im Laufen mit dem Funkschlüssel. Er sprang auf den Fahrersitz und programmierte das Navigationssystem. *Dublin Airport.* Dann starte er den Wagen und warf noch einen letzten Blick zurück. Der Tanklaster brannte noch immer so heftig, dass die Flammen das Dach der Bibliothek überragten. In der Ferne hörte Buchanan Sirenen. Er gab Gas und wenige Sekunden später hatte er das Gelände verlassen.

Der Verkehr war ruhig und nach knapp zwanzig Minuten hatte er den Flughafen erreicht. Als er sich der Einfahrt des Areals für die Privatflugzeuge näherte, zog er den Passierschein, den Zero bei der Ausfahrt unter der Sonnenblende deponiert hatte, hervor, aber der Wachmann winkte ihn gänzlich uninteressiert durch. Buchanan raste vorschriftswidrig über das Gelände und kam mit quietschenden Reifen neben der Gulfstream zum Stehen. Wie öffnete man einen Jet eigentlich? Erst in diesem Moment wurde ihm klar, dass er keine Ahnung hatte, wie er in das Flugzeug hineinkommen sollte. Er rannte zur Kabinentür der Maschine. In der Mitte der Tür war ein drehbarer Riegel eingelassen. Buchanan versuchte, ihn zu bewegen, aber er rührte sich keinen Zentimeter. Dann entdeckte er eine etwa handtellergroße runde Metallklappe. Er drückte darauf herum, bis sie sich lautlos öffnete. Im Inneren befand sich etwas, das wahrscheinlich ein Schloss war, auch, wenn es wie kein Schloss aussah, das Buchanan je gesehen hatte. Es war klar, dass er die Tür ohne Schlüssel keinesfalls aufbekommen würde und den hatte er nicht. Es sei denn ... Er lief zurück zum Mercedes und holte den Wagenschlüssel.

Unter den vier Schlüsseln des Bundes war einer, der ungewöhnlich geformt war. Buchanan lief zurück und probierte, ihn ins Schloss zu stecken. Er passte. Nachdem er ihn herumgedreht hatte, ließ sich der Riegel leicht drehen. Die Tür des Jets schwang nach unten und wurde zur Treppe. Langsam betrat Buchanan das Flugzeug. Die Innenbeleuchtung brannte nicht, aber die grellen Scheinwerfer des Rollfeldes erhellten auch die Kabine. Die Kabine war leer, die Tür zum Cockpit stand offen. Buchanan bewegte sich in den hinteren Teil des Raumes zu der Tür, durch die Harrington Reed auf dem Hinflug verschwunden war. Vorsichtig drehte Buchanan an der in die Tür eingelassene Verriegelung. Verschlossen. Buchanan probierte Zeros andere Schlüssel, aber keiner von ihnen passte. Kamen da Geräusche aus diesem Raum? Buchanan hielt die Luft an und legte sein Ohr an die Tür. Eindeutig waren menschliche Laute zu vernehmen, wenn auch nur sehr leise.

Buchanan zog Zeros Waffe aus der Jackentasche. Könnte er das Schloss aufschießen? Wahrscheinlich schon, aber die Kugel würde wahrscheinlich durch die Tür hindurchgehen und könnte Cimelia treffen. Er legte die Waffe zur Seite und sah sich um. Er hielt Ausschau nach irgendetwas Schwerem, um die Tür aufzubrechen. Die Möbel, waren alle am Boden befestigt, aber es gab einen Feuerlöscher. Buchanan löste den Haltegurt und hieb mit dem Löscher auf das Türschloss ein, bis es brach und die Tür aufschwang. Dahinter befand sich eine kleine fensterlose Küche. Cimelia stand steif und mit vor Angst geweiteten Augen im hintersten Winkel des Raumes. Ihr Mund war mit einem Tuch verbunden und ihre Hände waren auf dem Rücken gefesselt. Ihr Körper entspannte sich, als sie Buchanan erkannte. Schnell war er bei ihr und zog das Tuch von ihrem Mund. Cimelia schnappte nach Luft. Buchanan riss die Küchenschubladen auf, fand ein Brotmesser und zerschnitt vorsichtig die Fessel an ihren Handgelenken. Dann packte er sie an den Oberarmen und sah ihr ins Gesicht.

„Geht es Ihnen gut?"

„Ja. Und Ihnen?" Sie blickte auf sein blutiges Handgelenk.

„Keine Bewegung!"

Cimelia schrie auf und Buchanan wirbelte herum. In der Küchentür stand Harrington Reed und zielte mit Zeros Waffe auf Buchanan. Er hatte Verbrennungen an Gesicht und Händen und einen Großteil seiner Haare waren versengt. Er sah noch widerlicher aus, als ohnehin schon.

„Hinknien. Beide!" Reeds Stimme klang gepresst. Offenbar hatte er starke Schmerzen.

Buchanan und Cimelia sahen sich an.

„Wird's bald?!" Reed hatte offenbar Mühe, nicht die Beherrschung zu verlieren.

„Hinknien und dann bringen wir's kurz und schmerzlos hinter uns."

„Sie haben was vergessen" rief Cimelia, ohne nachzudenken.

Reed zögerte eine Sekunde.

„Und das wäre?"

Buchanan antwortete fast automatisch: „Ich habe Zero. Lassen Sie uns gehen und ich lasse ihn frei."

Reed ließ nicht die geringste Regung erkennen.

„Sie haben ihn nicht."

„Wollen Sie's drauf ankommen lassen."

„Gut, dann werden Sie mir jetzt sagen, wo er ist."

„Ich denke nicht dran."

„Aber gleich werden Sie dran denken." Harrington Reed richtete den Lauf der Waffe auf Cimelia.

„Schon gut. Er ist ... "

„Ich höre!"

„Er ist im Wagen. Im Kofferraum."

Reed drehte den Kopf für einen Moment unwillkürlich zur Seite, als wolle er durch die Wand der Kabine einen Blick zu dem Mercedes werfen. Mit einer schnellen Bewegung wischte Buchanan das Brotmesser von der Anrichte, so dass es in Reeds Richtung flog. Instinktiv machte Reed einen Satz nach hinten und hob schützend die Arme. Einen halben Augenblick später war Buchanan bei ihm, packte seinen Pistolenarm am Handgelenk und knallte ihn mit voller Wucht gegen den oberen Türrahmen. Reed stieß mit zusammengebissenen Zähnen einen Schmerzenslaut aus und die Pistole fiel zu Boden. Buchanan versetzte Reed einen Schwinger in die Magengrube, der ihn zu Boden gehen ließ und kickte die Pistole mit einem Fußtritt in die Kabine. Reed hatte sich wieder aufgerichtet und hielt nun das Brotmesser in der Hand. Keuchend stürzte er sich auf Buchanan. Buchanan bekam Reeds Handgelenk zu fassen und versuchte, das Messer von sich wegzudrücken. Aber Reed war ein ganzes Stück größer, als Buchanan und auch wesentlich stärker. Mit der anderen Hand packte er Buchanans Haare und bog seinen Kopf zurück. Buchanan konnte sich nicht mehr aufrecht halten und fiel nach hinten über. In der nächsten Sekunde war Reed über ihm, legte sein ganzes Gewicht auf den Arm mit dem Messer. Es berührte bereits Buchanans Kehle und er spürte, wie ihm mit jeder Sekunde mehr die Kräfte ausgingen. Ein, zwei Momente würde er noch standhalten können, nicht mehr, und dann ... Der Feuerlöscher traf Reed mit so großer Wucht an der rechten Schläfe, dass er über einen Meter weit geschleudert wurde. Buchanan blickte zu Cimelia hinauf, die immer noch breitbeinig dastand, mit beiden Händen den Feuerlöscher festhielt, und verblüfft über der Wirkung ihres Schlages auf Reed starrte, der sich nicht mehr rührte.

Kapitel 58

Harrington Reed atmete noch, würde aber wohl nicht so bald wieder zur Besinnung kommen. Nachdem Buchanan ihn nach Waffen durchsucht hatte, half Cimelia, ihn mit Mullbinden aus dem Bordverbandskasten zu fesseln.

Dann informierte Buchanan sie schnell, was mit Zero passiert war. Cimelia berichtete, dass nach ihrer Rückkehr zur Society Harrington Reed bereits in ihrem Büro auf sie gewartet und sie ohne große Umstände am Arm gepackt und in einen fensterlosen Raum gezerrt hatte. Dort hatte er sie durchsucht und die Serviette gefunden. Dann hatte er sie eingeschlossen und als er nach einigen Minuten zurückkehrte, hatte er eine Spritze in der Hand gehabt. Cimelia hatte heftigste Gegenwehr geleistet, aber Reed hatte sich nicht aufhalten lassen und ihr das Betäubungsmittel direkt in die linke Halsseite injiziert. Als sie wieder aufgewacht war, hatte sie auf dem Boden der Bordküche gelegen.

Cimelia wurde blass und musste sich an die Wand lehnen. Erst jetzt wurde ihr wirklich zu bewusst, in welcher Gefahr sie sich befunden hatte. Sie schluckte und kämpfte mit den Tränen. Buchanan nahm sie in die Arme und hielt sie fest. Was Zero mit ihr vorgehabt hatte, würde er für sich behalten. Einen langen Augenblick standen sie regungslos in der Dunkelheit. Dann beendete ein Stöhnen von Harrington Reed diesen Moment. Buchanan ließ Cimelia los und beugte sich über Reed, aber der war immer noch bewusstlos.

Cimelia hatte sich wieder in der Gewalt und zog ihre verrutsche Bluse zurecht. „Machen wir, dass wir hier wegkommen."

Buchanan wandte sich von Reed ab. „Ja, nichts wie weg hier. Aber wie?"

Cimelia deutete auf das Cockpit. „Wozu haben wir ein Flugzeug?"

„Was nützt uns das? Wir können nicht fliegen."

Cimelia zuckte die Schultern. „Wie schwer kann das sein? Ich glaube, ich kriege das hin."

Buchanan hob beschwörend die Hände. „Cimelia, Sie haben einen Schock. Wir würden nicht einmal den Start überleben."

Cimelia lachte auf. „Das war ein Scherz."

„Dann ist ja gut."

„Ich habe eine Pilotenlizenz, seit ich achtzehn bin. Ich bin schon tausend Mal mit der Maschine meines Vaters geflogen."

„Tausendmal? Wirklich?"

„Elf Mal, um genau zu sein. Ohne Absturz."

Kapitel 59

Als Cimelia zwei Stunden später die Gulfstream auf dem Flughafen Fiumicino landete – längst nicht so sanft wie Zero, aber doch überraschend sicher – blickte Buchanan aus dem Fenster und sah, dass auf dem Rollfeld bereits ein vielköpfiges Empfangskomitee wartete: Etliche Polizeibeamte in Zivil und Uniform, sowie Libri und ein weißhaariger Mann, von dem Buchanan später erfuhr, dass es sich um den italienischen Innenminister handelte. Buchanan konnte es kaum fassen, dass Libri sie alle so schnell her geschafft hatte, denn Cimelia hatte ihren Vater erst bei Erreichen des italienischen Luftraumes vor weniger als einer halben Stunde per Funk über alles informieren können. Cimelia öffnete die Kabinentür und lief die Treppe hinunter zu ihrem Vater. Der Alte sah um mindestens drei weitere Jahrzehnte gealtert aus. Am ganzen Körper zitternd und mit Tränen in den Augen schloss er sie in die Arme. Buchanan folgte ihr in einigem Abstand. Uniformierte Polizisten stürmten in die Maschine und nahmen Harrington Reed fest. Der Innenminister richtete ein paar gönnerhafte Worte an Buchanan. Offenbar war er der Ansicht, dass Buchanan *ihm* zu Dank verpflichtet sei, weil es Buchanan nur der schützenden Ministerhand zu verdanken habe, dass man von weiterer Strafverfolgung absehen würde. Da Buchanan das italienische Wort für Arschloch nicht einfiel, beließ er es bei einem erschöpften Nicken.

Später war der Alte mit Buchanan und Cimelia dann in das Haus auf der Tiberinsel gefahren. Eine Ärztin untersuchte zuerst Cimelia und danach auch Buchanan, aber bis auf Buchanans Handgelenke zu versorgen, gab es nichts für sie zu tun. In der Halle warteten bereits der Alte und Giorgio auf die beiden. Außerdem zwei Kriminalbeamte, ein hochrangiger Interpolmann und der persönliche Referent des Innenministers. Libris Köchin servierte Tramezzinos mit Schinken und Käse. Buchanan und Cimelia berichteten ausführlich alles, was sie wussten. Immer wieder mussten die beiden ihre Ausführungen unterbrechen, weil ihre Zuhörer telefonieren mussten. Noch in derselben Nacht wurde Zeros Society abgeriegelt und umfangreiche Hausdurchsuchungen wurden angeordnet.

Nach gut fünf Stunden fiel keinem mehr etwas ein, was er noch fragen konnte und die Fremden verabschiedeten sich. Einen Moment später war auch Cimelia verschwunden. Buchanan wünschte dem Alten eine gute Nacht und ging auf sein Zimmer. Er konnte sich kaum erinnern, jemals so erschöpft gewesen zu sein. Er schaffte es noch mit Mühe, sein Jackett auszuziehen, dann fiel er aufs Bett und eine Sekunde später war er bereits fest eingeschlafen.

Kapitel 60

Buchanan erwachte, weil er fror. Draußen war es noch fast dunkel. Er tastete nach dem Digitalwecker auf dem Nachttisch. Es war 5:47. Er stand auf und schloss das Fenster. Die Morgendämmerung zog herauf. Am gegenüberliegenden Ufer des Tibers fuhr eine junge Frau auf einem roten Fahrrad entlang. Buchanan sah ihr nach, bis sie verschwunden war. Dann war es wieder menschenleer draußen. Buchanan ging zum Waschbecken, füllte das Zahnputzglas mit Wasser und trank es aus. Das Wasser war trüb und schmeckte nach Chlor.

Körperlich war Buchanan immer noch todmüde, aber etwas in seinem Inneren war ruhelos. Er wusste, dass es keinen Sinn hatte, sich noch einmal hinzulegen, er würde sowieso nicht mehr schlafen können. Er streifte sein Jackett über und öffnete leise die Zimmertür. Im Haus war nicht das kleinste Geräusch zu hören. Buchanan stand einen Moment da und lauschte in die Stille. Leise begann er, den langen Flur entlang zu wandern. Mit einem Male kamen ihm die Erlebnisse der letzten Wochen ganz und gar irreal vor. Vor seinem inneren Auge zogen alle möglichen Momente vorbei. Die Bibliothek des Alten ... Petrucci und das Gefängnis ... seine Flucht von der Insel ... Harrington Reed ... Zero ...

Ja, all dies war in der Tat völlig irreal. So etwas erlebte man nicht wirklich, so etwas kam allenfalls in Romanen vor. Aber es war kein Roman. Es war die Wirklichkeit. Buchanan hatte es wirklich erlebt. Oder hatte der Alte vielleicht doch recht? Waren sie alle nur Figuren eines Buches? Romanfiguren, über die ihr Autor längst die Macht verloren hatte und deren Handeln er nur noch durch äußere Ereignisse beeinflussen konnte? Er musste an Zero denken. Zero – der Mann, der dem Buch den Krieg erklärt hat – begraben unter einem Berg von Büchern aus einem jahrhundertealten Regal, das genau in der richtigen Sekunde einstürzte. Was für ein überaus passendes Ende.

Zu passend. Vielleicht war all dies ja tatsächlich ein Roman. Mit ihm selbst als Hauptfigur. Nein, das war absurd. Wenn es so wäre, müsste er es wissen. Oder vielleicht doch nicht? Wussten Romanfiguren, dass sie Romanfiguren waren? Buchanan hatte tausende von Romanen gelesen, aber eine Romanfigur, die wusste, dass sie eine Romanfigur war, war ihm dabei nie untergekommen. Nein, sie wussten es nicht. Und das bedeutete, dass niemand sicher wissen konnte, ob er nicht eine Romanfigur war. Oder war Buchanan einfach übermüdet und konnte nicht mehr klar denken? Mit dem Handrücken rieb er sich über das Kinn. Er hatte sich seit gestern Morgen nicht rasiert und spürte die rauen Bartstoppeln. Das fühlte sich sehr real an. Nicht wie in einem Traum; da fühlten sich die Dinge nicht so real an. Aber auch das bedeutete nichts. Ob man träumte, konnte man so feststellen, aber was konnte man tun, um zu prüfen, ob man eine Romanfigur war? Buchanan musste über die Absurdität seiner Gedanken lächeln. Es spielte keine Rolle, ob er eine Romanfigur war. Für ihn selbst änderte das nichts. Außerdem hätte er es sehr viel schlechter treffen können. Er hätte Oliver Twist sein können. Oder Raskolnikow. Oder Josef K. Die Romane, in denen sie lebten, waren natürlich großartig, aber ihr eigenes Schicksal war grauenvoll. Da hatte er es doch sehr viel besser. Sein Leben war schön. Und aufregend. Nein, er konnte sich nicht beklagen.

Noch immer war es vollkommen still im Haus. Er hatte das Ende des Flures erreicht. Dort schloss sich im rechten Winkel ein weiterer, ebenso langer Flur an. Buchanan setzte seinen Weg fort. Vor einer Tür auf der linken Seite erblickte er ein paar unordentlich zurückgelassene Schuhe. Der rechte lag auf der Seite. Cimelias Schuhe. Buchanan trat an die Zimmertür und lauschte. Zunächst hörte er nichts, aber dann vernahm er leise ihre regelmäßigen Atemzüge. Oder bildete er sich das nur ein? Ein oder zwei Minuten stand er so da. Dann setzte er seinen

Rundgang fort. Am Ende des Flures stand ein Fenster offen. Buchanan stütze sich auf das Fensterbrett und blickte hinaus. Bald würde es hell sein.

Kapitel 61

Offenbar war beschlossen worden, jegliches Aufsehen zu vermeiden. In den meisten Zeitungen des nächsten Morgens fand sich kein Wort über Zero und seine Pläne, ja nicht mal der Brandanschlag in Dublin wurde erwähnt. Einzig eine besonders regierungsfeindlich gesinnte Zeitung brachte einen doppelseitigen Artikel. Zwar wurden Zeros Pläne und auch Buchanans Rolle in der ganzen Angelegenheit erwähnt, aber der Fokus des Artikels lag auf dem, was die Autoren das *Vatikankomplott* nannten, also auf der gezielten Irreführung der Öffentlichkeit durch Innenministerium und Vatikan in Bezug auf zwei Brände, die in Wahrheit niemals stattgefunden hatten. Ein weiterer Skandal, der die verkommene Korruptheit der Regierung wieder einmal überdeutlich zeige, der Innenminister müsse umgehend zurücktreten usw. usw.

Am Nachmittag hatte Libri lange mit seinem Freund, dem Innenminister, telefoniert. Es gab Neuigkeiten. Harrington Reed verweigerte jede Aussage, aber die Durchsuchung von Zeros Büro war überaus aufschlussreich gewesen. In seinem Computer waren tausende von Dateien über seine diversen Unternehmungen gefunden worden. Von der Lieferung minderwertigen Papiers, über die Freisetzung von papierzerstörenden Bakterien und Pläne für Brandanschläge auf alle wichtigen Bibliotheken, bis hin zu einem Quellcode für einen Computervirus. Alles wurde bereits von Experten analysiert. Die Daten des Computervirus' waren umgehend an alle großen Hersteller von Antivirensoftware weitergeleitet worden. In wenigen Tagen würde der Virus fast überall in der Welt gelöscht sein. Es waren bereits Verhaftungen vorgenommen worden und sobald alle Unterlagen ausgewertet sein würden – was angesichts der gigantischen Menge des Materials nach Einschätzung der Polizei eher eine Sache von Monaten, als von Tagen wäre – würden zweifellos noch etliche weitere folgen. In all dem Chaos fand der Alte die Zeit, sich noch einmal ausdrücklich bestätigen zu lassen, dass das Gerichtsurteil gegen Buchanan aufgehoben worden war.

Buchanan saß gerade mit Libri beim Mittagessen, als ein Polizist auf einem Motorrad eintraf und Buchanan ein entsprechendes Dokument des Ministeriums gegen Quittung aushändigte. Zu Buchanans Enttäuschung war Cimelia nur kurz zum Frühstück gekommen, hatte im Stehen eine Tasse Tee getrunken und tief in Gedanken versunken ein halbes Croissant angeknabbert. Dann war sie wieder verschwunden und zum Mittagessen war sie überhaupt nicht erschienen.

„Sie schreibt an einem Buch", erklärte der Alte mit unübersehbarem Stolz auf Buchanans Frage.

Kapitel 62

Buchanan wusste nicht, was er von dem Alten erwartet hatte, sicherlich keine feierlichen Dankesbekundungen (oder bei näherer Betrachtung *eigentlich doch*), aber jedenfalls nicht das: Noch während des Nachtischs war Giorgio – lautlos wie immer – plötzlich aufgetaucht und hatte dem Alten ein Blatt Papier überreicht. Libri hatte einen Blick drauf geworfen und es dann kommentarlos zu Buchanan über den Tisch geschoben. Es war sein Rückflugticket. Noch heute Abend würde er wieder zu Hause sein. Was dachte sich der Alte eigentlich? Dass er Buchanan einen schönen Urlaub in Rom spendiert hatte? Wenn er das tatsächlich dachte, dann ... hatte er recht. Rückblickend war die letzten Wochen die besten seines Lebens gewesen. Er hatte es nur nicht bemerkt.

Eine Stunde später – Buchanan war gerade dabei, seinen Koffer zu packen – klopfte es an der Zimmertür. Es war Cimelia. Auf eine etwas unbeholfene Art blieb sie in der Tür stehen und erzählte Buchanan von dem Buch, dass sie zu schreiben beabsichtigte. Es würde von Zero handeln. Sie redete volle fünf Minuten über die Probleme, die sich dabei ergeben würde, bis Buchanan verstand, dass sie ihn bat, ihr dabei zu helfen.

Buchanan kamen seinen nächtlichen Überlegungen in den Sinn. Vielleicht *war* er ja eine Romanfigur, aber er hätte es wirklich sehr viel schlechter treffen können.

Kapitel 63

Mehrere Wochen lang hatte man das Unterste zuoberst gekehrt, aber was immer die International Readers Army unternommen hatte, um Buchanan nach dem missglückten Attentat in Deutschland aufzuspüren – früher oder später war jede Spur im Sande verlaufen. Es war, als ob der Erdboden den Mann verschluckt hätte. Dann waren Presseartikel über ihn aufgetaucht, die ihn mit einem Brand in der Vatikanischen Bibliothek in Verbindung brachten. Man schickte umgehend einen Mann nach Rom, doch er kam zu spät. Das Zielobjekt war aus dem Gefängnis geflohen, hieß es. Erneut hatte sich seine Spur im Nichts verloren. Jede weitere Suche blieb erfolglos. Doch gestern hatte man plötzlich einen Anruf aus Rom bekommen. Ein mittlerer Beamter des Innenministeriums, der früher selbst Lektor gewesen war, wusste Erstaunliches zu berichten. Der Gesuchte war gestern Abend plötzlich auf dem Flughafen Fiumicino aufgetaucht, wo er vom Innenminister persönlich empfangen worden war. Es folgten hektische Telefonate und einige Stunden später hatte man auch seinen momentanen Aufenthaltsort ermittelt. Wieder wurde ein Mann nach Rom geschickt. Um jedes Scheitern auszuschließen, war dieses Mal die Wahl auf einen externen Spezialisten gefallen. Ein Kontaktmann der IRA, den er nicht kannte und der ihn nicht kannte, fuhr ihn zu einer Adresse in Rom, einer schäbigen Zwei-Zimmer-Wohnung gegenüber der Tiberinsel. Stumm wies er auf den einzigen neuen Gegenstand in der Wohnung und verschwand grußlos. Der Mann streifte ein paar OP-Handschuhe über und untersuchte den Gegenstand gründlich. Er hatte noch nie mit einer Dragunow geschossen, aber letztlich war ein Gewehr ein Gewehr. Er öffnete das Fenster, schleifte einen Tisch aus der Küche heran und stellte ihn hochkant davor. Dann nahm er das Gewehr und stütze es auf die obere Tischkante. Die Höhe war nicht ideal, aber es würde gehen. Er ging erneut in die Küche und inspizierte den Kühlschrank. Die Vorräte würden wohl einige Tage reichen. In einer ähnlichen Situation hatte er einmal volle elf Tage warten müssen; es war zu hoffen, dass es dieses Mal schneller gehen würde. Er zog ein Foto der Zielperson aus der Innentasche seiner Jacke und betrachtete es. Erneut legte er das Gewehr an und blickte durch das Zielfernrohr. Langsam strich er an allen sichtbaren Fenstern des gegenüberliegenden Gebäudes entlang. Die Sicht war ausgezeichnet. Einige Fenster standen offen und obwohl nirgendwo Licht brannte, konnte er bis weit in die Räumlichkeiten hineinsehen. In dem Zimmer, das er jetzt gerade beobachtete, stand eine junge Frau, die offenbar mit einer zweiten Person sprach. Die zweite Person war nicht zu sehen. Vorsichtig bewegte er das Gewehr mit dem Zielfernrohr hin und her. Jetzt konnte er eine gestikulierende Hand erkennen, aber die Person, der sie gehörte, stand leider im Schatten. Jetzt trat die Person einen Schritt nach vorn, aber das Gesicht lag immer noch im Schatten. Die Frau redete und redete. Das konnte noch ewig so weitergehen. Dann trat die Person einen weiteren Schritt vor und ihr Gesicht war deutlich zu sehen. Das Zielobjekt. Der Mann mit dem Gewehr warf einen dankbaren Blick gen Himmel. Das Schicksal meinte es heute ausgesprochen gut mit ihm.

Er verglich noch einmal das Foto, dann blickte er wieder durch das Zielfernrohr. Mit ein wenig Glück würde er noch den Abendflieger nach Hause erwischen und musste nicht in diesem Drecksloch übernachten. Das Fadenkreuz des Zielfernrohrs wanderte über die Brust des Zielobjektes und landete auf dessen Stirn. Der Mann mit dem Gewehr spürte ein Vibrieren in seiner Hosentasche und verlor das Ziel aus dem Visier. Mit einem unterdrückten Fluch riss er das Handy heraus. Auf dem Display war eine Nummer zu lesen. Er nahm das Gespräch an und hielt das Handy ans Ohr. Etwa dreißig Sekunden hörte er zu. Dann hatte der andere Teilnehmer aufgelegt. Der Mann schloss er das Fenster und verließ die Wohnung. So etwas erlebte er nicht zum ersten Mal, aber ihm war es gleichgültig. Wenn seine Auftraggeber das Zielobjekt nicht mehr eliminieren, sondern stattdessen feiern wollten, war das ihre Sache. Sein Honorar hatte er bereits erhalten und Rückzahlungen waren nicht vorgesehen.

Kapitel 64

Das gemeinsame Buch von Cimelia und Buchanan erschien ein dreiviertel Jahr später und wurde sofort ein Bestseller. Das gemeinsame Schreiben war wie ein einziger langer Rausch gewesen. Sie hatten nie gewusst, wonach sie im Leben gesucht hatten, aber sie hatten es gefunden. Ihre Hochzeit fand in Erinnerung ihres Abenteuers in Dublin statt. Der Hochzeitstag war – ohne dass sie je darüber hatten sprechen müssen – der siebzehnte Juni gewesen. Bloomsday. Der einzige offizielle Gedenktag, der einer Romanfigur gewidmet war.

Die Hochzeitsfeier war ein voller Erfolg. Nicht zuletzt auch, weil Buchanan und Cimelia sich als Hochzeitsgeschenke ausschließlich Bücher gewünscht hatten. Selbst Commissario Petrucci hatte es sich nicht nehmen lassen zu erscheinen und ihnen den Commissario-Brunetti-Krimi *Die dunkle Stunde der Serenissima* geschenkt. Nun ja, nicht gerade Weltliteratur, aber es ist die Geste, die zählt. Buchanan und Cimelia fanden irgendwann die Zeit, ihn zu lesen und haben sich dabei durchaus gut unterhalten. Ihre Hochzeitsreise machten die beiden nach Paris, die man auch die Stadt der Bücher nennt. Manche nennen sie auch die Stadt der Liebe, aber wo ist der Unterschied? Buchanan und Cimelia genossen ihre Streifzüge entlang der Bouquinisten am Seine-Ufer in vollen Zügen.

Nun waren Buchanan und Cimelia berühmt. Überall wollte man das Paar kennen lernen, das die Menschheit vor dem Verlust des Buches bewahrt hatte. Fast immer, wenn sie – zum Beispiel für eine Signierstunde – in eine neue Stadt kamen, mussten sie sich ins Goldene Buch eintragen. Die IRA hatte nicht nur ihren Mordbefehl gehen Buchanan aufgehoben, sondern ihn auch zum Ehrenmitglied auf Lebenszeit ernannt. Ein renommierter Schriftsteller, der bereits zahlreiche Werke über andere berühmte Persönlichkeiten geschrieben hatte, bot ihnen eine Rekordsumme, um ihre gemeinsame Biographie schreiben zu dürfen. Buchanan und Cimelia nahmen an, spendeten das Honorar allerdings für einen guten Zweck: Zeros Society, die, seit sie von Cimelia geleitet wurde, tatsächlich das tat, was sie früher nur scheinbar getan hatte – die Literatur zu fördern.

Die beiden lebten und arbeiteten in Rom. Der Alte hatte ihnen sein Haus in der Via Appia einschließlich der Bibliothek geschenkt. Es wurde viel gelesen und geschrieben in ihrem Haus. Allerdings manchmal auch nicht. Von Giorgio hatten sie zur Hochzeit eine Ausgabe des *Kamasutra* bekommen. Zwar nur eine billige Taschenbuchausgabe, aber es ist der Inhalt, der zählt ...

Epilog

Buchanan hatte auch wieder seinen alten Roman hervorgeholt. Gemeinsam mit Cimelia vollendete er ihn innerhalb von wenigen Wochen. Der Inhalt soll hier nicht verraten werden, denn die beiden wollen ja schließlich noch ein paar Exemplare verkaufen, aber der Schluss lautete so:

Lehnberg war zufrieden. Er hatte erkannt, dass es falsch war, Romane in eine bestimmte Form zu pressen, in der alles aus einem Guss war. Gute Romane sollten sein, wie das Leben. Mal lustig, mal spannend, mal schrecklich und mal kitschig und nicht nur eines davon. Sein Roman war all das geworden, nicht dass er es so beabsichtigt hatte, aber genauso, wie ein Mensch es nur im begrenzten Umfang vermag, sein Leben zu beeinflussen, so kann dies ein Autor bei seinem Roman. Das musste man einfach akzeptieren. Letztlich war ja das Schreiben eines Romans auch ein Teil des Lebens des Autors und somit unkalkulierbar. Vielleicht sollte man gar nicht zu sehr darüber nachdenken, denn je länger man das tat, desto verwirrender wurde es. Manchmal war Lehnberg nicht einmal mehr sicher, ob er nicht selbst eine Romanfigur war ...

So, das war's. Ich hoffe, dir hat's gefallen. Falls nicht, kann ich nur noch Georg Christian Lichtenberg zitieren: „Ein Buch ist kein Spiegel, aus dem ein Apostel herausblicken kann, wenn ein Affe hineinguckt."

Klapp bitte endlich den Deckel zu, es zieht!